西班牙岬角的秘密

The Spanish Cape Mystery

Ellery Queen 著
唐諾 譯

M&C推理傑作
艾勒里・昆恩 作品系列 23

艾勒里・昆恩作品系列 23

西班牙岬角的秘密

The Spanish Cape Mystery

作　　者　Ellery Queen　艾勒里・昆恩
譯　　者　唐諾
封面設計　李東記
出　　版　臉譜出版
發　　行　英屬蓋曼群島商家庭傳媒股份有限公司城邦分公司
台北市民生東路二段 141 號 2 樓
讀者服務專線：0800-020-299
服務時間：週一至週五9：30～12：00；13：30～17：30
24小時傳真服務：(02)25170999
讀者服務信箱 E-mail：cs@cite.com.tw
劃撥帳號：19833503
英屬蓋曼群島商家庭傳媒股份有限公司城邦分公司
城邦網址：http://www.cite.com.tw
臉譜推理星空網址：http://www.faces.com.tw

香港發行　城邦（香港）出版集團有限公司
香港灣仔軒尼詩道235號3F
電話：852-25086231 / 傳真：852-25789337

新馬發行　城邦（新、馬）出版集團
Cite(M) Sdn. Bhd.(458372 U)
11, Jalan 30D/146, Desa Tasik, Sungai Besi,
57000 Kuala Lumpur, Malaysia
電話：603-9056 3833 / 傳真：603-9056 2833
email：citek1@cite.com.tw

初版一刷　2005 年 1 月 20 日

ISBN　986-7335-17-1

定價：280元

（本書如有缺頁、破損、倒裝，請寄回更換）

關於艾勒里・昆恩

推理史上的連體人：

正如他們的一部推理小說：《暹羅連體人的秘密》（*The Siamese Twin Mystery*），艾勒里・昆恩這個了不起的名字，其實是由兩個不同的人組合而成：其一名喚佛列德瑞克・丹奈（Frederic Dannay），另一名爲曼佛瑞・李（Manfred Lee）。

這是一對同樣一九〇五年出生於紐約布魯克林的表兄弟，相隔九個月和五個街口，性格卻截然不同。丹奈是沉穩、思考型的學者人物，李則是敏銳而活力四射的騷包傢伙，因此，兩人幾乎無事不可吵。丹奈說：「我們兩個誰都不服輸，總想壓倒對方。」李則說：「我們這樣吵吵鬧鬧已達三十九年之久，就連對推理小說的基本觀念也完全不同。」

怪的是，這對歡喜寃家卻是推理小說史上最成功且最長時間的合作搭檔，他們所創造一系列以推理作家兼業餘神探艾勒里・昆恩爲主的數十部推理小說，寫作時間垂半世紀之久，全球行銷約兩億册，並五次獲得美國推理小說最崇高的艾德格獎（Edgars，以推理小說鼻祖愛倫坡

Edgar Allen Poe命名)。

安東尼・布契(Anthony Boucher)直接了當的指出:「艾勒里・昆恩,即是美國推理小說的同義詞。」

事情是這樣開始的:

這一切開始於一九二八年秋天,地點是曼哈頓一家義大利餐館,這一對年輕的表兄弟,得知*McClure's*雜誌和Frederick A. Stokes出版公司合辦獎金七五〇〇美元的推理小說獎,遂食指大動決定聯手一試。於是,他們以艾勒里・昆恩為筆名,並以艾勒里・昆恩為小說中的破案偵探,寫出了第一部長篇《羅馬帽子的秘密》(*The Roman Hat Mystery*)。頒獎之前,*McClure's*的編輯先私下告訴他們可能獲得首獎,這對兄弟想到處女作竟能一舉成名,自然是樂不可支。

要命的是,錢未到手書未出版,且兩人已買了Dunhill名牌煙斗互贈慶祝勝利,並雄心萬丈打算辭職專事寫作之時,主辦的*McClure's*雜誌忽然宣佈破產,而買下*McClure's*的新老闆後來把大獎頒給別人,兩人當場由天堂墮入地獄,所幸原來負責出版的Stokes公司仍願出版此書,惟酬勞縮水為一人二〇〇美元,在沒魚蝦也好的狀況下,這部開啓半世紀美國推理史的昆恩首部長篇，遂跌跌撞撞出版了，賣了八〇〇〇冊，差強人意。

古典推理的繼承者：

從此，這位既是作家本身又是書中神探的艾勒里・昆恩，便以一年一到二部長篇推理的速度，活躍於一連串謎樣的謀殺案中，迅速取代了古典大師范達因(S. S. Van Dine)及其筆下神探菲洛・凡斯(Philo Vance)，成為美國推理小說的代表人物。

基本上，昆恩的小說，繼承了從艾倫坡、柯南道爾一脈相沿至二〇年代起能人輩出的古典正統路線。意即，以某個謎樣的犯罪事件（通常是詭譎的謀殺，甚至一連串的謀殺）為始，眾多的嫌疑及其綫索鋪設成迷宮，而由擔任破案工作的「大偵探」（Great Detective），通過嚴謹的理性分析，撥開迷霧，理清眞實和假象，找出凶手，完成了社會正義。

正如海克拉夫(Howard Haycraft)所言：「推理小說就是個結局——結局的破案。」古典正統推理小說，大體上是個頗為純粹的智性遊戲，而整個犯罪樂章的眞正高峰，通常便在於書末的破案解說，昆恩的小說，除了聰明狡詐的佈局和柳暗花明的解說絲毫不讓前人之外，在他早期的秘密系列，甚至正面向讀者下戰書——在破案之前，有所謂的「向讀者挑戰」（Challenge To The Reader），這是作者一份極具挑釁意味的啓示，告訴讀者，所有破案有關的線索至此俱已齊備，而這些衆聲喧嘩的線索事實上只可能容許一個破案的解答，只此一個，別無分號，你能嗎？

昆恩和雷恩：

昆恩小說中扮演福爾摩斯式大偵探的，通常是艾勒里·昆恩，其次是哲瑞·雷恩。書中，艾勒里的本行是推理小說家，扮演華生醫生式的探案搭檔則是他父親——瘦小的紐約警局探長老昆恩。老昆恩的正統警察身份，不僅讓艾勒里方便介入各個謀殺案的核心；老昆恩那種硬橋硬馬的實踐派作風，更清楚襯托出艾勒里佻健頑皮，時而閃爍著聰明洞見的探案趣向，這也使得這組小說比線條稍嫌生硬的古典傳統推理，多了層可供「再次閱讀」的盎然風味。然而，作爲創造者的丹奈和李卻毫不客氣修理他們筆下這個聰明愛現的了不起偵探，丹奈說：「這傢伙的性格眞是討厭極了。」李則說：「他可能是前所未見最喬張作致的人。」

另一位神探雷恩出現得稍晚，他的首次探案發生於一九三二年的紐約市，是爲《Y的悲劇》——發表時並非以艾勒里·昆恩的名義，改爲巴納比·羅斯(Barnaby Ross)，書出之後，這兩個愛搞鬼卻頗有生意腦袋的年輕推理作家，還自導自演一場昆恩和羅斯的戰爭，相互揭短，尖酸的攻擊對方小說的弱點，三年後才揭開謎底，把美國推理迷結實的玩弄了一番。

雷恩和昆恩很不一樣，他出場時年已六〇，耳聾而不耳順，是退休的著名莎劇演員，隱居在赫德遜河畔的古堡內，古堡叫哈姆雷特山莊，堡中的僕人以莎劇人物命名，擺設和佈置皆是維多利亞時期的，雷恩自己則除了一身古老的裝扮之外，辦案時動不動就援引一段莎劇對白，非常麻煩。

但雷恩由於太老了，在一九三三年辦完了《哲瑞・雷恩最後探案》之後，便溘然長逝，一共只出了四本書，往後仍是年輕的艾勒里・昆恩的天下。

已死和未死：

這一對精力旺盛的表兄弟，當然不以創作小說為足。三〇年代開始，他們先帶著推理故事進軍廣播，為期九年之久；跟著又推上了電視螢幕，由明星拉甫・貝勒米(Ralph Bellamy)扮演艾勒里・昆恩；一九四一年，他們還創辦了艾勒里・昆恩推理雜誌，盡力搜尋高水平的作品，以拔高推理小說在美國社會大眾心中的地位，一掃昔日粗糙廉價的印象。

到了一九七一年，他們仍奮力推出了《美好私密之地》(*A Fine and Private Place*)，李也於是年逝世。

丹奈則多活了整整十一年，死於一九八二年。

至於艾勒里・昆恩，至今仍未死去。（撰文：唐諾）

西班牙岬角的秘密

The Spanish Cape Mystery

目次

人物表

渥特・高佛雷	西班牙岬主人
史黛拉・高佛雷	渥特之妻
蘿莎・高佛雷	渥特之女
大衛・庫瑪	史黛拉之兄
約翰・馬可	高佛雷家客人・美男子
約瑟夫・慕恩	高佛雷家客人・百萬富翁
塞西莉雅・慕恩	高佛雷家客人・前女明星
茹拉・康斯帖佛	高佛雷家客人・胖婦人
厄爾・柯特	高佛雷家客人・蘿莎男友
奇德船長	素行不良的獨眼巨人
魯修斯・賓菲德	滑頭的律師
哈瑞・史鐵賓	加油站老板
特勒	矮個子男僕
琵慈	高佛雷太太貼身女傭
伯蕾太太	管家
朱崙	園丁、守衛及其他
墨萊探長	西班牙岬當地探長
麥克林法官	退休法官
艾勒里・昆恩	推理小說家

1 奇德船長的大錯特錯

這幾乎已成定例了，對個活該可厭的莽漢而言，犯罪，一開始通常源於某種錯誤，某種或因匆匆忙忙、或因漫不經心、或因心智上的短視鑄成；更通常，他會因此傷害到自己；在事情的結局時候，他們總發現自己身陷鐵窗之後的悲慘歲月裏，苦苦凝視著自己的錯誤經年累月。當然，書的結局通常不好這樣寫。

很顯然，這位人稱奇德船長的奇特外形男子，在他渾身所能找到的有限優點之中，絕不包括聰明。他個兒大得跟座山似的，相應於如此奇觀般的龐然肉體稟賦，人們總不自主認定他得付出腦容量不足的必然代價。因此，我們前述那種自作自受的莽漢，看來必定是奇德船長無疑，他不打折的純愚蠢完全可對號入座。

遺憾的是，這宗構成犯罪事實的錯誤雖好像很簡單就能找到應該負責的壞蛋本人，然而這個大而無腦的傢伙何以絞勒被害人脖子上的繩索一事，這點仍所知甚少，做爲犯罪證據，我們所依據的僅僅是被害人脖子這部分的事實而已。

問題在於，到底是何種命運撥弄，讓這個叫奇德船長的古怪傢伙非選上可憐的大衛・庫瑪當他的祭物不可。事件發生時，每個人都一致相信（包括艾勒里・昆恩先生），這正是宇宙間諸多不可解的亙古奧秘之一，他們只能在絕望的沉默中頻頻頷首稱是，以回應死者妹妹史黛拉歇斯底里的安魂曲，「但大衛是這麼個安靜守份的男孩，我記得……我們小時候，我們城裏一個埃及女人曾看過他手掌，她說他有個『黑暗的宿命』，哦，大衛！」

至於艾勒里・昆恩先生是如何轉向，找尋其他可能解釋，這說來話長。當然，身爲一位以顯微鏡凝視人類心靈各種奇特珍本的實驗者而言，艾勒里最終有理由對奇德船長的可笑錯誤感到興味盎然，當某一道光照入時——在歷經一長段混亂失序的日子之後的確如此——他懷著深鐫的悲憫看到了，這位巨人般的海員所鑄下的錯誤，其眞正本質多麼簡單多麼明白，往後，艾勒里的整體想法便以此爲基礎建構起來，而在此之前，這原是一團混亂。

不論從哪一點來看，這個大莽漢絕不可能理解大衛・庫瑪既厭惡人群——某方面來說，這無關個人好惡，而是一種心理病徵——又同時如此戀慕他自己的外甥女蘿莎，這看似背反的兩樣情懷其實極其典型，庫瑪從不喜歡人，人只會困擾他甚或激怒他，然而，身爲一個社交的隱士，他卻又總是偷偷欣羨甚至戀慕著特定幾個人。

當時，他已年近四十不惑，是個高大強健且保養良好之人，他的人生之途已定，而且幾乎和他那有名的妹夫渥特・高佛雷一樣富足無缺。該年的大部分日子裏，他隱身於他墨雷山的單身漢窠巢之中，夏天，則和高佛雷一同徜徉在西班牙岬。他這名妹夫，一名尖利的犬儒，始終懷疑是該地壯麗的奇景，而不是妹妹和外甥女的親情，吸引庫瑪來此西班牙岬——這懷疑當然不正確。然而，這兩名男子的確有極其相合之處，兩人同樣孤獨、沉靜而且各自事業有成。

通常，庫瑪會套上他的長靴，一個人狩獵一去就是個把星期；或是坐上高佛雷的一艘桅竿船沿著海岸線出航。至於位於西班牙岬西端的九洞高爾夫球場，他已很久不光顧了，事實上他極少打高爾夫球，稱之為「老頭子的遊戲」，偶爾，如果有好對手的話，他也會打個幾盤網球，但絕大多數時候，他選擇的運動總是包藏著孤獨的樂趣。自然，先決條件是，他擁有一份無須看誰臉色的好收入，他也寫點戶外運動的文章。

但他絕非浪漫之人，生活本身讓他上過嚴酷的課程，這是他常掛口中的，他堅定相信的俱是可摸可觸的眞實事物，一個人行為的第一要義，對他而言便是「面對事實」。他從不讓性愛問題弄亂一己的生活，除了他的妹妹史黛拉和他的姪女蘿莎，女人在他的生活之中一絲意義也沒有。於是高佛雷先生的交遊圈中便有著一種耳語，說庫瑪在二〇年代初曾有過一段不幸的愛情創傷，然而高佛雷對此嗤之以鼻，而庫瑪本人當然也從不措意於此。

大衛・庫瑪，被害者，高大黝黑的運動型人物，被奇德船長送入永恆的不幸傢伙，其人大致如是。

蘿莎・高佛雷亦是庫瑪型的人，她有家族性的鞭子雙眉，直而英挺的鼻樑，穩定的眼睛，和一具苗條有勁的身體。站一道時，她和她母親看來倒像姊妹，而一旁的庫瑪先生是她們長兄。如同她的舅舅，蘿莎亦是理性沉靜之人，一點也沒遺傳到她母親史黛拉那些個神經質、好社交以及種種幽暗心靈的成分。當然，蘿莎和她的舅舅之間絕無任何問題——沒任何敵意和不快，他們的親密關係源自於一種對血緣聯繫的敬意，任何他種不當的臆測只會讓他們暴怒異常；此外，他們的年紀相差達二十歲。蘿莎碰到麻煩時，她不會找她母親哭訴，也不會找她父親——她父親喜歡沉浸於自己天地不受打擾，對於家人，他除了一己悠遊自在之外並不想要更多。而是找她舅舅庫瑪，打從她童年以來便一直如此，換做其他做父親的，也許會認爲自己的天賦權力被僭取而不快，但渥特•高佛雷卻正是如此怪人一個，他似乎只把家人看成他所豢養的咩咩叫綿羊，供他剪了毛好賺取豐厚的收入。

□

屋子裏滿滿是人，最最起碼，滿是高佛雷家的客人。庫瑪妹妹史黛拉好社交的力量由此可見一般。如此一個星期六午後，庫瑪於是置身於一堆不怎麼讓他開心的客人之中，陰森的注視著他那位同樣沉默不語的妹夫。

夏日已近尾聲了，假期的末端帶來了這堆喊不出名字的討厭客人上門，馬可自然也列名其中，他仍以他一貫溫文不在意的態度，回應他和女主人曖昧關係所引發的各方側目，這已歷時好幾星期了，在丈夫極偶爾吃錯藥發出低吠聲時，馬可的確是史黛拉•高佛雷的極少數開心果之一。英俊的約翰•馬可……這位不同於尋常男性家庭友人的傢伙，絕不是遵循小節小禮之人，而是一旦進了門，就趕不走了——正如庫瑪所說的：「像隻毛蝨般溫柔的緊扒著不放。」不止庫瑪，甚至對慣常一身髒兮兮工作服埋首於假山庭園、把他老婆的訪客拋諸腦後的渥特•高佛雷而言，馬可此人亦是毀掉這個美好夏日大部分時光的元凶；而此刻參予破壞這僅有夏日的還有：茹拉・康斯帖佛，「肥胖，瘋狂，而且足足四十歲了。」這是蘿莎帶著吃吃怪笑對她的簡明描述；慕恩夫婦，很顯然沒有任何一個文明些的字眼和這一對扯得上關係；滿頭金髮的厄爾・柯特，一名週末時分出沒於西班牙岬的不快樂年輕人，總一臉愁容的釘在蘿莎身後。人數雖然不可言多，但對庫瑪而言——也許柯特可除外，庫瑪對他尚有幾絲輕蔑的好感——這已是名符其實的大軍壓境了。

該星期六，拖拖拉拉的晚餐才結束，高大的庫瑪就把蘿莎從涼颼颼的天井，拉到這幢巨大西班牙房子外猶帶落日餘溫的斜坡花圃。舖著石板的天井中，史黛拉和她的客人正聊得帶勁，只有柯特，陷身於慕恩太太的蛛網中抽身不得，只來得及向著這一對舅父甥女身後，投射出也暴怒也憐愛的一瞥。此時天色已暗，馬可優雅的斜坐康斯帖佛太太椅子扶手上，他漂亮非凡的側面在餘暉映照下，形成精緻的剪影。馬可擺這樣的pose當然是為了博取有效射程範圍中所有女性的青睞，但問題是他實在太常擺了，因此這回也並未引來特別的注目。整個天井中的言不及義，主要由馬可主導，內容可厭而且空洞，只形成一片吵雜，如同雞群的咯咯叫聲。

步下石階時，庫瑪解脫般的吐了口大氣，「天，好一群無聊傢伙，我告訴你蘿莎，你那位可敬的老媽問題大了，把這群臭蟲引進門來，她顯然已成為高尚社交活動的最可怕威脅者，我眞不曉得渥特怎麼忍受得了這些，媽的這群叫春的狒狒！」跟著，他輕笑出聲，扶起她的手臂，「我親愛的，你今晚眞是迷人極了。」

蘿莎穿一身清爽的白，裙襬如波浪捲過石頭地上。「謝啦，先生。」她露齒一笑，「不過是尋常棉布加上威托克太太的魔法罷了，你是最最天眞的人，大衛——也是最最反社會的人，但你總是注意得到，」她加了句，笑容隱去，「比之絕大多數的人。」

庫瑪點燃他那管碩大的煙斗，思索著吐出口煙，抬眼看著猶留幾絲粉紅霞光的天空，「絕大多數的人？」

蘿莎咬著下唇沒回話。步下石階最後一級時，兩人甚有默契的同時轉身向著海岸線的沙灘，好把上頭屋子裏的種種隔絕於身後，享受這美好且即將流逝的暮靄時光。這是個很愜意的小小天地，在暮色中份外動人，脚下是五彩斑爛的石子地，遠方則是敞著船頂的皎白汽艇。他們沿著步道走下陽台，蘿莎似乎有點不開心的坐上灰色大海灘傘底下的編織椅子上，兩手交疊一言不發看著眼前的沙灘，以及柯佛灣中拍舐著沙灘的一波波海浪，柯佛灣有著窄窄的開口，白帆可由此航出，遠颺，投入廣漠無垠的藍色海洋。

庫瑪不作聲的注視著她，抽著煙斗，「什麼事讓你不開心？小寶貝。」

她嚇了跳，「不開心？我不開心？怎麼，你怎麼會認爲——」

「你的演技，」庫瑪笑出聲來，「蘿莎，差不多跟你的游泳技術一樣老練，我想，在這兩方面你大概沒什麼發展的可能。是不是你那位哈姆雷特王子，厄爾——」

她打斷，「厄爾！就憑他，他能讓我不開心！我實在搞不懂，媽媽爲什麼允許他在家裏自由進出，她八成是昏頭了，讓他這樣出出入入……我才不要他呢，我們一切都清清楚楚了，這你知道，大衛，哦，我──我想我是迷過他沒錯，那一回我們訂婚──」

「那是第幾回？」庫瑪優雅的問：「喔，對對，是第八回，我想，八回而已不是，你們還在玩家家酒的階段，我親愛的孩子，你在感情上還只是個不解人事的小丫頭而已──」

「謝謝你哦，老爺爺！」她以玩笑的口吻回應。

「──你那個彆扭的小情人亦然。我堅決相信，就你們兩個情感豐沛，容易一觸即發的小鬼來說，由於──呃──家世上你略勝一籌，你曉得，蘿莎，你比那個先天下之憂而憂的柯特要容易闖禍多了。」

「亂講，根本不是這樣。我不是小孩子了，你知道他──他有多受不了，你想，一個大男人，外表看雄糾糾氣昂昂跟真的一樣，其實卻和那種廉價的吱吱喳喳小歌女沒兩樣，虛有其表，金玉其外，表裏不一……」

「說你們典型還真典型，」庫瑪歎口氣，「愈這樣彼此嘔氣下去，事情可就愈難收拾，我的孩子，你理智點，如果說有過什麼閑言閑語，那一定來自慕恩太太的利舌，絕非厄爾，這我敢打包票。這一陣子以來，他老像一頭受傷哀鳴的小牛般跟你後頭。好啦好啦，蘿莎，你就別再嘴硬嘔氣了。」

「我聽不懂你說的。」蘿莎說，眼睛看著大海，夜色中，這雙美麗的眼睛不再湛藍，而是深紫，此時西天僅剩的幾抹粉紅霞光已完完全全沉沒於無邊的黑暗之中了。

「我想你懂的，」庫瑪幽幽的說：「我想你正走在某種瘋狂主意的薄薄蛋殼之上，蘿莎親愛的，我敢跟你保證，這絕對是瘋狂沒錯，如果對象換成任何人而不是馬可，那我絕不會過問，然而，在這種情況下……」

「馬可？」她有點支吾，因此反問起來無啥威力可言。

庫瑪譏誚的藍眼珠有一抹笑意，儘管微光朦朧，蘿莎仍清楚看到這抹笑意，她有點畏怯的垂下眼睛。「我想，我警告過你了，我親愛的，以前就警告過你一次；我從不認為事情可以這樣——」

「可以怎樣？」

「蘿莎。」他責備的口吻，讓有意裝傻到底的蘿莎臉登時紅了。

「我——我想，」蘿莎啞著嗓子說：「馬——馬可先生比較留意——呃，留意慕恩太太，康斯帖佛太太，以及——沒錯，以及我媽！——大衛，他沒那麼在意我。」

「又來了，」庫瑪板起臉來，「又把話題扯開了。剛剛我們討論的，是一個年輕、但應該沒糊塗到不懂事的女孩。」他彎身向她時，眼睛瞇了起來，「小可愛，我告訴你這個男人是不能寄望的，是個沒價值的投機者，他沒可靠的經濟來源，而且就我所聽到的，名聲十分可疑。為了查明這傢伙底細，我還頗費了一番手腳，當然啦，我承認就長相來說他是很迷人——」

「謝啦，但親愛的大衛，難道你不覺得嗎，」蘿莎帶著某種窒人的惡意回答，「他長得跟你可像了？說不定我這是某種情欲補償作用——」

「蘿莎！別說這種難聽的話，對我來說玩笑不是這麼開的，世界上，就只有你和你媽是我在意的是我真正關心的，我告訴你——」

她豁的站起來，眼睛仍看著海，「好了，大衛，我不想討論這個人！」她的嘴唇顫抖著。

「但你的行爲不是這樣，親愛的。」他把煙斗擱桌上，抓著她肩膀，讓她轉身過來，定定的看著她一雙湛藍眼睛，「我注意這事好一段時間了，如果你仍這樣一意孤行下去——」

「你哪知道我在一意孤行什麼？」她聲音很低。

「我猜得出，也知道馬可這類的髒人……」

她反手抓住他臂膀，「但，大衛，我並未應允他——」

「你沒有？從他眼睛裏那洋洋滿足的樣子，我看到的可不是這樣，我告訴你，就我所聽到的，此人是——」

她暴躁的縮手，「你聽到的是胡說八道！約翰長得太帥了，所以男人都不喜歡他，每個女人終其一生都夢想有這麼帥的男性爲伴……拜託你，大衛！我不想再聽下去了。」

他鬆開她肩膀，快快看了她一下，轉身過去拿回自己煙斗，把煙灰磕出來，再放回口袋中。「顯然你和我一樣頑強，」他低聲說：「我其實也沒什麼可抱怨的，我想。蘿莎，你這算下定決心了嗎？」

「是的！」

兩人到此忽然沉默了下來，看向陽台石階，並彼此靠攏了些，因爲，似乎有誰從上頭小徑走下來。

□

頂詭異的玩意兒。他們聽見有極重的脚步踩著碎石子地，那樣的沙沙之聲呈現著某種笨拙的鬼祟，就像個巨人光脚踩碎玻璃上一般，並不覺有正常人類的疼痛。

這會兒，天色幾乎完全黑了，庫瑪醒覺的看看腕錶，8點13分了。

蘿莎發現自己渾身起了雞皮疙瘩，且禁不住微微顫抖起來，完全不曉得何以如此。她瑟縮的身子背抵著她舅舅，緊緊瞪著眼前那道陰暗小徑盡頭深處。

「怎麼啦？」庫瑪冷靜的問：「蘿莎，你怎麼發抖了。」

「我不曉得，我眞希望我們能——奇怪這會是誰。」

「也許是朱崙吧，又在忙他那些永遠也沒個止境的活兒。坐下吧，親愛的，很抱歉把你弄得如此緊——」

見微知著這句話也許可做這樣的詮釋，這微弱的沙沙聲所引發的結果堪稱巨大無比，而庫瑪似乎也同時察覺的嘎然住了嘴。庫瑪穿一身純白，高大強壯，髮色和膚色兩皆黝黑，鬍子刮得乾乾淨淨，臉色健康毫無病容……天色暗得很快，是鄉間或海濱那種典型的無月濃黑夜晚。一具黯黑的幽靈般身影朦朧的浮在陽台石階頂端，極其巨大，且覆罩下更加巨大的陰影，這身影還會移動，如水流般迎面掩來，然後，它凝凍住了，彷彿要看清他們兩人的面孔。一個轟轟然的低沉男聲說話了，「別出聲，你們兩個。否則我不客氣了。」這會兒，他們兩人隱約看出大概是一隻人手的巨大玩意兒抓著某個小東西。

庫瑪冷冷的問：「你他媽的是誰？」

「別管我是誰。」巨大的爪子安穩不動。蘿莎僵直的立著，但可以感覺到和她緊緊相抵的庫瑪身子亦緊張的僵著，黑暗中，她抓住他手，用力一握，是示警，也是懇求；庫瑪的大手旋即極溫暖也極強大的緊緊包住她的，讓她安心的無聲喟歎起來。「現在，你們上到這裏來，」低沉的男聲又響起，「快，而且別出聲。」

「是眞槍嗎？」蘿莎問，很驚訝自己的聲音居然如此鎭定，「你指著我們的這把左輪？」

「上來！」

「來吧，蘿莎。」庫瑪輕柔的說，並放開她手，改而握著她光裸的手臂。他們踏過陽台石子地，舉步走上階梯，他們跟前不成形的影子隨著脚步不斷縮短。蘿莎忽然覺得自己快笑出聲來了，這一刻，那股莫名的恐懼業已實體化了，這整椿事顯然徹頭徹尾的神經！不管是西班牙岬此地，或地球上任何一個鬼地方，也許，她開始這麼想，這是哪個無聊傢伙開的蠢玩笑，沒錯一定是厄爾！這完全是他的行徑，這個——這個——

然後，她的岔笑轉爲喘氣，在伸手可及之處，這個帶著低沉聲音的物體完全具象了，她可以看到他了，雖仍不清晰，但夠她轉化爲眞實不移的恐懼。

這個男人——只可能是個男人——即使對照於庫瑪仍如此高大，庫瑪足足六呎，在他面前卻像個小矮子。此人至少至少也有六呎八吋，而且粗厚無匹，像蒙古的摔跤力士，也像放大的法斯塔夫，更有著法國伯休倫馬般的巨大腹部和寬肩。眞的，他實在太大，也太胖了，蘿莎發著抖想，不像個人。那把點三八抓在他手中彷彿是小孩玩具，他穿著粗布水手裝之類的衣服，兩道髒兮兮的粗棉布褲管活像灌滿風的帳蓬，一件黑色或者深藍色的典型水手厚呢上衣，兩排銅釦銹暗，且獵獵翻著風如同船上的主帆，還加上一頂帽舌污損破敗的布帽子。

此外，構成這具體恐怖的還有，他那大圓球般的臉上，居然覆著一條手帕，顏色甚深的手帕，可能是絲質的吧，整個遮到眼部位置。令蘿莎更目瞪口呆的是，此人只有一隻眼睛，沒錯，這個不眞實的巨大人體所適合搭配的眞的是──只有一隻眼睛，左眼部位則是個黑眼罩……蘿莎當場又差點笑出聲來，這顯然不是個狡詐的搶匪！似乎他蒙面只是求個不讓人立刻喊出他姓名的保險而已！六呎八以上，三百磅左右，又只有一隻眼睛……這可荒謬了，他完全是吉勃特或蘇利文筆下跳出來的劇中人物。

「其實你大可，」蘿莎屏著氣說：「把你臉上那蠢玩意拿掉，我們不難描述你──」

「蘿莎。」庫瑪制止她，她聽話住了嘴。他們聽得出巨漢把他的呼吸努力調緩。

「但你們不會去的，」低沉聲音說，他們聽得出話中有一絲不確定的意味，「你們不會去的，女士。」在那顫動的低音底層，有某種笨拙、遲重乃至於愚蠢的味道，就像說話的是一頭大公牛。「你們兩個開始走，從這裏這條路往上走，走到汽車轉彎那個地方，再往屋子方向走，聽懂沒？我會走你們背後，我隨時會開槍。」

「如果你是來搶東西，」蘿莎以侮辱的腔調說：「那就拿走我的戒指手鐲快走吧，我保證我們絕不——」

「我才不要這些賣不了錢的，快走。」

「聽著，」庫瑪鎮靜的說，兩手輕鬆的垂著，「沒道理把這位小姐扯這裏面，不管你是誰，如果你是向著我來，那幹嘛不——」

「你是蘿莎・高佛雷？」巨漢問。

「沒錯。」蘿莎回答，不覺再次有點害怕。

「我只想弄清楚這個，」巨漢轟然如雷的聲音中似乎有極滿意的意味，「這麼說我沒弄錯，你和這——」

庫瑪此時一記重拳狠狠擊中那個胖大肚皮，蘿莎尖叫出聲轉身就想跑，說時遲那時快，這名巨漢，胖歸胖，肥油底下可有著堅實如鐵之物，庫瑪這拚命一拳似乎對他一點作用也沒有，既沒因此彎身下來，甚至連哼都不哼，他隨意的把槍收回口袋中，再伸出一隻大手扼住庫瑪脖子，把他當個小孩般提到半空中，並用另一隻手攫住蘿莎肩膀，蘿莎張嘴叫了聲，旋即閉上嘴，大衛則喘著、咳著……

巨漢輕柔的說：「別再跟我耍花槍，你們兩個，乖乖聽話好嗎，馬可先生？」

□

蘿莎雙腳踏著堅實的大地，眼前是小徑盤旋而上的崖壁。庫瑪身子動了動，他黝黑的臉孔泛白，兩脚蹬著如同上吊的人。

她終於懂了，這是有預謀的，預謀直指約翰・馬可，那個女人愛他男人恨他的約翰・馬可，而可憐的大衛！主要是衣服的緣故，絕對沒錯，馬可今晚也穿一身白，而且兩人的年紀、身高和體型都差不多，如果這粗鄙的白痴根據描述來找馬可，在此情此景之下他頂容易錯認大衛・庫瑪是他的獵物，然而，到底他是怎麼知道在西班牙岬這偌大一片土地中找到他們的？沒人跟蹤他們，她很確定；而且是誰告訴他今晚馬可會穿白衣？一定有誰告訴他才是……上千個念頭如此飛快閃過她腦中，她感覺自己好像發呆了好幾小時才回復神智。

「放開他！」她大叫：「你這——弄錯人了啦！放開——」

巨漢鬆開她肩膀，改用混雜著鹹沙、威士忌和繩索氣味的手掌摀住她嘴；然後，他將庫瑪放回地上，大鉤子般的手指仍掐住庫瑪脖子，庫瑪咳著，拚命想呼吸。

「走。」巨漢下令，他們聽話移動著脚步。

蘿莎仍在鋼鐵般的手掌緊摀下發著無意義的聲音，她試過用牙齒咬他，但結果只是被巨漢摀得更緊，她放棄了，痛苦的淚水漾滿眼中。三人就這麼踉踉蹌蹌前進，巨漢置身中央，一邊用手緊掐庫瑪脖子，一邊用手摀住蘿莎嘴巴，一路，只有他們鞋子擦過石子地的聲音劃破寧靜。儘管走來如此跌跌撞撞，但他們仍很快回到小徑上，這道小路兩側是峻立的崖壁，因此，他們所在之地被夾成幾呈直角的峽谷。

終於，他們走到小徑的分岔處，左側有道分支通往緩坡上的寬廣車道，就在此岔路前的山崖陰影之中，停著一輛舊轎車，沒開燈，但已調好車頭朝向駛離西班牙岬的主公路。

巨漢平穩的說：「高佛雷小姐，我現在放開你的嘴巴，再叫一聲，我發誓我會把你牙齒一根根拆了塞你喉嚨裏，你去把車子前門打開；至於你，馬可先生，我放開你脖子之後，我要你坐到駕駛座，我會在後座告訴你怎麼開車，別出聲知道嗎，你們兩個，現在照我講的做。」

巨漢鬆了手，庫瑪小心翼翼撫著自己喉嚨，發青的臉上有意的扮出個笑容來。蘿莎則抽出她的高級白麻布手帕擦著嘴，並瞥她舅舅憤怒的一眼，但庫瑪幾乎不可察覺的微微搖頭，對她示警。

「你聽我講，」蘿莎繞著巨漢，鼓勇說道：「他不是約翰•馬可，是庫瑪先生，大衛•庫瑪先生，我舅舅，你抓錯人了，哦，難道你這樣還不——」

「你舅舅，啊？」巨漢帶著讚賞意味的一笑，說：「他不是馬可，嗯？少來了，小妞，我實在不想修理你，不過你他媽的還眞帶種。」

「喔，你這智障加白痴！」她大叫著，拉開車門，爬進了車裏。庫瑪低垂著雙肩，跟她後頭也進了車內，彷彿這一刻他對自己所謂的「黑暗的宿命」，較之過往有某種更強烈的預感，當然也可能他是想節省自己的體力，好做必要的最終一搏，這是敏感的蘿莎馬上察覺到的。蘿莎自己則是滿心恐慌焦慮，她扭著身子坐車子前座，惡狠狠的怒視巨漢，巨漢自己拉開後車門，把大脚擱踏板上。

她驚訝的發現，這時月已東昇，因爲車外的石子路這會兒鬆著一層朦朧的微光，起伏的山崖壁上也灑上碎碎的銀暉，彷彿這會兒才剛剛浮現在西班牙岬地表之上一般，跟著，她看到的便是這名巨漢的脚了……這是一隻黑皮短靴，這是此人的右脚，鞋的內側有個破洞，還有一處鼓起，是大號的拇趾液囊腫，整隻脚的尺寸大得不得了，實在無法讓人相信一個活生生的眞實之人怎麼可能……然後，脚不見了，巨漢已探身穿進車門，轟然坐上後座，椅墊彈簧的呻吟聲令女孩又差點笑出聲來，她趕忙回想一開始讓她歇斯底里的可怖意識來制止自己。

「開車吧，馬可先生，」男低音說：「鑰匙就插那裏，我知道你會開車，你開你那輛黃色敞篷車。」

庫瑪探身向前，按亮車燈，扭開點火裝置上的鑰匙，並踩上離合器，引擎隆隆響起，庫瑪鬆開手刹車。「去哪兒？」他用乾裂的岔嗓子低聲問。

「直直朝岬角去，直接穿過下頭那條路，再橫過地峽，往公園一直開過去，到主公路後，左轉，再一直往前走。」低沉的聲音很明顯有著相當的不耐煩，「快快，如果你再跟我玩一次花樣，我就當場掛了你。還有，小妞，你給我乖乖坐好。」

蘿莎閉上眼睛，順著車子起動時靠回椅背，這只是場噩夢，很快她就會打個冷顫醒來，爲這些荒謬的事捧腹大笑，她會找到大衛，告訴他這一場，然後他們會笑成一團……她察覺到大衛的右手僵直的靠著她，而她自己還機伶伶發著抖，可憐的大衛，這對他眞是太殘忍了，太不必要了，是命運冷酷的惡作劇，對她亦然……她再次起一身雞皮疙瘩，環繞他們的一切可能噩運令她不寒而慄。

她再次打開眼睛時，車子正開過岬角地峽後的窄長公園車道，左轉上到主公路。路的對面，正向著公園車道出口，是加油站的輝煌燈光，她還清楚看到老哈瑞•史鐵賓一身白工作服站油槽邊替一輛小車加油，油槍握手中。好老哈瑞呵！如果她拚死一叫，那……但馬上，她的頸部感覺到後頭那個怪物又熱又鹹的呼氣，耳中聽見他低吼的警告聲音，她坐回去，一陣噁心。

庫瑪安靜的開著車，幾乎可說是謙卑的。但她知道大衛，在他濃黑的頭髮底下，那裏有個銳利的腦子；而她也曉得此刻必然劇烈的思索著。她靜靜禱告他能好好策劃出個好法子來，得認眞動員那些灰色小細胞才有機會擊敗這個不像人的怪物，光憑膂力，就算強健如庫瑪，想抗衡這怪物的可怖力氣，門都沒有。

他們順著水泥公路滑行，路上車流量相當大，往威蘭遊樂園整整十哩的車道滿滿是車，週末夜這是……蘿莎很好奇如今屋子裏那些人在幹什麼，母親，約翰•馬可——大衛的說法對嗎？有關約翰的？她眞犯了個慘不忍睹的大錯是嗎？但當時——非常可能，她苦澀的想，一定得好幾個小時後他們才會察覺她和大衛不見了，在西班牙岬，人們總隨意走這走那，尤其是大衛，而最近，她自己也常心神不寧的……

「這裏左轉。」巨漢下令。

他們兩人皆慄然一驚，一定什麼事不對勁了是吧？打從轉上西班牙岬公路之後已差不多跑了一哩了，庫瑪在正常的呼吸中夾著兩聲怨言，但蘿莎並未聽出來。左轉——顯然是開向公衆海灘那裏瓦林小屋的私人車道——西班牙岬已近在眼前，幾幾乎伸手可及！

又一次，他們風馳電掣過荒蕪無人的公園路，沒多會兒，便到達豁然開敞之地，海水浴場……由此開始，他們順著一道高高的圍籬滑行，路的兩旁是海沙，庫瑪扭亮大燈，照見小道盡頭，正對著他們的，是棟草草的小木屋，他減了車速。

「怎麼走，獨眼巨人？」

「停下來，停小木屋前。」然後巨漢對喘著大氣的蘿莎咯咯一笑。「別想東想西，小妞，沒有人的，這是瓦林的房子，差不多整個夏天都不會有人住，門關得死緊，往前走，馬可。」

「我不是馬可。」庫瑪仍冷靜的回答，他緩緩把車滑過去。

「連你也來這套？」巨漢不高興的咆哮起來，蘿莎沮喪的仍靠椅背上。

車子在屋子旁熄了火，小屋沒燈火，顯然也眞的沒人住，在屋後另有個更小的木屋，看起來應該是浴室，其旁另一個差不多大小的，則大概是車庫。小屋緊挨著海灘，在屏著氣下車之後，他們看見西班牙岬的高峻岩壁聳立在月光流漾的海面，距離只有個幾百碼，但也可以說距他們好幾百哩之遙，因爲它對他們的困境一點助益也沒有。岩壁幾呈直角的陡立著，至少五十呎高，基部的岩塊被亙古撲打的海潮磨蝕得極爲嶙峋，就算從此地，瓦林的海灘小屋，亦無從攀上岬頂。這個岩岬高高的從低平的海岸線拔起，周遭少有任何可藉力攀爬之處，在一片只比海面稍高的岩石之中，狀甚詭異。

岬角另一頭，則是公共海水浴場，那裏便只有柔美的細沙，沙灘在月光底下掩映著冷冷清輝。

蘿莎看到他舅舅快速且幾不可察覺的環視著周遭一切，帶著她以爲是某種不甚樂觀的神情。巨漢站他們兩人身後，獨眼炯炯的警戒著，他的動作仍遲緩，似乎一切不慌不忙，似乎允許他們盡情查看這棟無人小屋。船屋前修了道斜坡直抵水邊，半泡著水的是一艘看來馬力十足的帶船艙遊艇，幾根圓木散落在附近海灘，船屋的門敞開著，很顯然，這名巨漢已先闖進過此屋，獨力把船推到水邊，一切早準備妥當了……準備妥當幹什麼？

「這是瓦林先生的船！」女孩叫起來，眼睛直直盯著船，「你偷船，你——你這怪物！」

「別管你的我的誰的，女士，」巨漢粗聲的說，話語中有攻擊性，「我他媽要幹嘛就幹嘛，現在，馬可先生——」

庫瑪轉身，緩緩朝巨漢走去，蘿莎看見他的藍色眼睛在月暉下閃爍著，知道他已決定孤注一擲了，決心二字清清楚楚寫在他冷峻乾淨的臉上，沒有一絲畏怯，他步向身著水手服的巨人，而他的對手則毫不在意的站直著看他。

「我可以給你這輩子沒見過的一大筆錢——」大衛・庫瑪以平順的尋常談話聲音說話，他走向前的步伐仍不疾不徐。

他沒能走完，蘿莎也再無從得知他究竟打算怎麼反擊，恐懼如此當頭罩下，她只知道自己當下兩腳一軟差點立身不住，傻傻的看著這個無端綁架他們的怪物。這電光石火間，僅能看到的是，巨漢低垂的手忽然猛的一擊，巨大的拳頭發出沉而重的擊中某物聲音，接下來，她看到的是庫瑪的臉孔以一種固定不動的角度往下沉，再來，他便躺臥在沙灘上，直挺挺的。

女孩的腦子如雷擊般一震，她尖叫出聲，撲上去用手指抓著巨漢的背。巨漢沉靜的單腳跪在不醒人事的的庫瑪跟前，探他的呼吸，當他感覺到女孩撲上他身的重量，他只簡單的起身，猛一扯女孩肩膀，蘿莎便當場整個人一團摔到沙灘上，他一聲不響把她拖起來，不理她又哭又踢，拖著她直接走向一側的漆黑木屋。

門鎖了，或至少拴上了，他把她挾一隻手臂下，另一隻手使勁一推門板，門板回應一聲碎裂的呻吟，他再用脚一踢，門開了，他走了進去。

巨漢把身後的門重新摔上，蘿莎所看到最後的景象是，庫瑪的臉孔仍靜靜仰在船屋前的月光之下。

□

這是一間起居室，十分怡人，巨漢的手電筒光線下，蘿莎帶點呆滯也帶點驚訝如此發現。她並不認得荷里斯・瓦林，也沒眞的見過，只知道他是紐約的一名生意人，偶爾有個幾天或一星期到此渡假。她倒是常看見他開著遊艇徜徉於西班牙岬一帶海上（如她後來告訴艾勒里・昆恩先生的）——遠看，他是個矮小瘦弱的灰髮男子，戴一頂亞麻布帽子，總是孤身一人。她大致知道，今年夏天打一開始他就沒來他的海灘小屋，早於約翰・馬可塞一堆行李於他那輛敞篷車來此之前；此外，有人——她父親吧，她隱約記得——曾提過，瓦林先生好像人在歐洲，她從不知道她父親認識瓦林，他們當然從未在此地海灘上碰過面，也許他們只是通過某種相通的生意管道知道彼此，畢竟，她父親有那麼多……

巨漢將她放火爐前的地毯上，「坐那邊椅子，」他以前所未有的最紳士語調說，並順手將手電筒擺手邊的長睡椅上，因此，那道強大的光束便直直照射著椅子。

一聲不吭的，她坐了下來，在距她手肘不到三呎遠的小桌上擺了架電話，從外觀可看出這是本地使用的電話，也許還能通話也說不定，如果她衝到那裏，攫起話筒，大叫救命的話……巨漢拿起電話，放到十呎之外的地板上，那是電話線所能拉直的極限了。她頹然坐上椅子，正式放棄抵抗。

「你打算怎麼——想對我怎樣？」她乾乾的小聲問道。

「我不會傷你的，你不用怕，小妞，我要對付的只有馬可那鳥廝，把你弄進來裏面只是不要你看了怕，你眞的一定不要怕，」他甚至帶點欣慕的笑著說，邊從口袋裏掏出一捲粗繩子來，開始解開它，「現在你好好坐這兒，高佛雷小姐，乖乖的，你就不會有事。」在她愣過來之前，他快得不可思議的已繞到她背後，將她雙手反綁在椅背上，她使勁的扯著掙扎著，但繩子只愈拉愈緊；然後他彎身下來將她的腳踝擺椅腳上，因此她可清楚看見他帽子底下粗重的灰髮，以及他紅潤的後頸上一處覆著老皮的凹疤。

「你幹嘛不連我嘴巴也堵起來算了？」她嘲諷的問。

「何必呢？」他詫笑起來，顯然心情非常好，「女士，你高興怎麼叫就怎麼叫，不會有人聽得見的，我們走吧！」

他抬起她，連人帶椅子，走向另一扇門，同樣用一隻大脚踹開，把她抬進一間密不通風的小臥室中，放床邊。

「你別把我關這裏！」她害怕的大喊大叫，「我，我——我會餓死，我會窒息死掉！」

「好啦好啦，你不會怎樣的，」他安撫的說：「我保證會讓人找到你的。」

「但大衛——我舅舅——就是外面那個人，」她心悸猶存的問：「你打算對他怎樣？」

他大步走向通往起居室的門，小房間震響如雷。「嗯？」巨漢又咆哮起來，並未轉身，但從他背上便可清楚看出攻擊性來。

「你打算對他怎樣？」蘿莎尖叫起來，已嚇得六神無主。

「嗯？」他又吼了聲，逕自出了門。

蘿莎靠回她被綁住的椅子上，心臟劇烈而痛苦的幾乎跳出她喉嚨。哦，蠢蛋，大蠢蛋——這個粗鄙的殺人小丑，如果她有機會脫身——來得及的話——要追查出他來太容易了，這世界上哪裏還會有第二個人長他那樣子，人類最可笑的一個樣本，她嘲諷的想，絕不可能再有同樣一個了，到時候——除了只怕來不及——復仇將甜蜜無匹……

她便如此端坐椅上，如同一隻被牢牢綁好的雞，竭盡所能用耳傾聽有什麼聲音。她聽見那名怪物在起居室走來走去的脚步聲，然後她聽到點別的：一陣叮叮聲音，細微但清楚透亮，她皺起眉咬緊下唇，那會是——電話！沒錯，在她平常撥某些號碼時，可聽見電話機響起的同樣叮叮聲音，哦，只要她有機會——

她拚命的想站直身子，但只成功的變成半蹲，椅子脚硬被她從地板上稍稍拔起，究竟如何做到她自己也不曉得，她只發現自己在地板上舉步維艱的苦苦挪動著，搖搖晃晃的一脚步印著一脚步，而那把要命的椅子則在背後嘲笑般一直撞她。她當然搞出不小的聲音來，所幸隔壁房間那名巨漢顯然太專心聽著電話而沒發覺。

在她成功移動到門邊之後，她耳朵抵著門板努力聽，比剛剛拚死移動還緊張的不停發抖，她什麼也沒能聽見，該不會他這麼快就打完電話了吧！但馬上，她曉得他正等著電話接通，於是她用意志力把全身上下所有力氣都動員到耳朵來，她必須聽見他講些什麼，可能的話，還由此聽出和他講話的人是誰。在感覺出巨漢聲音傳過門板的震動時，她趕忙屏住呼吸。

然而，第一波傳來的聲音混成一團聽不清，他必然是要某人接電話，如果眞是這樣，那她沒能聽出姓名是什麼。如果眞是個名字的話……她的腦袋一陣昏眩，讓她不耐煩的摔了摔，用力咬著下唇，直到疼痛讓她清醒起來，哦！

「……完事啦，是啊……逮到馬可了，人在外頭，好好的幹了他一下……不不！他好好的，我下手有分寸，只打昏了而已。」然後靜了下來，退而求其次的，蘿莎滿心希望自己多少能聽見點什麼，哦，只要她能聽出電話那一頭的人到底是男的或女的那該多好！但隨即巨漢的男低音再度傳來，「高佛雷小姐好好的，把她綁在臥室裏……沒，沒受傷，絕對沒有，我保證！最好別讓她被綁這裏太久，她沒做什麼讓你不爽的事，是吧？……是，是！……出海去，然後……反正你是老大說了算……沒問題，沒問題！我講過他還……」有片刻時間，她只能聽到一團混雜的嗡嗡震動之聲，難道他就眞的不順口叫一下這背後主使者的姓名？不必姓名，只要有點相關，什麼都好……「好的，好的！我現在就去，馬可不會再煩到你了，但別忘了這個女孩，小妞媽的滿帶種，不錯。」蘿莎，在突如其來的一陣翻胃中，聽見電話掛上的咔嚓聲，以及巨漢緩慢的、笨拙的，或該說是和善的吃吃笑聲。

她靠回椅背，筋疲力竭的閉上眼，但很快的她又睜大開來，她聽見了起居室門被摔上的聲音，他是出去了呢，還是有另一個人走進來？但接下來只是一片死寂，這讓她確定巨漢已離開小木屋了，她得去看看……她扭著身後退，用勁撞開了門，然後以鴨子般搖搖擺擺的姿勢費力橫過起居室，到距離最近的一扇窗邊，巨漢的手電筒已拿走了，房間又伸手不見五指，她移動中碰到了室內某個擺設，被綁的右手臂還因此撞成瘀傷疼得要命，但最終，她還是成功到達窗邊。

月亮昇高些了，木屋前的白色沙灘和平靜的海面閃亮如鏡，整個海灘完美的髹上一層溫柔的冷冷銀光，美極了。

她忘掉了手臂的疼痛，忘掉了被綁緊肌肉的陣陣針刺之感，也忘掉了喉嚨和嘴唇的乾竭欲裂，窗外的景色如此的美好，如此的璀璨，如此在銀光和陰影交雜中流漾，彷彿是電影中的畫面，甚至連那個龐然的巨漢此刻亦顯得很渺小，就像躲在鏡外的導演下令用遠鏡拍攝一般。在蘿莎辛苦移到這沒掛窗帘的窗子時，巨漢正彎身探向大衛・庫瑪，庫瑪仍像她最後所見到那樣平靜無知覺的躺在原地。她瞧見那山一樣巨大的綁架者毫不費勁的抬起庫瑪，扛肩上，緩步走向船屋，不怎麼輕柔的把他放小艇上，大脚踩上那道通往海面的斜坡，以肩膀抵住船身，開始朝海上推。

小艇開始動起來，在巨漢使勁下緩緩往水上移，終於整艘船完全浮在水上，巨漢涉著及膝的海水走向船，他抓住船緣，像隻猩猩般輕巧一翻就上了船，沒多會兒，小艇的船燈便平穩的亮開來，蘿莎又看到巨漢出現在甲板上，抬起他舅舅不省人事的身軀，走進了船艙，跟著一陣引擎聲隆隆響起，粉紫色的海面生出一道白浪，小艇便輕鬆的離岸滑行而去。

蘿莎眼睛眨也不眨的盯著，直到她眼睛刺痛起來，但她仍頑強的鎖定船燈不放，小艇簸了下又優美的滑去——朝南，背向西班牙岬，最後，彷彿被遠方波濤吞噬般消失不見了。

當下，女孩突然瘋掉了一般，如同被綁在椅子上的凶惡重犯般呼天搶地起來，她感覺海潮似乎鬼祟的昇高起來淹沒了她，令她窒息，原本平靜的海洋也變臉般湧來猙獰的巨浪。

在她昏厥過去的最後一剎那，她腦中匕刃一閃的有道靈光，她知道自己再也見不到大衛・庫瑪了。

2 亡羊仍能補牢

早晨清新但寒涼，有薄薄的一層溼氣，但這是海洋所渲染出的鹹鹹溼氣，讓聞見的這兩名男子爲之精神一振。此時，太陽仍低低的伏在東邊，吹拂過海面的晨風驅散了陰灰的夜霧，擦拭出潔白的卷雲和亮麗的晴空。

艾勒里．昆恩，大自然的堅定愛好者，吸口大氣，要來自他這輛杜森堡車後頭那些低鳴的車聲閃一旁去；而因爲他同時也是個實際之人，那從水泥公路遠遠傳來已成強弩之末的微弱車聲，他感覺聽來也還是別有風味。兩樣都是好的，他歎了口氣，背後的公路是一條直道，在晨間的清新空氣中宛如一條數哩長的精巧淺灰絲帶。

他瞅著他的夥伴，一名銀髮老紳士，兩條長腿交疊於前，沉靜的灰色眼睛深沉且極有內涵的閃爍著，如同絲絨上的珍稀寶石。麥克林法官已七十六歲了，但他認眞的吸著這鹹鹹的和風，如同初生嬰兒的第一口空氣一般。

「累嗎？」艾勒里在引擎聲中關切問道。

「和你一樣，精神好得很。」法官回嘴，「海洋，這美麗的海洋……艾勒里，我覺得自己返老還童了。」

「唉，年歲大了，我每回長途開車最容易感覺歲月的沉沉重量，但今早這個風實在有些神奇之效，我們一定快到了不是？法官。」

「不遠了，赫密士（希臘神話中司學藝、商業及辯論之神），繼續前進吧。」說完，老紳士伸直他那滿是皺紋的脖子，昂然的以他豪壯的男中音唱起歌來，和汽車引擎一較長短，這首歌和水手有關，艾勒里不禁莞爾，這老小子看來比年輕小伙子還精力旺盛！艾勒里把注意力拉回到公路上，踩油門的右脚也稍稍用力了點。

艾勒里•昆恩先生的這個夏天，要不就成天無所事事，要不就事情一來，又得沒日沒夜的忙，就這麼一鬆一緊的連著來，以至他絕少有機會找到一兩星期以上的完整時間到海濱住住——他最愛海了——更遑論正式正道的渡假了。整個暑季的最精華時光，他被困在紐約市裏和一個頭痛無比的謀殺案*拚搏，而這案子，說實在的，他還未能順利解決，到勞工節之後，艾勒里發現自己不可抑止的瘋狂想念那一大片起伏的廣闊鹹水和鹹水邊的裸露身體，一定得在秋天降臨之前去一趟。也許，他辦案的不順利更讓他心神不寧，總而言之，在他看到他父親一頭栽在中央大道的職務中不休，而所有的友人各忙各的無暇顧及到他，於是，在聽到麥克林法官那

*這是艾勒里所調查過最不尋常的案子之一，新聞界稱之爲「受傷的提洛爾人之案」，案子的進一步詳情無法再次詳述，據我所知，這是極少數讓艾勒里無計可施的案子，至今仍高懸不破。——J.J.馬克。

裏捎來的信息之後，他決定丟開這一切，隻身渡假去也。

麥克林法官是艾勒里父親的一名終身摯友，事實上，老探長的早期警探生涯中，麥克林法官一直是他堅定的支持者之一。在一般的法律人士之中，鮮少有人如他這樣，堅信眞相即是美，美即是眞相。他把他一生忙碌的最精華時光，全奉獻於守護正義的法庭，在審案中，他獲取了達觀幽默的人生態度、適度的財富以及全國性的名聲。由於身爲鰥夫且膝下未有子女，他視年輕的艾勒里如己出，費心替艾勒里挑選大學並安排課程，並在老探長不知如何擔負起父親責任時，伴著艾勒里穿過青春期的踉蹌歲月，且在艾勒里邏輯學思維的進展過程給予不可或缺的助力，如今，年過七十之後，老紳士業已從法庭的審訊席上退下來好些年了，他以和緩平靜的旅遊來渡過這段空閑時日。對艾勒里而言，儘管年紀懸殊，但法官一直是他最好的朋友，他的死黨，他的同志，然而，法官正式從公衆領域退休之後，他們的見面機會反倒巨幅減少，上一回兩人碰面已是整整一年前的事了，因此，這一回能在毫無預期、純屬偶然的情況下，再次接到「梭倫」——艾勒里慣常深情的以古雅典立法者的名字稱呼他——的信息，委實更有一番久違的驚喜，更何況，他再不可能找到更有意思的渡假夥伴了。

法官是從田納西某個不可思議之地打電報聯絡上他的——在天氣最炎熱的時刻，法官仍頑強的把自己一身莊嚴的老骨頭置於該地，以「研究當地居民及其風土人情」——約他在中點某地碰面，再結伴前往海邊，然後在那兒住一整個月什麼的。該電報讓艾勒里歡呼出聲，草草收拾了行李，對朱南和他老爸咧嘴說聲再見，跨上他「親愛的羅西南提」，一匹唐吉訶德式的有輪子機器瘦馬——它在古早古早前曾是一款出名的跑車——就開開心心上路了。兩人在約好的地點碰了面，擁抱，像女人般嘮嘮叨叨一整個小時，再鄭重其事的討論到底是找個地方度過這個晚上——他們碰面的時間是凌晨2時30分——還是即刻動身，追隨此時此刻這種神聖而不可預知的召喚。最終，4點15分整，他們和滿臉不敢相信的旅店老闆清了帳，完全不顧兩人皆一夜未闔眼，跳上艾勒里那輛杜森堡，在法官雄渾的男中音歌聲中昂然前進。

「還有，」在解決了這個最重要的爭端，並償還了一整年沒談話的舊債後，艾勒里問：「我們的世外桃源究竟何在？我只知道大致上得一路往前，如果能有進一步理解的話，那我將更感愉快。」

「知道西班牙岬嗎？」

「不很清楚，聽過而已。」

「呃，」法官說：「我們就是要去那兒，更準確的說，不是西班牙岬，而是緊臨著岬角的一處可愛小天地，距威蘭公園十哩，離馬騰斯則約五十哩左右，就在卅號公路旁。」

「你該不會是去拜訪某人吧？」艾勒里駭然問道：「帶著你青春歲月的滿懷熱情，這太像你的一貫作風了，完全沒通知人家主人，冒冒然就闖了過去。」

「而且惡客上門，誰也趕不走。」法官笑了起來，「但這回不是，不是這樣，我認識個人，他有間海濱小屋就在西班牙岬旁——離海只有幾碼，不奢華，但非常舒適。這次是標準的消暑之旅——那間小屋就是我們的目的地。」

「聽起來怪誘人的。」

「不信等到了後你自己看。去年我跟他租下這幢小屋——但去年我人在挪威沒辦法來因此今年春季時我就想到了，寫信到他紐約的辦公室，我們簡單完成交易，於是乎我就來啦。我一直租用到今年十月中爲止，可想而知，我們將會有個美好而過癮無比的海釣假期。」

「海釣？」艾勒里呻吟起來，「你可眞是名符其實的圖特先生，海釣只讓我想到烤人皮，刺眼睛之類，我可是連個——連個船錨都沒帶來。其他人眞的釣魚嗎？」

「釣啊，而且我們也要釣，我會讓你很快釣上癮的。在船屋中，有一艘非常棒的小艇，這正是我之所以這麼喜歡那裏的主要原因之一。別擔心裝備，我已寫了信給我市裏的管家，所需要的魚桿、釣線、捲輪、魚鈎等等全部在下星期一會送到我們手上，快遞來的。」

「我只希望，」艾勒里幽幽的說：「這班送貨的車子出事。」

「烏鴉嘴！事實上，我們整整早到一天，依我和瓦林的協定——」

「和誰的協定？」

「荷里斯・瓦林，擁有那地方的老小子，理論上我的租約應該從星期一才開始，但我想早一天應該沒什麼關係。」

「沒機會臨時通知到他，是吧？我覺得這很像某種不太尋常的假扣押請求。」

「才不像，他春天時寫過信給我，說他今年夏天並不打算到海濱小屋來住——八月到九月這段期間，他計畫留在歐洲。」

「你跟他非常熟嗎？」

「倒不怎麼熟，事實上，只通過信而已！當時也是爲了海濱小屋的事，三年前。」

「我猜，應該有雇人清理這間小屋吧？」

麥克林的灰眼珠眨著，這對眼珠看來非常非常年輕，「哦，那當然！一個留著兩個鬢角的古板僕役長，還有個僕人專門負責刷亮我們的靴子，由誠信的貝特南・伍斯特暨吉佛斯公司安排推薦，我親愛的年輕克利薩斯王（紀元前六世紀富有的里底亞王），你以爲我們要去的是什麼樣一種所在？那只是一間小小的木屋罷了，除非我們能在那附近一帶找到個能幹的女士幫忙，那我們便只能自己動手清掃、購物並且下廚，你也知道，我的烹飪手藝只能稱之爲平平。」

艾勒里看來頗困惑，「我懷疑我的烹飪才華只限於把人家和好的麵粉烘成比斯吉，煮煮咖啡，了不起再加上西班牙煎蛋捲而已。你當然有屋子鑰匙，對不對？」

「瓦林說他留了鑰匙，」法官莊嚴的回答：「埋一呎深，由小屋最北端角落劃道對角線過來兩步的位置。這個人可真有幽默感，我親愛的孩子，這可是個誠實乾淨的鄉間小地方，我在此地居留期間，所碰到最接近犯罪的事物是，老哈瑞・史鐵賓，這傢伙在主公路旁開了家加油站兼賣些飲料點心之類，賣我一個火腿三明治三毛五，該死，孩子，這裏沒有人費心鎖門。」

□

「就快到了。」法官再次強調，附帶一聲渴切的歎息，在車子登上公路的小丘頂上時，他瞇起眼睛透過擋風玻璃認眞朝前看。

「而且正是時候，」艾勒里大喊：「我覺得有點餓了，是否該埋鍋造飯了?可別告訴我，你那個古怪的屋主還爲我們屯積了一堆罐頭食物在屋裏！」

「老天，」老紳士呻吟著，「我完全忘了這回事了，我們得在瓦依停一下——就在我們去西班牙岬路上稍前不遠，靠北兩哩處——補充點糧秣。那兒，你看就在那兒，前面不遠，我希望我們能找到個小吃店或商店已開門營業，現在最多才淸晨七點鐘。」

運氣眞好得不得了，他們發現有個呵欠連天的老闆，正站在他的店門口把運到的新鮮蔬菜卸下來。艾勒里手捧一大堆珍貴的食物安然返航，步履蹣跚回到車旁，當然，有關該由誰付帳一事又再次引發一場爭執，解決的方式是由法官以有關身爲主人的不成文憲章所賦予的權力爲題，發表一份極其鄭重莊嚴的演講，並據此斷然下令才消弭了爭端。然後，兩人把順利補充的糧食收到折疊式車椅底下的置物處，繼續未竟的行程。這會兒，法官的歌聲已易爲〈拔錨前航〉了。

才不過三分鐘光景，他們便正式到達西班牙岬了，艾勒里把車速減下來，欣賞起這塊高聳的巨巖，通過造物者的突發奇想，它在觸目所及這一片低平的海濱鄉間景物中鬼魅的昇起，傲然而立。此刻，它靜靜躺臥在朝陽之下，一個睡著的巨人。高平的岬頂幾乎寸草不生，只邊緣處可看到覆蓋著幾點樹叢。

「漂亮，不是嗎?」法官開心的吼著，「這麼著，艾兒，我們在這兒停一下，停到對面加油站那裏去，我想和我的老友哈瑞・史鐵賓打個招呼——那個翦徑土匪！」

「我猜這方誘人的奇巖，」艾勒里咕噥著，把杜森堡轉上那個有著紅色油泵為其紋章的希臘式雕柱建築前的石子路上，「不會是公共財物吧？不太可能是，我們這些百萬富豪不會允許這樣的事發生的。」

「私人的，私人到一種地步，」麥克林法官大笑起來，「咦？哈瑞人呢？首先，要從陸路到西班牙岬只有這一百零一條路，那就是從公路到此地轉上支線過去，」艾勒里看見這道支線入口處有兩方巨大石柱守護著，由此深入公園一頭蓊鬱的樹林裏，「公園那一帶路較窄，兩旁是倒刺鐵絲圍的高籬，你要通過公園，那就非得穿過這段地峽不可——路的寬度僅容兩輛車交錯。這段路基本上很低平，只有西班牙岬如此拔高起來，這道路便只能繞道它通往岬邊的海濱。你看看那岩壁形成的斷崖，岬角的四邊全是這光景，你會有興趣爬上去嗎？……其次，這岬角是渥特・高佛雷的財產。」法官以一種冷酷的語調做為此段話的斷然結尾，彷彿光這個名字就足供解釋一切。

「高佛雷？」艾勒里皺起眉頭，「華爾街那個高佛雷是嗎？」

「沒錯，那條聲名卓著的大道上的——呃——狼族一員，」麥克林法官低聲說：「獨一無二，如假包換的華爾街一員。我知道，在西班牙岬這方神聖巨巖之上有少數活人住著，但它的擁有者自己不包括在內。在我來此地時，我甚少走進其方圓一箭之遙範圍以內，更遑論涉足其中，不，不，我根本不想和他們敦親睦鄰一番！」

「高佛雷此人不相信牧歌之美嗎？」

「他不，事實上，在我和瓦林你來我往的喋喋通信過程中，他也曾提到我剛剛說過的那番話，他從未走近高佛雷的——呃——宮殿之中，天知道他當高佛雷的鄰居有多少年了。」

「也許，」艾勒里露齒一笑，「你和你的地主兩人自己太高傲了。」

「哦，這絕對是事實，某種意義而言，一個正直的法官本來就不可能太受歡迎，你曉得——」

「好了好了，又要搬出你那一堆想當年了。」

「不是要說那些，完全不是。我要講的只是，一個像高佛雷那樣的人，想在極短時間之內從華爾街撈到一大筆財富，其實很不可能，除非他遊走於法律之外。我對此人本身是一無了解，但對於人類天性之中各形各色可堪質疑之處，我可是所知甚詳。根據我所聽過的，高佛雷是個怪人，但有個好女兒，幾年前夏天有一回她和一名年輕的金髮男子泛舟，我們有機會成了好朋友，儘管她身邊那小伙子一直擺各種臉色給我們看……哦，來了，哈瑞，你這老小子，居然還穿著泳衣！」

法官從杜森堡跳出去，眉飛色舞的跑過去，緊緊握住一個滿臉紅光、有著啤酒肚的中年小個子男人的手，此人身著烈火般紅的泳衣，腳下隨意趿著一雙橡膠拖鞋，剛從他房裏辦公室出來，適應天光的眨著眼，他那肥厚而紅潤的脖子上圍著條長絨毛浴巾。

「麥克林法官，」史鐵賓也緊握著法官的手，脖子上的浴巾掉了下來，跟著，他大嘴從左耳咧到右耳，用力捏著老人的手，「望穿秋水了，這是。正想說您今年這個時候一定會來才對，去年九月您去哪裏了？這些時日好嗎，先生？」

「馬馬虎虎，馬馬虎虎，哈瑞，去年我人在國外，安妮好嗎？」

史鐵賓哀傷的搖著他那子彈形腦袋，「病倒在床上，坐骨神經問題。」艾勒里猜想，他們所言這位不幸的安妮，應該就是幸運的史鐵賓太太。

「嘖嘖，年紀輕輕！請代我致上問候和關懷，哈瑞，來和艾勒里•昆恩先生握個手，他是我一名忘年摯友，」艾勒里恭敬的和對方握手，溼溼的一隻手。「我們要在瓦林那兒住上一個月，對了，瓦林人沒來是不是？」

「法官，打夏天開始就沒見他人。」

「看得出來你剛剛才游過泳，不覺得垂著你那個到膝蓋的胖肚皮，站在人來人往的公路旁是滿丟臉的事嗎，你這神所遺棄的老小子？」

史鐵賓羞怯一笑，「呃，先生，我想我是太急著出來見您了，才這樣，但這裏每個人全都這樣，我也喜歡大清早先去泡一下，海水浴場每天最妙的時光就是這時候。」

「是不是我們背後大約一哩那個海灘呢？」艾勒里問。

「是的，昆恩先生，另一邊還有一個——在瓦林先生小屋再過去點，你們要去的地方。」

「這麼說往前這段路一定非常有意思，」艾勒里思索著說：「尤其在炎熱夏日的午後，一路上儘是穿泳裝的美麗女孩——再仔細想想適合這種季節是何種泳裝……」

「你這小兔崽子，」法官笑罵起來，「說眞的，我記得前年夏天此地一些老古板還向當局抗議過，說老是有人就這麼幾近裸露的穿泳裝招搖路上，因此你曉得，本地特別明文規定，允許人們穿著泳裝在路上行走。對了，哈瑞，後來有什麼狀況發生嗎？」

「什麼也沒，法官，」史鐵賓笑著，「我們全依法行事。」

「其實之所以引發如此爭議，純是這些食古不化者的妒忌心理，怎麼可能游泳而——」

「這對你可是個好教訓，」艾勒里板著臉說：「如此，我就不必費神出海把你的屍體從海底釣上來了，就像六年前我在緬因州被迫做的事一樣。我堅信，對一個已七十好幾的老人而言，除了正常陸地之外，他應該懂得如何讓自己適應於各形各色的不同環境。」

「談到釣魚，」法官紅通著臉急急的問：「哈瑞，今年釣況如何？魚吃餌嗎？」

「大咬，法官，我聽到的全這樣，我也準備出發去扯他幾桿了，好啊，好極了，您看來眞的有備來了，連食物似乎都屯積齊了，任何時候，您曉得——」

「你再也沒法子趁火打劫，一個火腿三明治勒索我三毛五了，」法官冷冷答道：「我再也不可能——」

一輛土黃色汽車這時候從公路呼嘯而過，似乎其事甚急的趕著路。汽車前門處漆一排金字，但車速太快了，來不及看清寫的是什麼。突然，車子發出刺耳的剎車聲音倏然左轉，然後標槍般從兩塊巨大石柱之間射向西班牙岬，瞬間隱沒在公園那頭濃密的樹叢之中。

「這是，」艾勒里問：「我們這個偉大榮光之地的慣常開車方式嗎？史鐵賓先生。」

加油站老闆抓抓腦袋，「一般人大概不敢這麼開，但那是警察。」

「警察？」法官和艾勒里宛如合唱。

「郡警的車子，」史鐵賓自己似乎也頗困惑，「在十五分鐘內，這是我所看到衝往岬角的第二輛了，一定出了什麼事。」

三人靜下來斜眼看向穿入公園那道濃蔭之路，但他們沒聽見什麼，天空仍亮藍如洗，太陽又昇高了些，也熱了些，鹹鹹的海風多了一絲蒸騰之味。

「警察，呃？」麥克林法官思索著說，他的鼻翼顫動著。

艾勒里有點驚恐的拍拍法官手臂，「呃，法官，老天垂憐，我們是就此打住還是決定涉入？你該不會打算介入某人的私事之中吧，我相信？」

老人歎口氣，「我想不會，只是，我理所當然以為你會覺得——」

「沒事沒事，」艾勒里鐵石心腸的打斷，「和我無關，我才剛嚐足了苦頭，親愛的梭倫，而且我敢向你保證，這些日子來我受夠了，此刻，我所需要的一切純粹是動物性的：游泳，一大盤炒蛋，然後北窗高臥補個懶覺。希望很快能再見到你，史鐵賓先生。」

「彼此，彼此，」史鐵賓嚇了跳，他太專心凝視著通向西班牙岬的路那一頭。「很高興認識你，昆恩先生。哦對了，法官，您應該會要個人打理屋子吧？」

「當然需要，你有合適的人選嗎？」

「如果安妮她好起來的話——」史鐵賓沉吟著，「呃，法官，我一時想不起手邊有誰，但我會幫您留意，也許安妮知道有誰可以。」

「我相信她幫得上忙，稍後見了，哈瑞。」法官說著上了杜森堡，不知怎的大家都忽然有點心頭沉重：法官掛著臉，史鐵賓頗不安，艾勒里彷彿有意躲開什麼似的發動起車子，兩人重新上路，灰髮的加油站矮小老闆目送他們離去。

□

打從加油站開來這段短短行程裏，兩人各自陷入沉思，在法官簡單指引下，艾勒里左轉上了通往瓦林小屋和海濱的支線，很快，他們就進入颯然的公園濃綠之中。

「呃，」好半晌艾勒里先開口，「這種感覺似曾相識，儘管又餓、又渴且疲憊不堪，但我心情卻不斷好起來。」

「嗯？」法官有些回不過神來，「哦，是的，這眞的是個很美好的地方，艾兒。」

「你那樣子，」艾勒里不客氣的如此評論，「可不怎麼像你喜歡這地方。」

「胡說八道哪有這回事，」法官昂然而莊嚴的抬起他那瘦骨嶙峋的腦袋，「我感覺像年輕了十歲一般，繼續前進，孩子，我們很快就出公園了，打這兒起就是直路到底了。」

他們果然開進了亮麗的陽光之中，眼前的海灘、藍汪汪的海水和天空全綴點著碎碎的金光。西班牙岬角的岩壁沉靜且傲岸的從他們左手邊拔起，掠過。

「眞讓人動容。」艾勒里喃喃著，減了車速。

「哦，的確，好啦到了，艾兒，看到前面那一叢小屋沒有，我們右手邊從這裏開始的圍籬是隔開遊客的，圍籬另一邊就是公共海水浴場，想不透爲什麼瓦林會選在這麼靠公共浴場之地蓋這小木屋，但說歸說，我不認爲我們會遭到什麼打擾，這裏的人很規矩，」他忽然住了嘴，聰明且靈動無比的眼睛眨了起來，人也跟著前移了點，「艾勒里，」他的語氣尖利起來，「瓦林小屋前是眞的停了輛車，還是我老眼昏花？」

「那是輛車，沒錯，如假包換，」艾勒里說：「我猜那可能是瓦林先生的，他留下來給你開。儘管這樣的猜測並不充分，但我以爲一定沒錯，很詭異，是吧？」

「不太可能是瓦林的，」法官喃喃著，「我確定他此刻人在歐洲，此外，他的車子最小的一輛也至少是派卡車，而這個看來是亨利・福特有條不紊的錯誤成果之一。開過去，孩子！」

杜森堡輕巧的滑進去，準準停在瓦林小屋車道盡頭那輛老爺車後面，就在小木屋旁，艾勒里靈活的跳上石子地，走近那輛詭異停著的車，他的雙眼機警的查看著；法官身子有點僵的跟著下了車，嘴巴抿成薄薄的直線。

兩人一起查看該車，車裏沒什麼可異之處，沒人，也沒物品，點火裝置上的鑰匙仍插著，儀表板上一道小鍊子掛的小東西空蕩蕩的懸在那兒。

「車燈還開著，」艾勒里低聲說，但他們伸手去按開關時發現已不亮了。「嗯，電耗光了，可能是整夜這麼開著。好啦好啦，一個有趣的小小之謎，樑上小賊，你想是嗎？」他伸手去開車子前門，法官抓他手臂阻止。

「不該這樣。」法官平靜的說。

「老天，爲什麼不行？」

「天曉得，我是指紋的堅定信仰者。」

「哇靠，你一定是被剛剛那輛沒命趕路的小警車給弄得疑神疑鬼了，」但艾勒里也因此沒再伸手碰車門把手，「好吧，那我們還等什麼？讓我們——呃——動手挖出瓦林特別爲你埋的那把羅曼蒂克鑰匙，忙我們自己的事吧，我可累壞了。」

他們繞過車子，緩步走向木屋，卻又忽然停了腳。門半開在那兒，而且，懸空晃盪的門板看得出剛剛被人破壞過，門內則陰森的無聲無息。兩人不解的對看一眼，剎那間全換成警覺的眼神，艾勒里無聲的溜回杜森堡車，翻找了會兒，拿出一支沉重的扳手，再無聲走回來，示意法官躲一旁，一個箭步躍向門，再一大腳踹開，扳手高舉，跨過了門檻。

老紳士緊閉著嘴，快步跟進去。

他發現艾勒里就停在這扇毀損的屋門內側，看向屋內地板一角，前窗底下那一角。跟著，艾勒里再次一屏呼吸，高舉扳手，衝進了臥房，又一會兒，他重播一樣又突襲了廚房一次。

「運氣不佳，」他喘著氣，走回來，扳手一扔，「如何，法官？」

麥克林法官骨楞楞的膝蓋跪水泥地板上，該處，有把椅子翻倒過來，一個女孩躺椅子中，雙手雙腳被繩子緊緊綑椅子上，她的腦袋，平擺著，顯然撞到過地板，右側太陽穴那兒有一抹乾掉的血跡。她仍在昏厥狀態。

「好啦！」法官平穩的說：「又有麻煩事自動找上我們來了，艾勒里，這就是蘿莎·高佛雷，西班牙岬那名強盜貴族的千金女兒。」

□

她緊閉的眼睛底下有紫色陰影，頭髮也蓬鬆了，滾翻在地板的臉有如黑綢，看來，她是整個人累垮掉了。

「可憐的孩子，」麥克林法官低聲說著：「感謝老天，她的呼吸很正常，艾勒里，讓我們把她從這殘酷的地方移走吧。」

艾勒里用鉛筆刀割開綁她的繩子，兩人合力抬起她軟趴趴的身子，移到臥房裏放床上。艾勒里從廚房弄來涼水，擦臉時她開始微微呻吟起來，太陽穴那裏的傷口很輕微，只是擦破皮罷了，很明顯，她本來是坐在窗邊那把綁她的椅子上，因著疲憊和鬆弛下來，以及某種瞬間的動作，導致椅子翻倒，她也因此跌倒，太陽穴摔到堅硬的水泥地上。

「我很欣賞你那位強盜貴族生女兒的品味，」艾勒里輕聲說：「非常漂亮的小妞，我毫無異議。」他熱心的檢查她毫無知覺的雙手，繩子的勒痕甚深。

「可憐的孩子，」法官又重覆了一次，幫她把太陽穴的血疤擦去，她機伶伶一顫並再次呻吟出聲，跟著她眼瞼一陣眨動，艾勒里走到一旁，找出個醫藥箱，拿來一小瓶碘酒。消毒時的刺痛讓她喟歎出聲，同在一剎那間，她眼睛驚恐的張大過來。

「別怕別怕，親愛的，」法官安慰她，「你不用再害怕了，你眼前的全是朋友，我是麥克林法官——你還記得兩年前嗎？麥克林法官。放輕鬆下來，孩子，你只是經歷了一場不好的事而已。」

「麥克林法官！」她急喘著氣，想坐起來，卻呻吟一聲倒了回去，但此刻她的湛藍眼睛中已不再驚恐了，「哦，謝天謝地，謝天謝地，他們有——他們找到大衛了嗎？」

「大衛？」

「我舅舅，大衛・庫瑪！他沒——別跟我講他已經死……」她手掩著自己嘴，瞪著眼前兩人。

「我們完全不清楚狀況，親愛的，」法官溫柔的說，邊拍著她另一隻手，「你看，我們才剛到此地，發現你被綁在起居室那裏的椅子上，先放鬆下來，高佛雷小姐，我們會馬上通知你的父親和母親——」

「你們不知道！」她哭了出來，隨即忍住，「這裏是瓦林小屋嗎？」

「是的。」老人回答，有些驚訝。

她看向窗外，陽光斜斜照上地板。「現在是早上了！我一整夜都在這裏，最可怕的事發生了。」說到這裏，她又咬住下唇，瞥了艾勒里一眼，「這沒——麥克林法官，他是誰？」

「我的一位非常親密的忘年摯友，」法官急急的說：「請容我跟你介紹艾勒里・昆恩先生，事實上，他是一個非常出名的偵探，如果說有什麼棘手的事發生——」

「偵探，」她帶點嘲諷的覆誦一次，「我怕已經來不及了，」她靠回枕頭，閉上眼，「我把整件事講給你聽吧，昆恩先生，天知道這怎麼回事——」她又不自覺發起抖，睜開她的湛藍眼睛，開始講起這名古怪巨漢的全部經過。

兩人顰著眉頭沉默且認眞聽著。她講得非常清楚，非常仔細，只除了巨漢出現之前她和她舅舅在陽台的那段對話。她講完時兩人呆呆的對看著，艾勒里歎口氣，走出了臥房。

他再次回到臥房時，這個苗條黝黑的女孩兩脚放地板上，以一種心不在焉的茫然神色收拾自己，她已撫平了身上棉衣的皺摺，正撥弄著鬆亂的頭髮，但艾勒里前脚才踏進來，她急急的站了起來，「怎麼樣，昆恩先生？」

「高佛雷小姐，外頭找不到什麼和你剛剛所說的相關事物，」艾勒里微弱的說著，邊遞給她一根菸，蘿莎拒絕了，艾勒里自己點了，心不在焉的抽著，法官沒抽菸。「小艇被開走了，沒留下你舅舅和那名綁架他的巨漢任何可追索跡象，唯一可成爲線索的是那輛車，現在還停外頭，但我不相信我們能在這上頭找到多少東西。」

「也許車子是偷來的，」法官低聲說：「如果這輛車可追得到綁架者，那他絕不會就丟這裏。」

「但那個人他那麼——那麼笨，」蘿莎叫著：「他哪可能做得這麼天衣無縫。」

「我同意，」艾勒里露出個抱歉的笑容，「他不可能多精明，如果你告訴我們的沒錯的話。這實在是椿詭異的事，高佛雷小姐，應該說幾近不可思議。」

「這麼一種身材的怪物——」法官的鼻翼再次搧動起來，「他應該很容易辨識出來才是，還有那個黑眼罩——」

「那可能是僞裝的，儘管我看不出……最有意思的應該是他打的那通電話，高佛雷小姐，關於接電話那人，你確定你一點線索也無法給我們嗎？」

「哦，我眞希望我可以。」她激動的喘氣，絞著雙手。

「嗯，我想事情應該很清楚了，」艾勒里在房裏踱著步，忽然一個轉身，眉頭跟著一收，「這個大而笨的傢伙是某人雇來綁架你那位約翰・馬可先生的，看來馬可先生走了運，很可能是因爲沒照片，對馬可的樣子僅憑描述的關係。高佛雷小姐我問你，馬可到你家晚餐，通常都穿白衣服嗎？」

「是的，哦，沒錯。」

「那你舅舅實在太倒楣了，照你所說的，他的身高體型和馬可相近，昨天晚上也一樣穿白的，於是就這麼錯認之下很無辜的成爲被害者。對了，高佛雷小姐——你原諒我的冒昧，我確信——你晚餐後有和馬可先生散步聊天的習慣——在你說講的那陽台一帶是嗎？」

她垂下眼瞼，「是的。」

艾勒里好奇的盯著她看好一會兒，「那顯然在這場鬼使神差的悲劇性錯誤中，你也貢獻了一己之力了。這個怪人出現，對自己的認定堅持不疑，拒絕相信你舅舅不是馬可，你的在場更加深了這個誤會。那通電話的重要性則無以倫比，因爲它清楚說明攻擊你們這名巨漢的受雇眞相；同樣清楚的是，從這個小木屋打電話回報進行結果也是早就設定好的。此處的確是作案的理想地點，四下無人，而且船屋裏還現成一艘小艇可資利用。這名巨漢僅僅是某人的執行工具罷了。」

「但這個和他通電話的人可能是誰呢？」法官冷靜的問。

艾勒里一聳肩，「如果我們曉得那就——」

三人沉默了下來，腦中浮起的皆是同一件事，本地的電話，就在西班牙岬這一帶的附近某個住家……

「那你，」蘿莎膽怯的問：「你以爲他們——他們會怎麼處理大衛？」

法官不忍的避開臉，艾勒里體貼的說：「我不能無視於如此自明的眞理，高佛雷小姐，根據你告訴我們的，這大塊頭在電話中曾說到：『他不會再煩到你了』這類的話，我很懷疑這是有計畫的犯罪而不是單純綁人而已。高佛雷小姐，我恐怕我無法顧慮到你的感受，依這位犯罪者所講過的話聽起來，不像個綁架，而極殘酷的是——終結。」

蘿莎聞言垂下了眼睛，彷彿使勁的把什麼嚥了下去，她灰白的臉上神情令人不忍卒睹。

「事情恐怕就是這樣，我親愛的。」法官低聲說。

「不過呢，」艾勒里換了種較輕鬆的聲調繼續說：「我們沒必要在這裏先臆測，什麼事都有可能，也天天都發生，不管怎樣，這整個案子是警方的正常職責，你曉得他們已到西班牙岬來了，高佛雷小姐。」

「他們——來啦？」

「才沒多久前，就有兩輛警車開到此地來，」艾勒里看著手上香菸，「某種意義而言，我們在這裏疑神疑鬼反而可能增加麻煩。不管那大傢伙打電話的對象是何方神聖，很顯然，高佛雷小姐，那人是希望在你可能遭到任何傷害之前，確定你已安然被釋放，這是你提到那名巨人歌利亞在電話中說的話。現在，我有點擔心我們耽擱了時間了。」他搖搖頭，「第二個想法，也許不成立，極可能這名藏在這樁骯髒活兒背後的見不得人傢伙，現在已發覺他雇用的笨蛋抓錯人了，這會讓他躲得更隱密……」說著，艾勒里走到一扇窗子旁，打開，率然把手上的菸彈了出去，「你不覺得，高佛雷小姐，你該通知你母親你安全無恙嗎？她必然急壞了。」

「哦……媽媽，」蘿莎喃喃著，抬起她憔悴的雙眼，「我——我全忘了，對，我得趕快打電話回家。」

法官走到她前面，邊投給艾勒里一個警告的眼神，「我親愛的，讓昆恩先生來打，你最好還是再躺下來休息。」她聽話的果然乖乖再躺回床上，但嘴角仍止不住的抽搐著。

艾勒里走到起居室，關上連通臥房的門。他們可聽見撥電話的聲音，然後是他低沉的講話聲。老人和女孩都沒開口，沒多會兒門又拉開，艾勒里回來，疲削的臉上神色古怪。

「大——大衛他——」蘿莎聲音整個變了。

「沒事，你舅舅還沒消息，高佛雷小姐，」艾勒里緩緩的說：「當然，有人急著知道你和大衛•庫瑪的消息，跟我講電話的是本地的一名紳士名叫墨萊——郡警調查部門的墨萊探長，你曉得。」艾勒里停嘴，顯然不太願意說下去。

「沒消息。」她空洞的喃喃一聲，眼睛垂下來盯著地板。

「墨萊？」法官粗聲的說：「我認得他，好人一個，兩年前因爲工作的關係，我們聊過幾句。」

「令堂馬上會派輛車來，」艾勒里接著說，他眼睛牢牢看著女孩，彷彿什麼事讓他很困惑，或難以啓齒，「一輛警車……還有，似乎你們家有一位客人，高佛雷小姐，舉止頗詭異，才幾分鐘之前，他偷了令尊一輛車，落荒離開西班牙岬，好像整個地獄的全部惡鬼追著他一般，在我打電話前一刻墨萊才接獲報告，兩名摩托車騎警已追上去了。」

她的前額用力皺著，好像不這樣聽不到一樣，「他？」

「一個年輕人，名叫厄爾•柯特。」

她驚訝的睜大眼，法官也看起來很不安。「厄爾！」

「我親愛的，他不就是兩年前跟你一起泛舟那個年輕小伙子嗎？」

「是啊是啊，厄爾……不可能的，不——他不會——」

「這堆混亂看來還在持續增加之中，」艾勒里說，跟著他語氣一緊，「依我看，某些事比柯特先生的逃之夭夭還緊急，也比高佛雷小姐和庫瑪先生的綁架還緊急，法官。」

老紳士嘴巴一抿，「你是說——」

「我相信高佛雷小姐應該曉得，而且，理論上她應該已經曉得好一陣子了。」

這位黝黑的女孩有點驚訝也有點困惑的抬頭看他，她不懂艾勒里的話何意，「這——呃——」她不知語從何起。

艾勒里張嘴欲說，卻又立即閉上，三人吃驚的轉了身，一輛馬力十足的車子，依它的隆隆引擎聲可聽得出來，向著小木屋飛馳而來，在他們進一步反應之前，他們又聽見吱的刹車聲，碰的摔門聲，以及石子地上的急促脚步聲——然後，出現了一名高大強壯的年輕男子，一頭蓬亂金髮，皮膚晒成深褐，腿上臂上肌肉嶙峋。

「厄爾！」蘿莎應聲哭喊出來。

他順手關上身後的門，半裸的背靠門板上，眼睛一直牢牢鎖住蘿莎，彷彿要確定她完整無恙，然後對著艾勒里咆哮開來，「好吧，你們兩個土匪，講啊，你們打算怎樣？還有大衛·庫瑪人呢？」

「厄爾，你少神經，」蘿莎插嘴，臉色平復了下來，「你不記得兩年前那位麥克林法官嗎？還有這一位是昆恩先生，法官的朋友，他們今天早上才到小木屋來，發現了我，厄爾，你別傻瓜一樣光站那裏！到底怎麼啦？」

年輕人又看了兩人一眼，但這回羞怯下來，脖子都紅了。「我——我很抱歉，」他囁嚅著，「我不知道——蘿莎，你眞沒事是嗎？」他衝到床邊，單膝跪地，緊抓著她的手。

她摔開來，「我非常好，謝謝你。我昨晚最需要你時，你人在哪裏？在我——在大衛舅舅和我被個獨眼的可怕怪物綁架時，你在哪裏？」她有些歇斯底里的笑了起來。

「綁架！」他呼吸急了起來，「大——我不曉得，我以爲——」

艾勒里溫柔的看著柯特，「柯特先生，奇怪我沒聽到追趕你的警察任何動靜，我才剛和西班牙岬的墨萊探長談過，他告訴我，已派了兩名騎警追你後頭。」

年輕人站了起來，但仍滿臉大惑不解之色，「我甩開他們，把車轉到路旁小徑……他們沒發覺直直往前去了，但大——」

「那麼，」麥克林法官輕聲問：「你究竟怎麼知道高佛雷小姐人在此地，柯特先生？」

他跌坐在一把椅子上，把臉埋進雙手之中，然後搖搖頭，抬起眼來，「我承認，」他緩緩說著，「這對我這簡單的腦子而言太複雜了，幾分鐘前，我接到一通電話，有人告訴我在這裏可找到蘿莎，瓦林小屋這裏，警方已快來了，但我想我——我想搞清楚誰打的電話，但沒辦法，然後，我想我——我快瘋了，我就來了。」

蘿莎一直不去看柯特的臉，似乎她爲了什麼傾怒。

「嗯，」艾勒里說：「聲音很低沉嗎？」

柯特有點可憐兮兮的樣子，「我不曉得，電話線路好像有點問題，甚至我連打電話人的性別都無法確定，聲音非常小，」他說著，轉向女孩，以容忍的古怪眼光看著她，「蘿莎——」

「好吧，」蘿莎冷冷的說，眼睛看牆，「我非得在這裏坐一整天，聽——聽這些廢話，或者我是否可請問一下，我家裏究竟出了什麼事了？」

艾勒里眼睛並未從柯特臉上移開，他回答：「打電話給柯特先生的人意圖把事情搞混，高佛雷小姐，你家裏有幾具電話？」

「很多，每個房間都有。」

「哦，」艾勒里柔聲說：「柯特先生，那極有可能你這通電話是在同一幢屋子裏打的，因爲昨晚這事——高佛雷小姐，綁架發生之後的必然後續發展——似乎說明了，那個用電話指示綁架者的人，極可能是待在你家的某人，這當然並非百分之百確定，但……」

「我——我不相信。」蘿莎喃喃著，臉又刷的白了。

「你知道，因爲，」艾勒里的聲音仍很溫柔，「你那名不可思議的海盜所犯的錯，似乎馬上這名隱藏的雇主就發覺了。」

「馬上？我——」

「而錯誤馬上便被補救過來——也許這次他親自動手，」艾勒里又點了根菸，柯特把頭轉開，跟著，艾勒里改以一種勿寧是緊繃但不確定的語氣說：「因爲，你曉得，高佛雷小姐，今天清晨約翰・馬可被人發現坐在你們家靠海灘的陽台處……死了。」

「死——」

「謀殺。」

3 赤裸男子的難題

墨萊探長紅臉，嘴巴線條銳利，體格健壯，是名髮色已灰的沙場老將——這些全是擁有豐富追獵犯人經驗者的典型表徵，他們憑藉堅硬的拳頭，對人們臉孔和職業性犯罪事件的廣泛理解，以及某種與生俱來的冷靜敏銳，才得躋身此輩中人。但這樣的人，當犯罪事件逸出正統的範疇之外時，常不免顯得失措。

他靜靜聽完蘿莎的遭遇和厄爾・柯特的囁嚅解釋，不發一言，但艾勒里從他眉眼之間讀出了他的困惑。

「呃，昆恩先生，」法官把蘿莎扶上警車，柯特陰著臉拖著絕望的脚步跟他們後頭，墨萊探長對艾勒里說：「這案子顯然頗棘手，有點超出我的理解範圍，我——呃——我聽過你的大名，還有當然，法官又一再鄭重推崇，你可否——也許——鼎力相助一番呢？」

艾勒里歎口氣，「我是希望……我們一整夜未闔過眼，探長，而且也沒吃——」他眼睛飢渴的看向杜森堡的折疊座椅，「怎麼說好呢，麥克林法官和我也許可以——呃——暫時性的參予，如果方便的話。」說是這麼說，他的聲音中卻滿是渴望。

此時，在主公路轉西班牙岬入口處已派了一名郡騎警守衛，顯然柯特的突然逃脫已令警方採取了戒備佈署，車子開過，卻沒任何人作聲，蘿莎坐得直直的，兩眼無神的平視著，彷彿趕赴刑場一般，坐她旁邊的柯特則痛苦的啃著手指甲……在岩壁地峽盡頭又站著另一名騎警，此外，通往岬角的石子路下坡那兒還停了輛騎警摩托車。

「有關被棄在那裏的那輛車，」艾勒里先開口，低聲對墨萊探長說，他眼睛流露出追根究底的光亮。

「我幾名手下現在正徹底檢查，」探長沮喪的說：「若有任何指紋，他們一定會找到，儘管我不敢奇望會有指紋留下。依目前所發生的種種跡象來看，這不大像個平常的案子，那大個子……」他一抿線條鋒利的嘴唇，「當然，還眞是詭異，看來他是本案最容易掌握的一個點，我隱約記得，我曾聽說過這附近有某某人似乎很符合高佛雷小姐描述的那樣子，沒問題，我很快就會想起來。」

艾勒里沒再說下去，在車子爬昇完這一長段，即將駛離此坡道的這會兒，他已可見到通往陽台的入口有一大堆人擠在那兒，因此，車子得繞過這些人才能開始往建在陽台上方的屋子爬昇，從這個距離，可看到華美且悠然無慮的山形紅磚屋頂。

車道兩旁，是刻意以某種不經心方式建構出粗曠風味的礫石庭園，混雜著海濱濃烈的溼鹹空氣，調配出一種有趣的甜蜜氛圍。左邊，一名皮膚泛著岩石色澤的老人彎著腰，以一種完全風雨不動的姿態專心工作，彷彿就算有暴力死亡發生於跟前，也無法撼動他神聖的職責一般。

整個景觀包括爭相怒放的鮮花，五彩的礫石和濃綠的灌木叢，一座豪宅鬼魅般浮於其上——是一幢長而低矮的西班牙風建築……這一刻，艾勒里心血來潮好奇起來，在這礫石庭園專心摸摸弄弄的老者，大概不會是渥特・高佛雷先生本人罷！

「朱崙。」墨萊警長注意到他的顰眉凝視，說了。

「朱崙是什麼人？」

「本地一個與世無爭的老陶工，我想，他大概是老高佛雷在這星球上唯一的朋友，就像星期五之於魯賓遜一般為高佛雷做事——幫高佛雷開另一輛車，擔任守衛工作，並照料照料花園之類的，焦不離孟的一對老友，」說話間，墨萊探長銳利的眼神冷凝為沉思之色，「我想先從兩件事著手，首先，是昨晚荷里斯・瓦林小屋打的那通電話，不曉得，但也許我們可試著追蹤出來——」

「從電話系統著手追蹤？」艾勒里輕聲說：「想當然耳，另一件是柯特這年輕人沒能聽出是誰打給他的那通電話。」

「有關柯特這小伙子所說的一切，」墨萊探長嚴酷的強調，「我並非照單全收，儘管我命令我一名手下追查結果，似乎他說的是實話沒錯……好，咱們到啦，高佛雷小姐，打起精神來吧，你不會要雪上加霜的讓令堂覺得加倍難過吧，今天，她已夠受的了。」

蘿莎機械性的一笑，邊伸手順順自己頭髮。

屋子前廳中一票人神情木然候著，他們四周則是清一色警戒且神情冷肅的警方人員，外頭天井則是好幾雙驚恐的眼睛，很顯然是家中的僕傭，每個人都閉口無言，色澤明亮的家具兀立著，一角鋼琴邊的噴泉無事的噴著水，火石鋪成的地板泛著愉悅的光澤——一切一切無不美好亮麗。如此的美好亮麗，在陽光的照射下，彷彿髹上一層不盡眞實的油彩，如眞似幻。

蘿莎下了警車，一名宛如雕像、細瘦手上抓著手帕的高大黝黑女人，雙眼瞬間一紅，她瘋了一般跑到外頭車道，緊緊的和蘿莎抱成一團。

「我沒事，媽，」蘿莎低聲說：「但——但大衛他——我很怕——」

「蘿莎親愛的，哦，謝天謝地……」

「媽，現在——」

「我們擔心你擔心死了……好可怕好可怕的一天……先是你和大衛，然後是約——是馬可先生……親愛的，他被——被殺了！」

「媽，拜託，鎭靜點。」

「事情很明顯……一切一切都不對了，今天一早先是琵慈——我不曉得她跑哪去了——跟著是你和大衛，然後馬可先生他……」

「我知道我知道，媽，你說過了。」

「但是大衛，他——他難不成——？」

「我不曉得，媽，我不曉得。」

艾勒里低聲問墨萊探長，「警長，琵慈又是誰？」

「我知道才有鬼，等等，」探長掏出筆記本，翻到寫得密密麻麻的一頁，「哦！她是女傭之一，高佛雷太太的貼身女傭。」

「但高佛雷太太剛剛說她人不見了。」

墨萊一聳肩，「她可能跑哪裏去了，此時此刻，我可沒空擔心個女傭跑哪裏去……得等我先辦完正事再說，我——」

他忽然住了嘴，等待著。此時，那名滿頭亂髮的年輕人已站定於天井入口之處，他啃著手指甲，眼神牢牢鎖住蘿莎，臉色既狂暴又挫敗，然後，他狠狠摔了摔腦袋，神情一變，以一種快快的順服姿態緩步走到女孩身邊。

一名身穿髒汚便服，小而精幹的灰髮男子曳著脚步走來，匆寧有點使不上力氣的握住蘿莎的手。此人的頭型長而窄，在他矮壯的身子襯托之下，顯得更尖，也令他看起來更加底大頭小，如童謠中的蛋形人物漢提—鄧提；更怪的是，他完全沒下巴，於是乎把他海盜般的勾鼻拉得更長；他的眼睛甚小，但凌厲而安定，幾乎和蛇眼沒兩樣，既無色澤亦無情感……整個來說，他看來像園丁的副手或廚房的二廚，也就是說，光從外形來看，委實找不出有一絲一毫手握權力之狀——也許只除了他那對蛇眼——從他的行爲舉止來看，也同樣找不出一點百萬富豪的架勢。渥特・高佛雷便這樣，彷彿是身爲僕傭的一名父親，緊緊握著自己女兒的手，且半點也不當他老婆存在。

警車駕駛把車開走，相當一段異樣的沉默之後，這高佛雷一家三口緩緩走向前廳。

「老天！」墨萊探長輕嘆一聲，啪的折了下手指。

「怎麼啦？」麥克林法官低聲問著。老紳士的眼神仍盯著高佛雷沒移開。

「我曉得了！我指的是，我曉得是誰了，等等，等我好好打兩個電話……對對，喬，我來了，繼續看好那些記者大爺們。」他快步往屋子另一角走去，但馬上他又露出臉來，「法官，你先進屋內等我一下，昆恩先生，你也先請，我馬上就來。」話聲一落，他又消失不見了。

艾勒里和法官兩人有點不好意思的只好也往前廳走。「以前我置身有錢人中總非常不自在，」艾勒里小聲的說：「直到我記起普魯東的一句話。」

「哪句普魯東的話？」

「『私有，來自偷盜搶奪。』」法官聞言嗤之以鼻。「我從此就感覺好多了。謙卑如我，而我仍能在——呃——盜賊群中保有眞我，因此，我們就隨遇而安自在些吧。」

「不改詭辯惡習！但講眞的，我就是沒辦法不聞到彌漫空氣之中那股腐朽氣味。」

「很顯然，相當大一部分好人也會跟你的感受一樣。你認得這裏誰嗎？」

「一個也不認得，」老紳士一聳肩，「我很擔心，從高佛雷那種彆扭樣子看來——如果剛剛那個不稱頭的小個子惡棍眞是高佛雷的話——我們的光臨可能並不受歡迎。」

蘿莎這時虛弱的從柳條椅子站起身來，「很抱歉，法官，我實在——我有點太失態了。爸，媽，這位是麥克林法官，他熱心的答應幫我們；還有這一位是昆恩先生，他是一位——一位偵探。我——他人在哪裏？」她說著忽然一岔聲又哭了起來，至於她口中的他究竟是大衛•庫瑪或約翰・馬可天知道。

那名褐皮膚的年輕小伙子聞聲畏縮了下，終究還是鼓勇上前，抓住她的手：「蘿莎——」

「偵探，」渥特・高佛雷說著，拉拉身上的髒衣服，「依我看來，我們好像已經有一大堆了不是，蘿莎，別哭哭啼啼的了！這太不像平日的你嘛，這無賴純粹是罪有應得，我敢公開這麼講，而且我還希望這位負責料理他的大善人能不必負刑責。如果你肯多聽聽你老爸我的話，而不是——」

「有意思的傢伙，」艾勒里低聲評論，就在他轉臉向法官這會兒，史黛拉・高佛雷怒視了自己丈夫一眼，匆忙上前看顧女兒。「留意一下我們這位年輕英雄，他是這地球上觸目可見的典型護花使者，渾身最明顯的罩門死角就是女性眼淚，老實說，此情此景之下，我實在不好說他有什麼不對。還有，你認爲那邊那個龐然如艦艇的女人會不會就是蘿莎提過的『瘋子』康斯帖佛太太？」

茹拉・康斯帖佛，身披一襲艷紅衣服，神色恍惚的一旁坐著，她沒看艾勒里兩人，沒看史黛拉・高佛雷護著蘿莎進屋，沒看厄爾・柯特緊咬著下唇，更沒看渥特・高佛雷惡意的盯著天井那邊的一干刑警。這個女人，就算晨裝底下以甲冑般的內衣緊勒著，仍不改某種不潔的胖大，這會兒，她一副驚魂未定之狀。

除了她清楚顯露的恐懼神色外，這女人的身材尺寸也實在太惹眼了，在她那肥胖、粗俗、懶怠且油光如上釉的臉上，與其說是害怕，毋寧是某種痛苦，這很難用忽然湧來一堆警察的理由來解釋，甚至也不因爲有人死在眼前之故。艾勒里目不轉睛的仔細研究她，在她肥油堆滿的喉部有道動脈清晰的跳動著，而且覆蓋著她紅通通眼睛的左眼皮也神經質的抽搐著，她的呼吸緩慢、沉重且費力，像個氣喘病人。

「人類原始本性的壯觀流露，」法官冷冷的說：「我實在很好奇什麼事如此困擾她？」

「困擾？這動詞用得不太準確……還有坐那兒的，我想，是慕恩夫婦吧。」

「靜默的一雙高塔，」麥克林法官輕聲回答，「這兩個人實在是極有意思的動物標本，孩子。」

女的很容易認出來，那張漂亮的臉孔出現在各色報刊雜誌的照片頁上不下千次，她以來自中西部小村鎮那穢暗靈魂所流出的本性，二十不到的小小年紀，在一場盛大選美會上奪得后冠之後，便旋風般闖出了毀譽參半的聲名，一度，她擔任模特兒——她金髮美女的漂亮臉蛋和身裁在攝影機前堪稱奪目懾魂，但很快她消失了，跟著她搖身出現於巴黎，成爲一名花花公子型美國百萬富翁的老婆，又兩個月，她滿載而歸的離了婚，並和好萊塢簽妥了一份電影合同。

然而，她生涯的這段演藝插曲卻是來也匆匆去也匆匆，既沒任何才藝可言，又迅雷般連著三樁醜聞問世，於是她揮別好萊塢回到了紐約——幾乎人才剛抵紐約，她又有了一份新合同，成爲百老匯大街的一角，很顯然，這回這個原名塞西莉雅·寶兒的女人總算找到眞正吻合自己的角色了，因此她不稍停的從這齣鬧劇飛到那齣鬧劇，以火箭般的驚人速度攫取成功，看來，如此神蹟也只有在百老匯和巴爾幹半島的混亂政局才可能，跟著，她便碰到約瑟夫·慕恩了。

慕恩算得上某號人物，他來自遙遠西部，十幾歲時趕牛維生賺每個月三十塊錢，之後加入潘興將軍的遠征軍參加維利斯塔之役，發現自己被捲入歐洲人自相殘殺的大旋渦之中，他在法國戰場上榮陞士官並獲頒兩枚勛章，以戰鬥英雄的身份外加身體三處榴彈傷疤兩袖輕風的回到美國。而依據其後他的生涯發展來看，這些傷勢並未減損他驚人的能量，幾乎人才踏上美國，他就離開紐約，如同個衣衫襤褸的流浪漢一般消逝無蹤，有好幾年時間，他像蒸發了似的沒消沒息，然後，他忽然又從紐約冒了出來，四十好幾，皮膚黑得跟個西班牙和印第安混血一樣，他的頭髮仍濃密捲曲一如昔時，然而不同的是，這回他挾帶著數百萬美元財富和威勢而來，怎麼搞來這麼一大筆錢除了他的銀行之外沒人知道，但滿天謠言指向的大體上是，這些錢或來自革命，或來自牧羊，或來自採礦，而他似乎對南美洲的一切熟得不得了。

喬・慕恩帶著一個念頭或說是欲望再回紐約：要在最短時間之內，爲他前半輩子擲於艱苦畜牧、艱苦戰鬥以及和混血女人廝混的艱苦歲月找回補償，於是，和塞西莉雅・寶兒的一拍即合看來就無可避免了。事情發生在一家俗麗的夜間酒吧之中，充滿酒精氣息的狂歡氛圍，音樂又誘人非常，慕恩在大麻的迷醉下，大口牛飲並毫不在意的灑錢擺闊。而對塞西莉雅而言，眼前這名男子顯然比她平日交往的那些個蒼白男人，巨大、充滿主宰力量且特立獨行多了，更要緊的是，他有這麼多錢——光這就什麼都夠了——塞西莉雅當場就被擺平，於是，第二天中午，慕恩在康乃狄克旅館房裏大夢初醒，發現塞西莉雅人在他身邊靦腆的微笑著，接下來，便是到戶政局裏辦一紙結婚證書了。

換個人也許當場被嚇壞了不知所措，或至少會找自己律師處理，這依每個人本性不同而定，但喬·慕恩只哈哈一笑，說：「好好，小女孩，你釣上我了，但這錯純粹在我個人，而我猜想一般人要弄你上手也並非什麼難事，你只要好好記住一事，從此刻起，你是喬·慕恩的老婆了。」

「我怎麼可能會忘呢，帥哥？」她說著，人也偎了過來。

「哦，這種事我可不是沒見過，」慕恩頗猙獰的笑著說：「我們的關係將像那種資本額固定的封閉性公司組織一般，我他媽一點也不在乎你過去是哪樣個人或跟那些傢伙廝扯過，我自己的過往也並非什麼三貞九烈，論金錢，我有一大堆，絕對比你碰到的任何人所可能給你的多得多，而我以爲在外賺錢的事我一個人來就行了，你負責在家照顧我們的小孩，就這樣。」他二話不說立刻切入重點。

塞西莉雅·慕恩總莫名的不住微微顫抖，每回她想起他說這些話時深黑眼珠裏那抹寒光。

這才幾個月前的事而已。

這一刻，慕恩夫妻兩人卻是並肩坐渥特·高佛雷家天井中——不僅一言不發，而且動也不動，只畏懼的呼吸著。要估量塞西莉雅·慕恩此時的心情並非太難，濃妝底下，她臉如死灰，兩手置膝上絞成一團，灰綠大眼睛裏漾滿著恐懼，胸脯急劇的一起一伏，死命的想壓制住自己的情緒，很清楚，她怕得要命。方式容有不同，但害怕的程度和茹拉·康斯帖佛太太幾乎不相上下。

慕恩直挺挺坐她旁邊，牛一般壯的一個人，他的黑色眼睛可算是閉著，卻並未完全闔上，褐色眼皮底下的眼珠的溜溜轉著，像隻小老鼠般，不放過眼前的任何事物，肌肉嶙峋的手臂半揷在他運動外套的口袋中，臉上幾乎沒任何表情，這是一張職業賭徒的臉——必要的時刻裏。艾勒里是從慕恩不易察覺的小地方得到這概念的，慕恩寬鬆的衣服底下，那西部人的肌肉隨時蓄勢待發，他似乎隨時警戒——更隨時反擊。

「是什麼個鬼讓所有人全嚇成這般德性？」艾勒里低聲對法官說，此時，墨萊探長強健的身軀出現在天井另一頭角落的門那兒，「我從未碰過哪堆人會不約而同害怕到這種田地。」

老紳士好一陣子沒回應，半晌，他才緩緩開口，「我最好奇的是那名被謀殺的男子，我眞想看看他臉上的表情，他是不是也一樣害怕？」

艾勒里的眼神自宛如泥塑木雕的喬•慕恩飛快掠過，「這我倒不好奇。」他溫柔的說。

探長顯然的匆匆趕過一段長路。「斬獲和碰壁皆有，」他壓低嗓子簡報，「我查過電話公司那邊，記錄上的確有一通電話從瓦林小屋打出來。」

「好極了！」法官驚呼。

「沒好到這種地步，記錄就僅止於此，無法曉得打到哪裏，撥號系統中顯示不出來，甚至連有用的線索也沒，只知道的確是本地的電話。」

「啊！」

「是的，這有點意思，我承認。看起來沒錯，應該就是那個山一樣的巨漢打到這間屋子裏以回報某人的，但沒證據可支撐，」探長的下巴肌肉緊綳起來，「然而，我已經曉得那名大個子的眞實身份了。」

「那名綁架匪徒？」

「我就曉得這一定很快有結果，事實上，我也好好調查過了，」墨萊探長塞了根愛爾蘭方頭雪茄到嘴裏，「仔細聽著——你們不會相信的，這傢伙人稱奇德船長。」

「胡扯！」艾勒里聞言跳了起來，「這誇張到笑死人的地步了，一隻眼睛還戴著眼罩？媽的什麼世界？奇德船長！他要不恰恰好也有一條木腿，那才眞讓我不相信。」

「也許正因爲先有那個眼罩，」法官直通通的解釋起來，「才有如此的綽號也說不定，我的孩子。」

「你說的聽起來有點道理，先生，」探長咕噥著，噴了口辛辣的煙，「說到木腿，昆恩先生——高佛雷小姐所說的，其中一點眞正讓我想到是這個人沒錯，他大概是本地波蘭裔的鄉巴佬中最巨型的一個，比重量級拳王卡內拉還大，他那一掛的那些小鬼們每回想惹毛他，都喊他『安妮號拖船』；高佛雷小姐還提到他頸部有傷疤，這也對我們幫助甚大，我猜，那個疤原來是個彈孔。」

「名符其實的亡命之徒。」艾勒里輕語。

「還有，沒有人知道他的眞實姓名，只曉得他叫奇德船長，他那眼罩的來源也說明他是亡命之徒，大約十年前瞎的，這我曉得，是和那些強悍的小義大利佬在海邊大打出手弄瞎的。」

「從此遂聲名大噪是嗎？」

「差不多，」墨萊陰陰的說：「他一個人住往巴罕那頭泥淖地的破爛小屋子裏，有時受雇為海釣導遊賺點錢維生，他自己有艘髒兮兮的小船什麼的。每天要灌一夸脫左右黃湯，而且隨時屯積著一大堆酒，平日閑遊浪蕩完全是個不務正業之人，這二十年來，他就固定在這一帶海濱出沒，但似乎沒有誰多知道他點什麼。」

「小船，」艾勒里思索著說：「那幹嘛他要偷走瓦林的小艇，除非他自己的小船故障動不了？」

「瓦林那艘船速度較快，哪裏都去得了，而且它還有船艙。事實上眞正的原因可能是，我一名手下剛跟我報告，這傢伙剛剛才把他的小船賣給了一名漁人，時間是這個星期二，聽起來有意思不是嗎。」

「賣了。」法官臉色驀的一整，複誦了次。

「還沒證實，只聽說是這樣。我已向整道海岸線發佈緊急通報，要負責海防的警衛隊那邊全神戒備，在幹了昨晚這一票之後，他若想就此逃之夭夭，必然會有些蛛絲馬跡什麼的留下來，畢竟，他是被某人當傻瓜一般玩於掌上，尤其還帶著一具屍體，這樣想藏身起來，那就跟一頭大象妄想在個小馬戲班帳蓬躲起來一樣，僞裝?門都沒有！」探長惡狠狠的說：「沒錯，他那輛車是幹來的，五分鐘前原車主指認過了，昨天晚上六點左右停路邊被開走，距離此地約五哩左右。」

「詭異，」艾勒里喃喃著，「此外，某方面而言，事情並不像其表面所顯現的那麼蠢，一個像你所說的海盜奇德這樣的人，也很有可能決定要幹完最後一票遠走高飛，這和他把自己唯一賴以維生的小船給賣掉一事，似乎頗爲符合，」艾勒里緩緩點上一根菸，「如今，他又有一艘好船在手，正如你講的，可開到任何地方去，如果幹這一票他錢先收，那他大可把庫瑪的屍體扔離岸數哩外的海中，如此絕對可以不被尋獲，他也就輕輕鬆鬆高興到哪兒到哪兒。好，就算你逮到他了，那你又怎麼找到屍體控他以殺人之罪呢？說眞的，對我而言後一種可能性極小，我擔心他已一去不回了。探長，有隻小鳥告訴我，你現在面對的狀況正是這樣。」

「已經逃離我的手掌心了嗎？」墨萊輕蔑的一笑，「不管怎樣，昨晚他是否謀殺了馬可，這仍是疑問，較確定的是，他誤以爲庫瑪是馬可，將他挾持出海，而他打電話報告的那名躲後頭的傢伙，在奇德打來電話後再看到馬可，極可能大吃一驚，才發現奇德把事搞砸了居然抓錯人，於是，在奇德正把庫瑪弄出海這會兒，只好自己下手宰了馬可。」

「也有可能，」法官指出，「奇德在昨晚稍後又靠了岸，再次打電話給他的雇主，你曉得，這才弄清自己綁錯人，於是重來一次以完成任務。」

「都有可能，但我確信我們的謀殺調查工作是兩件，不是一件，由不同的凶手執行。」

「可是，墨萊，這兩樁罪案必然相關！」

「當然，當然，」探長眨著眼，「他總得上岸買幾回汽油，你曉得，那我們就可以手到擒來了，哦，我指的是奇德。」

「買小艇用的汽油？」艾勒里一聳肩，「除了他明顯愚蠢之處而外，這人也的確順利綁走了人完成了任務，我實在沒理由相信，行動中最基本所需的燃料問題，他可能會疏忽掉，按理說他應該早就準備好一大堆，藏某個隱密地點，我不以爲可僥倖——」

「好好，反正到時就知道了，我們眼前可還有媽的一大堆事得料理。到現在爲止，我都還沒時間把這間屋子從頭到尾完整搜一遍，來吧，兩位，我先帶你們去看個好看的。」

艾勒里取下嘴上香菸，不解的瞪著探長，「好看的？」

「天生麗質難自棄那個人啊，昆恩先生，這可不是你每天都看得到的——甚至說，你從來也沒看到過，」墨萊的口氣中有極辛辣的譏諷意味，「看了之後你一定會認爲不虛此行。」

「得了得了，探長，你這是有意的刺激人不是，你說的好看指的到底是誰？」

「就是那具硬梆梆的屍體。」

「哦！搞半天是這個，」艾勒里啞然失笑，「就我所聽到的，此人似乎是亞多尼斯之流的小白臉是吧。」

「現在，你該親眼見識一下了，」探長陰森森的說：「比起他來，當年希臘第一美男子的亞多尼斯不過是個金魚眼的低賤工人罷了，我敢打賭，儘管他現在像條死鯖魚，還是有一大堆女人不介意想看看他，我這二十五年來看死人看多了，但這次是最最詭異的了。」

□

如今，最可怖的事實是，約翰•馬可，當然是掛了，直直坐在陽台某張圓桌旁的椅子上，意態有點蕭索，仍握著根黑色手杖的右手，無力的垂著，幾幾乎和火石地板呈垂直，他的濃黑捲髮上戴著的黑色軟呢帽稍稍右斜，此外，便是一件看來挺誇張的歌劇式黑色披肩掛肩膀上，由脖子處一個飾著穗帶的金屬環扣住——其他，則一絲不掛。

他這不叫半裸，也不叫全裸，而應該說四分之三裸，在該披肩底下，他光溜溜一如出生彼時。

兩人張嘴大如農產品展售會上的大南瓜，良久，艾勒里眨眨眼，又努力看了一遍，彷彿是確認。「老天。」艾勒里的感歎聽起來完全是某個鑑賞家受聘去鑑定某個藝術作品的由衷感慨；麥克林法官則只是凝視著，不作聲。

墨萊探長一旁冷眼看著這兩人驚愕的表情，似乎有種惡意的快感。「法官，這新鮮玩意兒如何？」他粗聲說：「我敢打賭你過往坐法庭上審問不乏有裸女的案子，但像這樣的裸男——我真不知道，是什麼樣的惡魔跑到我們這鄉下小地方來了。」

「你該不是認爲，」老紳士終於露出了不舒服的厭惡神色，「是某個女人——」

墨萊一聳他強健的雙肩，又噴出了一大口煙。

「無聊。」艾勒里說，但他的語氣聽起來並不確定，而他也不進一步說下去，只繼續睜大眼睛看著。

裸著！除了這條披肩，此人眞的一絲不掛，白亮的光滑男體於晨間的陽光下頗耀眼，如同一座大理石雕像，在時間長長的摩挲之後，更顯得平潤而泛著一抹蒼蒼的色澤。死亡，已在他緊緻的皮膚上留下無可懷疑的印記，他有著平坦且嶙峋的胸部，肩膀寬平而有力，然後逐步內窄，最終凝爲細細的腰身；他的腹部，儘管死亡所帶來的必然僵硬，仍可看出一團團的腹肌；他的雙腿削瘦，但完全看不見血管青筋，如同年輕小男孩的腿，而且腳型近乎完美。

「帥得跟個王八蛋一般！」艾勒里歎口氣，抬眼看向死者面孔，這依稀是一張拉丁人的臉，豐潤的雙唇，以及鷲鷹一般的鼻樑——一張毛髮濃密卻刮得乾乾淨淨、帶著某種危險意味的臉，儘管已然死去，仍看得出他揶揄的、虛無的以及含蘊著強大力量的本質。一直沉思著的麥克林法官很顯然有相當的驚懼。「他被發現時就是現在這樣子嗎？」

「沒錯就是你現在看到的這樣子，昆恩先生，」墨萊說：「只除了披肩部分不像現在這樣甩肩膀後，而是直直披下來，整個掩住他身體，我們把這玩意往後一撥，嚇了一大跳……瘋了，不是嗎？但除此之外我們未移動分毫。頗不正常，甚至說好像哪個神經病院跑出來似的……哦，我們的郡法醫來了，嗨，布萊基，趕個半死，是吧？」

「古怪。」麥克林法官喃喃道，邊把自己瘦小的身軀讓往一旁，意識到有一名滿臉倦怠的骨楞楞男子正步履沉重走下陽台石階。「探長，這位先生他是慣常穿得這麼少四處遊盪呢？還是昨天晚上是個特殊情況？哦，是昨天晚上發生的沒錯吧，我聽到的好像是如此？」

「聽起來沒錯，法官，起碼到現在爲止我所能挖到的是這樣。至於你所提到的習慣問題，我和你一樣好奇，」探長酸溜溜的說：「如果他眞有這個好習慣，那他顯然提供了此地一干女性一場絕妙好戲可看。嘿，布萊基，這件禮拜六早晨的神聖零碎活兒滋味如何？」

法醫的下巴往下一拉。「幹嘛，這傢伙這麼光溜溜的啊！你們發現時就這樣嗎？」他彎身向屍體，黑色皮包碰一聲扔火石地板上，不敢相信的直眼瞪著。

「第十遍了，」探長虛弱的說：「答案是，沒錯，看老天份上，繼續吧，布萊基，這是一樁好玩極了的差事，我需要你所提供的一切線索，愈詳盡愈好，愈快愈好。」

三個人往後挪了些，目不轉睛的看著法醫檢驗屍體，很一陣子，沒人再發一言。

最後，是艾勒里率先打破沉默，「你沒發現他的衣物嗎，探長？」

說話之間，他的眼睛掃過整個陽台一遍。這陽台並不頂大，正因尺寸不足，得靠著色調和整體氛圍的營造，它顯得非常閑適——一種可親的慵懶趣味。開放性橫樑的白色屋頂巧妙的讓射進來的陽光落在灰色的火石地上，形成條狀的光影相錯，準確的呈現長夏的悠然本質。

陽台的擺設裝飾，亦是極其聰慧的眼睛和手所精心督造的，結合了海洋和西班牙兩樣風情，精巧的小圓桌遮著海灘傘，傘的顏色是典型西班牙式的紅和黃，桌上則是海貝製的菸灰碟子、生皮釘上黃銅的香菸雪茄匣子，以及各式各樣的桌上遊戲。在陽台石階頂端兩側，各放置著一個巨大無比的西班牙油壺，插滿怒放的花；而石階最底端兩側，也是同樣油壺，置於陽台的火石地板上，這四枚大而醒目的油壺，簡直要讓人錯覺是從阿拉伯酋長的絢麗晚宴中拿出來的，它們差不多一人高，有個頗具酒色糜爛意味的圓鼓鼓壺腹。陽台左邊緊抵著岩壁，斷崖自然形成的陰影底下，立著一般西班牙帆船的縮小模型（後來，艾勒里發現，這艘船可在某種神奇的煉金法術咒語之下一分為二，搖身成為極方便好用的吧台）。岩壁上有好幾處被鑿成神龕狀的凹洞，裏頭各自置放著色澤壯麗的大理石雕像；岩壁上方，則由熟練的藝匠之手雕就西班牙一系列歷史名人的淺浮雕，主要是航海時期的英雄，浮雕飾以赤色陶土和灰泥。還有兩枚巨型探照燈，此時陽光在它們的黃銅和稜鏡部分閃爍著金光，各自守候在開放式屋頂兩根相對橫樑的各一端，昂然抬頭對著前方，指向兩側岩壁所夾成的海灣。

死去赤裸男子所在的圓桌上放著一些書寫工具——一個奇形怪狀的墨水瓶，一根優雅的羽毛筆插在一個鋪滿美麗沙子的盒裏，還有一方精心製作的文具盒。

「衣物？」墨萊探長眉頭一皺，「還沒，昆恩先生，正因為這樣才讓我覺得詭異，也許你可以這麼想：昨晚這傢伙晃到底下那個小不丁點沙灘，脫掉衣服，跳到海裏游他兩趟好消消暑，諸如此類的。但他那些脫下來的衣服見鬼去啦？還有他的浴巾，沒帶浴巾他要怎麼擦乾身體，可別跟我說有人趁他游泳時幹了他的衣服，就像某些惡作劇的小鬼做的！總而言之言而總之，我現在只能先這麼想——在目前一切亂糟糟的情況下——除非我們又發現了新的什麼。」

「我猜，他沒游泳。」艾勒里低語。

「沒錯沒錯！」探長紅潤而誠實的臉上出現極度煩躁的神色，「好吧，這游泳什麼鬼的算不成立好了，他就只是身穿披肩手握手杖，操，而且在他被殺時，他正在給某人寫封信！」

「這，」艾勒里乾巴巴的說：「聽起來有點意思。」他們已移到那具僵死在椅子的屍體後方，死去的馬可不偏不倚面向著小沙灘，廣闊的海景迎面而來，他似乎對眼前金光跳躍的沙灘，對藍色海水靜靜湧向這個海灣的小小波濤起了憂思。此刻，潮汐往後退了，然而，在艾勒里眼中，彷彿還能見到海灣裏漾滿上漲的海水，大約三十呎左右寬的海灘，鋪蓋著溫柔的沙子，純純粹粹平平滑滑的沙子，沒任何一絲雜質摻於其中。

「你說的是——有意思？」墨萊粗聲說：「當然這有意思，你可以自己看看。」

艾勒里不自覺的伸手扳過死者肩膀，另一頭負責檢驗的法醫不怎麼開心的咕噥兩聲，艾勒里趕忙往後一縮，但他業已清楚看出何以墨萊探長如此推斷的證據所在，馬可的左手垂著，靠著桌邊，直直垂向火石地板，僵硬的手古怪的下指，其下躺著一支漂亮的羽毛筆，和插在沙盒裏的那支一模一樣，筆的尖端染著乾掉的黑色墨水。此外，一張紙上有幾行字跡——奶白色的紙，紙的上方燙著紅金二色的美麗圖樣，圖樣底下則是一條飾帶，上面以古字體印著高佛雷的名字——這張紙靜靜躺在桌上距死者不到幾吋之處。很顯然，馬可是在書寫途中遭到襲擊，因爲紙上的最後一個字——誰都看得出沒寫完——是猛然被打斷的，一道粗黑的墨跡直直劃了下來，越過桌面到達桌緣，死者左手的中指上也有一處黑色墨漬。艾勒里彎下腰只瞥了一眼，便清楚的看到這一切。

「看起來千眞萬確，」艾勒里說了聲，直回身來，「但這不讓你覺得奇怪嗎？就光說這一點好了，他難不成寫字只動一隻手？」

探長有點傻眼，法官則聞言眉頭一皺。「呃，看老天爺份上，」墨萊爆發起來，「寫一封信要用幾隻手才夠？」

「我想我聽得懂昆恩先生的意思，」法官緩緩說道，他的小眼睛亮了起來，「我們通常不會認為人寫字要用雙手，但事實上是這樣沒錯，一隻手寫，另一隻手壓著紙張。」

「但馬可他，」艾勒里有些懶洋洋，邊對著法官頷首，彷彿對他的迅速理解讚賞有加，「右手卻抓著這根黑檀木手杖，從目前我們所看到的來推斷，在此同時，他卻用左手寫字，所以我從這——呃——」他快快接下去，「表面看來如此，只是表面而已，其中可能大有玄機。」

探長閃過一抹微笑，「昆恩先生，你絕不放過一絲一毫，是吧？我不能說你講的不對，但我想的和你並不一樣，這可能有某個合理解釋，很可能，在他寫信時，他把手杖就擱手邊桌上，忽然，他聽到背後有異聲——可能他不知何故非常警覺——於是他右手放開紙張去抓手杖，下意識的要自衛，然而，他只來得及抓手杖就被宰了，這不很符合你要的解釋嗎。」

「聽起來頗有道理。」

「答案必然是這樣，」墨萊快快的接著說：「因為這封信千眞萬確無花巧可言，是馬可寫的，如果你認為這有疑義，最好省省，這絕沒問題。」

「你這麼肯定？」

「再肯定不過了，這是我今天早上最先淸查的一件，這屋子裏四處都有他的筆跡——他是那種典型的不管人在哪裏都要寫下自己姓名的手賤之人——而昨晚他所寫的這玩意兒和他的筆跡百分之百符合，這裏，你自己看——」

「不不，」艾勒里急忙打斷他，「我並不是要駁斥你的看法，探長，我已差不多接受你這封信並非贗造的看法了，」但接著，他卻喟歎了聲，「他是左撇子嗎？」

「這我也查過了，是的沒錯。」

「如此說來，這部分再沒什麼好猜疑的了。但我想，繞這麼一圈下來，這整樁事仍令人費解，而且，不至於的，這聽起來不大可能，一個人會除了披肩之外，什麼也沒穿的就這麼坐屋子外頭寫信。他一定穿著衣服的，呃——西班牙岬畢竟是上帝國度的一部分，探長，你確定他的衣服眞不在這附近某處？」

「我什麼都尚未確定，昆恩先生，」墨萊耐下性子來，「我只知道我派了一堆手下全心全意找他的衣服，從我們剛到此地到現在，但什麼也沒找到。」

艾勒里吮著自己下唇，「包括屋子周遭山壁後頭犬牙交錯的岩岸那一帶嗎，探長？」

「我和你想的完全一樣。當然，我甚至進一步猜想，某人也許把馬可的衣服扔過山壁到岬角的海裏去了，那裏水深二十呎，且距山壁還不止二十呎，你先別問我如何可能，但山壁之外的岩岸一帶的確啥也沒有，只要讓我搞到必要的裝備，我馬上派人潛水去找。」

「究竟是什麼原因，」法官問：「讓你們兩位如此熱衷於馬可的衣物？你們一定也知道，很可能並沒有什麼衣物可找。」

探長一聳肩，「我相信昆恩先生一定同意我的看法，衣物一定有的，是吧，而且如果眞是這樣，那凶手之所以要費心脫掉甚至處理掉，其間就他媽的大有文章了。」

「或者，」艾勒里輕聲說：「正如一位名喚佛魯倫的朋友所說的一句不怎麼合文法的話：

『一切事物皆包含著偶然、起因以及理由。』抱歉，探長，我相信你所說的話有巧妙的弦外之音。」

墨萊一愣，「我所說的……哦，布萊基，你檢查告一段落了嗎？」

「快了。」

墨萊非常小心的拿起桌上的紙張，遞給艾勒里，麥克林法官從艾勒里肩後伸頭看——他從不戴眼鏡，儘管年高七十六，視力已大不如前，但他就是不想因此顯露自己的龍鍾老態。

在紙張上頭的印花稍下方處左邊，字跡鮮明的標示著寫信的時間，**星期日，凌晨一時**；左邊，在收信人稱謂上方，則是收信人的姓名住址：

魯修斯・賓菲德先生

紐約市公園路11號

收信人稱謂是：親愛的魯克，以下的內容則是：

這實在不是個天殺的寫信時間，但一直到此刻我才有機會一人獨處，事實上，我一直找時機好告訴你我的進展，近來，因爲得小心進行，所以難能找到寫信的好機會，你完全清楚我現在的處境，在一切準備妥善之前，當然我不希望打草驚蛇，一旦萬事齊備，屆時我可就堂而皇之什麼也不怕了。

事情看來順利的不得了，只消再個幾天時間，我就可甜甜蜜蜜的痛撈最後——

信就到此爲止，最後一個字嘎然一折，粗濃的墨跡如刀切一般，銳利的直劃到紙張下緣。

「痛撈是什麼意思——痛撈『最後』一票——這小兔崽子指的是什麼？」墨萊探長平靜的說：「昆恩先生，若說這裏頭沒有名堂，那我就是個老兔崽子！」

「有趣的問題——」艾勒里說。此時，法醫的另一番檢驗又把三人的注意力給吸引過去。先前一會兒，法醫還帶著某種困惑意味凝視著屍體，好像這硬梆梆的玩意兒有某些他百思不得其解之處，但此時，他斷然彎下身來，拉開死者喉部披肩金屬環扣的帶子，把披在死者大理石般肩膀上的披肩拿開，然後，他手指抓著死者下巴，把死者僵硬的頭部猛然往上一提。

在馬可的頸部，有一道極細極深的血痕。

「勒死的！」法官驚呼出聲。

「的確如此，」法醫說，仍注視著這致命的傷處，「繞過他整個喉部，你看頸背這裏的血痕理所當然有點凌亂，這就是勒人時的打結之處，從外觀判斷，我敢說一定是用細繩子勒的，但現場這裏沒有繩子，探長，你發現繩子了嗎？」

「又有新玩意兒得找了。」墨萊沒好氣的說。

「也就是說凶手是從馬可背後動手的嗎？」艾勒里問，邊轉著他的夾鼻眼鏡思索著。

「從屍體看起來，」法醫有點酸的回答：「沒錯，凶手站他背後，以細繩套住他寬鬆披肩領子底下的頸部，使勁一勒，繩子交叉處就在他頸部這個地方……這不花幾秒鐘時間。」他又彎下身去，撿起披肩，隨意的蓋住屍體，「好啦，我幹完活兒了。」

「就算如你所說的，」探長提出異議，「但這裏看不出有任何掙扎的跡象，按理說死者至少也會從椅子上扭過身子，和凶手抵抗兩下什麼的不是嗎！但照你講的，這隻傻鳥卻只呆呆坐這裏，逆來順受，連轉個身都沒有的乖乖迎接死亡。」

「是你沒聽我講完，」骨愣愣的法醫不開心起來，「死者被勒時是在失去知覺的狀況之下。」

「失去知覺！」

「這兒。」法醫再次掀開披肩，露出馬可那卷曲濃密的黑髮，他熟極如流的撥開靠頭頂上方處的頭髮，果然，在青色的頭皮之上，有著一處鉛黑色的瘀傷，然後，法醫放開披肩讓它蓋好屍體。「他的顱骨頂部被某種鈍器重擊過，雖然沒重到令顱骨破裂，但夠把他給打昏過去，接下來事情簡單了，把繩子繞過他頸子，一勒。」

「那為什麼凶手不乾脆就用他敲人的棍棒完成謀殺呢？」麥克林法官小聲的問。

法醫失笑起來，「哦，有一堆可能原因，也許他不喜歡一具血汚狼藉的屍體，也許他準備了繩子在身，不用可惜，我不曉得，但他的確這麼做。」

「用什麼鈍器敲他的呢？」艾勒里問：「探長，你有發現這類的東西嗎？」

墨萊返身走到岩壁旁的雕像處，在那堆西班牙歷史大人物中，選中其中一尊提起來。「他是被哥倫布給敲昏的，」墨萊慢吞吞的說：「我們在桌子後頭的地上發現這玩意兒，是我把他給歸回原處的，因爲只有一個洞窟是空的，因此這尊哥倫布必定來自那裏。這種石材指紋附不上去，因此不必費神檢查了，還有，在踩上這個陽台之前，我們已地毯式的檢查地板一遍了，但除了一些海風颳來的沙子和塵土之外，什麼個鬼也沒有，這些姓高佛雷的全有他媽的糟糕潔癖，要不然就是他們家這些僕人實在太盡職了。」他放回哥倫布。

「也沒繩子的蹤跡是嗎？」

「之前我們並不知道要找繩子，但負責在這幢神聖之屋搜尋所有應許之物的兄弟，任何礙眼的雞毛蒜皮都會列入清單跟我報告，是沒繩子，我想凶手帶走了。」

「先生，此人是什麼時間斷氣的？」艾勒里忽然話鋒一轉發問。

法醫似乎愣了下，馬上沉下臉來，抬眼看向墨萊探長，墨萊一頷首，法醫說了，「我儘量把可能的時間範疇縮窄——其實通常無法準確到我們一廂情願想要的——他是在凌晨1點到1點30分之間死的，當然，不可能是1點之前死的，而我相信，半個小時的可能誤差應該綽綽有餘。」

「他的確實死因眞的是勒殺嗎？」

「我說過確實如此，我沒說過嗎？」法醫老大不開心起來，「你曉得，我也許只是個鄉下大夫，但並不表示我對我的本行無知。勒死，幾乎是瞬間斃命，就這樣，屍體上再沒任何其他傷痕。墨萊，需要再正式正道驗屍嗎？」

「頂好如此，保險點。」

「好吧，但我不認爲有必要，如果你這邊不需要再幹嘛，我就讓他們把屍體抬回去囉。」

「我這邊不需要了，昆恩先生，你還有什麼要問的呢？」

艾勒里懶洋洋的說：「哦，問題一堆，但恐怕法醫大人幫不上忙。對了，在你們把這個死阿波羅弄走前——」他忽然單膝跪下來，伸手向死者的脚踝，用力拉了下，但脚踝卻像生根成爲地板一部分似的，艾勒里仰起臉來。

「僵硬了。」法醫一聲冷笑，「你這是幹嘛？」

「我想，」艾勒里以極其耐煩的語氣回答：「檢查一下他的脚。」

「他的脚？那好啊，脚不就好端端在那兒！」

「探長，可否請你和法醫幫忙抬起他，連屍體帶椅子，麻煩你——？」

於是，墨萊和法醫，在一名警員協助下，合力抬起屍體和椅子，艾勒里的腦袋俯地板上，側著臉查看死者的光脚丫子。

「乾乾淨淨，」他輕聲說：「百分之百乾淨，我實在好奇——」他從口袋中抽出一支鉛筆，有點困難的插入死者大拇趾和脚趾的縫隙之中。這個動作他一再重覆，直到他插完雙脚每個趾頭的縫隙爲止。「連顆沙子都沒有。好了，各位先生，謝謝你們，你們這位可貴的馬可先生我已看夠了——當然我指的是他這具受苦受難的遺體。」艾勒里起身，撣撣他膝蓋上的塵土，摸出了根香菸，面對兩側岩壁夾成的海灣，眺望起不遠處的海景。

抬馬可和椅子的兩人歇下手來，法醫揮手召來兩名懶洋洋靠陽台石階口的白衣男子。

「好吧，孩子，」有聲音從艾勒里肩後傳來，艾勒里一轉身，發現問話的人是麥克林法官。

「你以爲如何？」

艾勒里聳聳肩，「沒什麼唬人之處。可確定的是脫掉他衣服的一定是凶手，我以爲，他的脚底可看出他生前是否光著脚走過路，如此，我們或可合理的推斷出他是自己脫掉衣服的。然而，他的脚底乾淨到不可能光脚走路，顯然更不曾如此在沙灘上走過，因爲他的脚趾間一顆沙子也沒有，甚至我們還能確定他不曾穿著鞋在沙灘上走過，因爲毫無跡象顯示——」他猛然住了嘴，看向沙灘，好像這才是第一次看到這個沙灘。

「怎麼啦？」

艾勒里正要答話，忽然一個粗暴、但極力耐住性子的男聲從他們頭頂傳來，兩人仰頭，可看到一名藍制服警員的手肘部位，這是站他們正上方岩壁頂邊的執勤警員。這方岩壁，高高俯視著整個陽台，以及屋子所在一帶的沙灘。

這位警員說的是，「很抱歉，夫人，但眞的不可以這樣，你得回屋子裏去。」

他們淸楚瞥見這名女士的臉孔，就在她從崖邊探頭出來時，她目露凶光的看著陽台上正由法醫兩名白衣手下用個柳木籃子所抬走的馬可無助屍首，這具大理石雕似的屍首，此刻印上一道道平行的粗黑條紋，那是開放式屋頂橫樑所投射的陰影，但看起來像死者係遭鞭笞致死——

很古怪的，從一個高處俯看屍體的一張女人臉孔，居然不由自主讓人生出這樣的錯覺來。
那是肥胖、蒼白且神色狂暴的康斯帖佛太太。

4 時光逝去・潮水逝去

馬上，她又消失不見了。墨萊探長思索著說：「我實在好奇爲什麼她會這樣，她看馬可的那樣子好像她這輩子從來沒見過男人一般。」

「危險的年齡，」麥克林法官莞爾一笑，「她是寡婦嗎？」

「和寡婦沒個兩樣，就我所知，她有個病歪歪的丈夫，住到亞利桑那或是反正西部那邊某個地方，已經有一年左右時間了，他是因爲健康的關係住到那裏的療養院，這我一點也不覺奇怪，看這麼一張臉整整十五年，換是誰也不會健康的。」

「但是她丈夫並不認識高佛雷一家囉？」老紳士停下來想了想，「看來我問了個愚蠢問題，我原先就聽說過了，她自己本人跟高佛雷一家都還不怎麼熟。」

「是這樣嗎？」墨萊帶著古怪的表情說：「呃，我聽說的是，高佛雷一家子的確不認得康斯帖佛本人，從未碰過面，更遑論曾邀他到這房子來過，這你做何感想，昆恩先生？」

艾勒里，之前他完全掉入自己思維之中，這時才回過神來。那兩名用籃子抬屍體的男子正步履蹣跚的走上碎石子路，他們一路你一口我一嘴的彼此調侃說笑，然而，沉重的屍體明顯的遲滯了他們的步伐。艾勒里自我解嘲的一聳肩，在一張柳條編成的舒服搖椅坐了下來。

「墨萊探長，」他以含著菸的嘴巴含混問著，「這地方的潮汐你是否清楚？」

「潮汐？你說的是？潮汐？」

「只是忽然閃過腦袋的某個假設罷了，更詳細的資訊有助澄清現在的曖昧不明狀態，如果我這麼說你能理解的話。」

「我不確定我是否理解，」探長苦笑起來，「法官，他到底是什麼意思？」

麥克林法官沒好氣的咕噥著，「如果我曉得那就好了，這是他的一貫惡習，他常講一些聽起來似乎寓義深遠的話，但事後證明一無意義，好啦好啦，艾勒里，這可是正經事，可不是大拜拜逛廟會。」

「謝謝你的提醒，我只是問了個簡單無比的問題罷了，」艾勒里以受傷的語氣說：「潮汐，兩位，潮汐，這個海灣的潮汐問題，我希望能得到這方面的資料，愈準確愈好。」

「呃，」探長抓著腦袋瓜子，「好吧，我告訴你，我自己這方面知道的其實不多，但我手下一個小子對這海岸一帶的事可謂瞭若指掌，也許他可負責解答——儘管，這幹嘛啊，我眞他媽搞不懂你。」

「也許最明智的作法是，」艾勒里歎了口氣，「快把他給找來。」

墨萊大吼一聲，「山姆！叫左撇子下來，行嗎？」

「他負責找衣服去了！」路那一頭如此吼回來。

「操，眞的，我他媽忘得一乾二淨，立刻通知他趕回來。」

「還有一件事，」法官問：「探長，是誰發現屍體的？我還沒聽說這個。」

「老天，對哦，是高佛雷太太發現的。山姆！」他再次大吼，「要高佛雷太太下來——一個人！你曉得，我們今天早晨六點鐘接獲報案，十五分鐘我們就趕來了，打那時候起除了頭痛，什麼也沒有，我甚至找不到時間和這屋子裏任何人講話，只除了高佛雷太太，但她也還沒機會好好把話講清楚，也許我們趁現在把這事給了了。」

三人靜下來等著，各自看著海沉思，好一會兒後，艾勒里看看腕錶，十點出頭，然後，他又抬頭凝視著海灣的浪花，此時，潮水很明顯又漲了，吃掉了相當一大片沙灘。

他們踩上陽台石階迎了上去，因爲那名高大黝黑的婦人走下來了，帶著滿滿痛苦意味的遲緩步履，她的兩眼圓睜，像個甲狀腺腫病患，手中的手帕被眼淚鼻涕弄得皺巴巴的。

「來來，」墨萊探長宛如春風拂面的招呼她，「高佛雷太太，現在沒什麼關係了，就只有幾個小問題——」

她的確急著找墨萊探長，這三人都很確定，金魚般的凸眼睛從這頭溜到那頭，驅動她無助脚步的彷彿是莫名一股不屬於她自己的強烈力量，她就這樣緩慢但帶著無比焦急的繼續下石階，彷彿旣勉強同時又渴切。

「他不見——」她以不安的聲音低聲說。

「我們把他給弄走了。」探長嚴肅的回答，「坐下吧。」

她坐了下來，就坐約翰・馬可曾坐了一整夜那張椅子，她的身子開始搖晃起來。

「今天早晨你告訴過我，」墨萊探長開始，「是你在這陽台最先發現馬可被殺，當時你身穿泳裝，意思是，你原來想下到海灘那兒游泳是嗎，高佛雷太太？」

「是的。」

艾勒里溫柔的插嘴，「當時是早上6點30分是嗎？」

她抬頭看艾勒里，帶著茫然的驚訝神色，好像這才看到他一般，「呃，你是──是──」

「敝姓昆恩。」

「哦是的，你是那個偵探，對不對？」跟著她哭了起來，突然又以雙手捂著臉，「你為什麼不走開？」她窒著聲說：「別再煩我們？反正該發生的都已發生了，他──他死啦，就這樣子，你能讓他活過來嗎？」

「你真心盼望，」麥克林法官直截了當的問：「他能復活嗎，高佛雷太太？」

「不，哦，老天爺，我不，」她啜泣起來，「我什麼也不，這樣子好多了，我──我很高興他……」說到這裏，她放下掩著臉的雙手，他們看見淚水漾滿她眼中。「我不是這意思，」她又急切的說：「我只是不知道怎麼──」

「今天早晨6點30分是嗎，高佛雷太太？」艾勒里仍語氣輕柔，好像剛剛什麼事也不曾有過。

「哦，」她闔著眼仰頭對著太陽，是一種絕望且此生再無依戀的姿態，「是的，完全對，我這習慣好多年了，我一向起得早，不知道爲什麼女人會躺床上十點十一點還不肯起來，」她有點失神的說著，很明顯，她的思緒飛到別處去了，但很快的，痛苦和淸醒又再次回到她的聲音之中，「我哥哥和我——」

「嗯，高佛雷太太？」墨萊探長急切的接口。

「平常我們總一起下去，」她又哭起來了，「大衛他——他生前——」

「高佛雷太太，他還活著，除非我們有進一步的噩耗。」

「大衛和我一向在7點鐘以前下去游泳，我喜歡海，大衛他——他更是游泳健將，游起來跟條魚一樣，在我們家裏就只有我們兩個這樣子，我丈夫他討厭水，蘿莎則一直不會游泳，因爲她小時候被水嚇到過——差一點淹死。從此就打死也不肯學。」她淒迷如夢的說著，好像冥冥中有某分力量導引她把這番解釋帶到這不相干之事，她的聲音一岔，「今天早上我一個人走下來——」

「當時，你已經曉得令兄失蹤了是嗎？」艾勒里低聲問。

「不，哦不，我不知道，我去敲他房門，沒人應，因此我以爲他已經先下到海邊去了。我——我不曉得他人整夜不在家，昨天晚上我睡得比較早，因爲——」她停了下來，眼中又罩上一層薄霧。「我人不太舒服，總之，比平常早了些，也因此，我並不知道蘿莎和大衛兩人失蹤一事。我下到陽台，接著我——我看到他，他披著披肩坐圓桌這裏，背向著我，我跟他說：『早安。』，諸如此類的招呼，但他沒轉過身來，」說到這裏，她害怕得全身一顫，「我走過他身旁，回頭看了他臉一眼——好像是什麼力量要我回頭……」她發著抖住了嘴。

「你有碰過什麼東西——現場的任何東西嗎？」艾勒里銳利的發問。

「天啊，沒有！」她哭叫起來，「我——我當場快嚇死了，怎麼可能有人——」她再次顫抖，「我大叫起來，朱崙馬上跑過來——朱崙是我先生所聘用一個什麼事都做的工人……叫過之後我大概就昏過去了，接下來我所記得的便是，你們各位出現在我們家——哦，我的意思是警察就來了。」

「嗯。」探長應了聲。然後，現場靜了下來，她則呆坐著用勁扯著她那條淚溼的手帕。

儘管悲慟至極，然而她這個曾經生育蘿莎的身體，似乎仍掩蓋不住極年輕、極富於青春的某種活力，很難相信她已經有了個這麼大的女兒。艾勒里注視著她苗條的腰身曲線。「還有，高佛雷太太，你這個游泳習慣是否——呃——受天候影響呢？」

「我聽不懂你的問題。」她呆愣了下，低聲說。

「你是否每天早上6點半左右一定下水游泳，風雨無阻？」

「哦，這個啊，」她冷冷的甩了甩頭，「當然，我最喜歡雨天的海，很溫暖而且……而且它會這樣敲著你的皮膚。」

「典型享樂主義者的徵象，」艾勒里微微一笑，「我完全能體會你所說的。畢竟，昨天晚上並未下雨，這才讓我頗好奇這件並不相干之事。」

墨萊探長右手高舉至頭部，特意做了個溢於言表的手勢，「聽著，高佛雷太太，這裏可沒有什麼廉價的寬恕或體恤之類的，一個人被殺了，此人是你家的客人之一，殺人，可不是拿來當週末夜刺激好玩用的。你對這樁謀殺案知道些什麼？」

「我？」

「是你邀來馬可的，不是嗎？還是你丈夫邀的？」

「呃……是我。」

「嗯？」

她抬眼看著探長眼睛，這一刻，她的眼神全然空洞無物，「嗯什麼，探長？」

「好吧！」墨萊無名火起，「你完全知道我的意思的，這裏誰跟他結過樑子呢？到底哪個人有理由把他給做了呢？」

她猛的站起半個身子，「拜託，探長，這太蠢了吧，我可不隨便探聽我家客人的隱私。」

墨萊壓住自己脾氣，只瞇著眼瞄她，「當然，我並沒說你這樣，但這裏一定出過什麼事，高佛雷太太，好端端的不會忽然跑出謀殺案來的。」

「就我所知至少到今天爲止，探長，」她平板的說：「什麼事也沒發生過，當然，我得聲明並不是每件事我都曉得。」

「除了現在這幾位之外，你家裏還來過其他客人嗎——我指的是過去這幾個星期之中？」

「沒有。」

「一個都沒有？」

「一個都沒有。」

「也沒任何爭吵發生過，馬可跟隨便哪個人？」

史黛拉・高佛雷垂下眼睛，「沒有……我的意思是，我沒聽說過有這樣的事。」

「嗯！此外你也確定沒人上門來找過馬可？」

「百分之百確定。探長，在西班牙岬這裏不可能有什麼不速之客，」此時，她的舉手投足間又恢復了威嚴，「至於說那些閑遊浪盪者，朱崙一直看管得很緊，如果曾經有誰上門過，我不會不知道的。」

「那馬可在此地期間，很常收到信嗎？」

「信？」這問題讓她好生生的想了下，但艾勒里以爲，這問題似乎也讓她鬆了口氣。「探長，仔細回想起來，是有，但並不多。你曉得，每回郵差送信來，伯蕾太太，我的管家，就會全部拿給我，由我分好，然後再由伯蕾太太分送到各個房間去——我們家人或住家裏的客人，正因爲這樣，我——我才知道馬可先生他。」——她嗓子一噎——「只收到過兩封或三封信，在他住我家期間。」

「那他在這裏總共住了多久呢？」麥克林法官有禮的問：「高佛雷太太？」

「呃……整個夏天。」

「哦，一個打死不跑的客人！那麼，你對他一定很了解是不是？」

「對不起，你是說……」她的眼睛急速的眨著，「哦，還算了解，是的，我——我們在過去這幾個星期相處之中，了解他很多事情，我們是今年初春跟他在城裏認識的。」

「你怎麼會想到邀他來家作客？」墨萊粗聲問。

她的雙手絞了起來，「他——他閑談中提到他喜歡海，而且他整個夏天還沒有決定到哪裏渡假……我——我們都很喜歡他，他處起來很愉快，而且他西班牙情歌唱得好好聽——」

「西班牙情歌？馬可，」艾勒里思索著，「那也許……高佛雷太太，馬可是西班牙人？」

「我——我想是吧，也可能是早期西班牙移民後裔。」

「如此說來，他的國籍和你們這個避暑之地的名字，還眞是絕配，眞是絕配，哦，對了，你話沒說完——」

「還有，他打起網球像個職業球員——你知道，在岬角另一邊，我們有好幾座草地球場，還有九個洞的高爾夫球場……他還會彈鋼琴，又是橋牌高手，你曉得——」

「當然，更別提，」艾勒里又笑了起來，「他的個人魅力了，在週末女性爲主的聚會中，他無疑是無可替代的珍貴資產，沒錯，絕對是這樣，這裏的聚會本來乏善可陳，因此，高佛雷太太，你精心爲這段長夏時光找來這個人見人愛的大珍寶，他是否也眞不辱使命呢？」

她眼睛生氣的眨動著，但很快的，她嚥了下來，眼皮也跟著垂了下來，「哦，那當然，那當然，蘿莎——我女兒便非常喜歡他。」

「也就是說，馬可之所以出現在你家，純是因爲高佛雷小姐的緣故，是不是這樣，高佛雷太太？」

「我——我並……並沒這麼講。」

「容我發問，」法官輕柔的插話，「呃——馬可先生橋牌究竟打得多好呢？」老紳士本人亦打得一手好牌。

高佛雷太太眼珠一抬，「該怎麼說——很棒很棒，麥克林法官，就像我剛說的，他是我們所有人之中最厲害的。」

法官仍彬彬有禮，「你們的賭注很高是吧？」

「哦不，一點也不高，有時還半分錢而已，通常是五分錢。」

「在我的圈子裏，這已經算夠高的了，」老紳士和煦一笑，「我相信馬可一直是贏家？」

「呃——法官，我不懂你為什麼要追問這些！」高佛雷太太語氣冷冽起來，聲音也跟著拉高，「眞的，這絕對是不可原諒的指桑罵槐問法，你以為我——」

「很抱歉，到底誰，」法官不為所動的仍咬住不放，「是他牌局上最嚴重的受害者？」

「麥克林法官，你的用字遣辭恐怕品味不是怎麼高尚，我輸了些，還有慕恩太太也輸了些——」

「坐下，」墨萊探長打斷她，「我們一下子掉到無意義的爭論去了，抱歉，法官，這實在不是有關賭牌郎中的案子。現在你聽好，高佛雷太太，有關剛剛說到的那些信，知道是誰寄的嗎？」

「沒錯沒錯，那些信，」艾勒里敲著邊鼓，「的確非常要緊。」

「我想，這方面我幫得上忙，」高佛雷太太以同樣冷淡的腔調回答，但她也乖乖坐了回去，「我不得不看到，你曉得，因爲我得負責分信……這些馬可的信，就我記憶所及，全部寄自同一個地點，所有的信封都是一般最常見的商業用信封，角落處有個公司商標，一模一樣的商標。」

「寄件人和寄件地址是不是，」艾勒里繃著臉問：「同樣是紐約市公園路11號的魯修斯・賓菲德？」

她眞的是嚇了一跳，兩眼圓睜，「沒錯，是這個名字和這個住址。我想，總數應該是三封，不是兩封，從兩到三星期前開始收到。」

三人交換了個眼色。「最後一封大概什麼時候？」墨萊發問。

「四五天前吧，信封上的商標有『法律諮詢顧問』幾個字，就在名字下頭。」

「律師！」麥克林法官低咒起來，「奉聖喬治之名，依據這住址，我很可能知道……」他忽然住了口，眼瞼垂下，似乎有意保密。

「你們想問的是不是都問完了呢？」高佛雷太太再次起身，有點難以啓齒的問道：「我得去照顧蘿莎——」

「好吧，」一探長酸酸的說：「反正不管要追上天堂或追下地獄，這件命案橫豎我是非追個水落石出不可，高佛雷太太，我對你的回答並不滿意，這我可以坦白告訴你，我認爲你實在是個非常愚蠢的女人，一開始就說實話，最終你才不會遺憾……山姆過來！你負責看著高佛雷太太回屋子裏去——完完整整，一根頭髮不少。」

史黛拉·高佛雷以焦慮且狐疑的眼光快快掃過眼前三個人一眼，然後，她抿著嘴唇，一甩她那黝黑但風韻十足的腦袋，跟著探長手下走上陽台石階。

三人沉默的看著她背影，直到她隱去。

墨萊說了，「她眞正知道的事可比她裝出來的多多了，操，要是人們肯實話實說，那這活兒將變得多簡單啊！」

「一開始就說實話，最終你才不會遺憾，」艾勒里邊想著邊覆誦了一遍，「這是多樸素但多智慧的話，法官你說是不是？」他莞爾一笑，「探長，在正確的地點挖下去，就會有泉水冒出來，這女人現在孱弱得很，只要在正確的位置再加幾成壓力……」

□

「左撇子來了，」墨萊疲憊的說：「下來這裏，左撇子，見過麥克林法官和昆恩先生，昆恩先生想知道些這一帶的潮汐問題，你們找到那些個勞什子沒有？」

左撇子是名精幹的小個子，走起路來左搖右晃，紅頭髮，紅臉龐，紅手紅脚，一身雀斑。

「還沒，老大，他們現在搜到高爾夫球場去了，另一組則剛剛從巴罕那兒下來……兩位先生，很高興見到你們，你們想知道關於潮汐的哪些問題呢？」

「差不多全部，」艾勒里說：「坐下吧，左撇子，抽菸嗎？好，我們言歸正傳，你了解這一帶的水文很長一段時日了是嗎？」

「夠久了，先生，我出生地離這裏不到三哩。」

「好極了！這一帶的潮汐現象是否相當變幻不定？」

「變幻不定？那是因爲不了解才這麼說，尤其是那些被潮水起伏弄得慌里慌張的人，實際上，」左撇子裂嘴一笑，「對眞正了解的人而言，那簡單明瞭得很。」

「左撇子，那我問你，這個海灣的潮汐情形如何？」

「哦，」笑容隱去了，「我想我了解你意思了，先生，這的確是較唬人的一個地點，在這裏，岩壁夾成的形態較特殊，由於它的開口窄小，於是潮汐起伏看起來就有點無常，有點捉摸不定。」

「你可不可能告訴我比方說隨便哪一天的潮汐漲退時刻嗎？」

左撇子鄭重其事的伸手到大口袋中，掏出一本頁角捲摺的小冊子來，「沒問題，先生，我曾在此地參予過海岸測地工作，我對這個海灣瞭若指掌，你說哪一天？」

艾勒里看著自己的香菸，思索著發問：「昨晚。」

左撇子快速翻著小冊子，麥克林法官的眼睛瞇了起來，詢問般的看向艾勒里，但艾勒里卻像一頭栽進自己的好夢一般，只興高采烈的研究著潮水湧上來的邊界何在。

「好啦，」左撇子說：「這裏，昨天早上——」

「左撇子，我們直接從昨晚開始。」

「好的，先生，昨晚的漲潮時間是12時6分。」

「午夜剛過沒多會兒。」艾勒里思索著，「然後，潮水就開始退了，因此……那下一次漲潮在何時？」

左撇子再次咧嘴一笑，「先生，現在不正在漲嗎？最高點出現在今天中午12點15分。」

「那從昨晚算起，潮水退到最低又是什麼時間？」

「今天早晨6時1分。」

「我了解。左撇子，再告訴我這件事，一般情況下，這海灣的潮汐到底退起來有多快？」

左撇子抓抓腦袋，「要看哪個季節而定，昆恩先生，就跟其他任何地方一樣。但這裏的潮水的確退得快，你曉得，是這兩片岩壁搞的鬼，潮水像被吸走一般，轉眼間就露出一大片海灘來，快得。」

「哦，也就是說，在漲潮和退潮時，這裏海灘的寬度便有極明顯的不同了。」

「這是當然，先生，你可以看出來，這片海灘其實是個斜坡，而且還相當陡，因此，在春季某些高潮時刻，潮水還可能一直湧到陽台通往沙灘這段石階的第三級這裏，也就是說，高低潮的垂直落差會到九呎十呎左右。」

「那眞的是差滿多的。」

「可想而知，先生，比此地任何地點落差都大，但還比不上某些地方，比方說緬因州的東港那裏，那裏垂直落差可多達十八呎！更可怕是方迪灣那裏，居然是四十五呎——我想，這才叫小巫見大巫，還有──」

「可以了可以了，我完全相信。看來你眞的是無所不知無所不能，至少在我們所談的海洋動態學一事是這樣沒錯。也許你還能進一步告訴我們，左撇子，」艾勒里柔聲說：「在今天凌晨一點左右，此處海灘露出水面的寬度可能會是多少？」

一直到此刻，麥克林法官和墨萊探長總算才對艾勒里所關注的潮汐問題若有所悟，法官長腿一旋，也開始看向那起伏柔和的大片海洋。

左撇子住了嘴，認眞的盯著海灣看，然後，他的嘴唇無聲的動著，彷彿在計算什麼。「呃，先生，」最終他開口了，「你得考慮一大堆不同因素，但我盡可能算得精準一些。依據今年這種時刻潮水最高時，沙灘大約露出兩呎左右這個事實，我以爲今天凌晨1點海灘的寬度至少應該有十八呎，也許十九呎左右吧。我跟你講過這裏潮水退得極快，到1點30分左右我想已經超過卅呎了，這海灣他媽的詭異透了。」

艾勒里用力拍著左撇子肩膀，「了不起！左撇子，這樣可以了，非常非常謝謝你，你幫我們澄清了非常重要的一點。」

「先生，很高興有機會能幫上忙。老大，還有什麼吩咐嗎？」

墨萊沉默的搖搖頭，這名探員便退下去了。「然後呢？」好一會兒，墨萊問。

艾勒里起身，踩著石階走向海灘，但他在石階最後一級處停了下來，「探長，我個人歸納了一下，發現要上到這個陽台只有兩種方式，其一是從上頭的公路進來，其一是從下頭海灣上來。」

「當然！誰都看得出來。」

「我喜歡凡事有確證。現在——」

「我最不喜歡沒事拌嘴，」麥克林法官低聲道：「然而可否容我指出，從這陽台的兩側是岩壁，我的孩子？」

「但這岩壁高達四十呎以上，」艾勒里反駁，「難不成你是想告訴我，有人直接從四十呎以上的岩壁頂端跳下來，直接跳到陽台上，或甚至更深的海灘這裏？」

「倒不是這個意思，而是說世界上還存在諸如繩索一類的東西，可讓人下到——」

「上頭沒有可綁繩子之處，」墨萊不客氣打斷，「在上頭兩百碼之內，沒任何樹木或凸起的石塊可利用。」

「但是，」法官小小抵抗一下，「若有個共犯負責在上頭拉著繩子呢？」

「哦，拜託，」艾勒里不耐的說：「現在反倒是你成了個詭辯者，親愛的梭倫。當然，我也考慮過這麼一種可能的方式，但你想，有道路和石階可走，世界上怎麼可能有人會捨此不由，而採取這麼彎彎曲曲且累死人的方法？你也知道，這裏沒有守衛，而且岩壁在夜間的陰影又提供如此完善的隱蔽。」

「但那會有聲音，小徑是礫石鋪的。」

「確實，但如果用繩子從高四十呎的聳立岩壁攀下來，那他非發出不可的聲音比之前者只大不小，而且，對他所選定的受害者而言，這種攀岩所發出的聲音，比之踩石子路的腳步聲，只會更容易起疑更容易警覺。」

「如果腳步聲出自正常的人而不是這個所謂的奇德船長。」法官解嘲一笑，「我親愛的孩子，你絕對是對的，這我絕不懷疑，事實上，我想弄清的只是一件我以爲可能非弄清不可的一件事，這不是你自己一講再講的嗎？任何狀況都必須考慮在內。」

艾勒里讓步的咕噥著，「好吧，很對，讓我們言歸正傳，有兩個途徑可到我們所在的陽台這裏：上頭的小徑，以及下頭的海灣。而我們如今也弄清楚了，今天凌晨1時坐陽台上的約翰・馬可人還好端端活著，這從他自己的證辭知道的——就寫在他那封給那個叫賓菲德信上最開頭處，順帶來說，他在今天凌晨1時寫此信一事絲毫沒有疑義，甚至他還清楚留了日期。」

「沒錯。」墨萊頷首稱是。

「好，就算考慮到他的手錶不準，但手錶不準怎麼說也不會差到半個鐘頭以上，畢竟，我們所看到的一切跡象都一致指出不至如此。法醫也推斷了死者斷氣的時間，他是瞬間斃命的，大概不出凌晨1時到1時30分之間。到此爲止，經我們反覆辯證，大致可如此斷言。」艾勒里停了下來，環顧了下眼前平靜的小小沙灘。

「然則這又怎樣？」探長粗著聲問。

「很清楚，他是想搞清謀殺的確實時刻，」法官低聲解釋，「繼續，艾勒里。」

「好，如果馬可下到這裏，在凌晨1時左右，活著，那這個殺他的人又是什麼時候出現的呢?」艾勒里問，邊對老紳士點下頭表示同意他的解釋，「自然，這是個關乎生死的大哉問，然而，我們並非不能找到正確的途徑去逼近它，因爲，我們已掌握了馬可自己的眞實證辭，說明他是一個人先到陽台上來的。」

「等等!」墨萊打斷，「別一下子跳到這裏，說說看你爲什麼做這樣的斷定?」

「爲什麼?操，他自己講的啊——而且不止一處——從他那封信來看!」

「那你得指出來給我看哪裏這麼說。」墨萊頑抗不動。

艾勒里歎口氣，「他不是寫道他終於有『幾分鐘的獨處時光』嗎?很淸楚，如果當時有人在手邊，那他絕不會這麼寫，事實上，他還宣稱他在等著某人來，在這裏，唯一可爭議的是:除非能證明這封信是僞造，那我們以上的推論才可能無效。然而，你也講得很淸楚了，這封信依筆跡斷定確實是馬可所寫無誤，而我也極樂意接受你的這點查證，因爲這有助於我的論點:如果馬可在凌晨1時仍活著且一人獨坐陽台之上，那表示謀殺他的凶手在那一刻尚未出現。」

在探長忽然心有旁鶩的眼神中，艾勒里住了嘴。此時，從岩壁的夾縫之中，可看到一艘大型划艇的船首，船上滿滿是人，而且船的兩側尙拖著奇形怪狀的器材半浸於湛藍的海水之中，這是負責在西班牙岬岩岸一帶執行打撈任務的人員，試圖找到約翰・馬可消失的衣物。

「我們的潮汐專家，」艾勒里繼續，但目光仍鎖在那艘划艇上，「告訴我們，在凌晨1時，海灘的寬度大約在十八呎左右，而我剛剛已說明了，這時馬可仍好端端活著。」

「那又怎樣?」探長頓了下，問。

「好啦，探長，你今天早上也一定看過海灘長什麼樣子了！」艾勒里雙手往前一拋，說道：「或說在兩小時後我和麥克林法官到達此地時，海灘的寬度已因退潮而達廿五到卅呎，你沒看到海灘上有任何礙眼的跡象，不是嗎？」

「是啊，我不記得有何礙眼之處沒錯。」

「是沒有，這也說明了，在今天凌晨1時到1時30分這段期間，海灘也未有任何礙眼之處！潮水一直朝後退，離陽台愈來愈遠，因此，在凌晨1時之後，若當時寬度十八呎的海灘留有任何足跡於其上，那海水根本不可能洗去它們，此外，昨晚到現在沒下過雨，以此地的蔽風情形來看，高達四十呎的嶙峋岩壁形成天然屏障，海風也不大可能把沙灘上的足跡給拂平。」

「繼續，孩子，繼續。」法官急急催促。

「於是，事情清楚了，若殺馬可的人是經由海灘上到陽台來，他非得在沙灘上留下脚印不可，因爲我已說明他必然是凌晨1時之後才到的——當時沙灘的寬度足足有十八呎以上。但事實上海灘之上一無所有，也就是說，謀害馬可的凶手絕對不可能經由海灘上到陽台上來！」

現場至此寂然一片，只有不遠處划艇上拖曳著裝備的吼叫聲音，以及海浪打上沙灘的溫柔聲音。

「原來你千方百計爲的就是要搞清楚這個，」墨萊探長鬱鬱的點著頭，「這的確是清晰的推論，昆恩先生，但操！我用不著這樣廢話連篇也同樣可告訴你同樣的結論，理由是——」

「理由在於，只有兩種可能到陽台來，而海灘這道小路既可排除在外，那凶手必然是經由陸路，由上頭的小徑下來的，當然如此是嗎？探長！但這結論得證明才能是結論，它並非不證自明，沒有什麼是不證自明的，除非它能通過邏輯的嚴格檢驗，否則二選一的答案沒其中哪個可說是不證自明的。」墨萊沒好氣的雙手朝空一拋。「是的，謀害馬可的凶手確實經由上頭小徑下來，這樣我們才能稱爲正確無誤，由此定點，我們也才有機會找到一些路朝前走。」

「我可不認爲有多少路，」墨萊暴躁的說，又狡獪的看看艾勒里，「也就是說，你認爲凶手是屋子裏的一員對嗎？」

艾勒里聳聳肩，「從小徑下來——意思就是從小徑下來。那幢西班牙式建築裏的人，再理所當然不過，涉嫌深重，然而，這道小徑向上連通到岩石地峽的公路，穿越岩石地峽的路又連通到行經公園的路，行經公園的路又連通到——」

「主公路是不是，這不用你說，我也曉得，」墨萊沮喪的接口，「全世界的人都可能宰他，包括我本人。神經病，我們上去屋子那裏吧。」

□

探長自言自語走前頭，艾勒里兩人跟著他。艾勒里沉默的邊擦拭著他的夾鼻眼鏡，法官壓著嗓門問他：「同理可證，凶手逃離謀殺現場亦是經由這道小徑，畢竟怎麼來怎麼去，他同樣也沒法子不露痕跡通過那寬達十八呎以上的沙灘。而且，他也絕不可能在沙灘上殺馬可，要不然我們也一定可找到脚印。」

「哦這個啊，完全正確，但我擔心探長可是失望透頂，從我剛剛那一番滔滔獨白中，的確導不出什麼偉大的結論來，但事情的確需要證實沒錯啊……」艾勒里喟歎出聲，「我真正無法釋懷的是，我實在沒辦法接受馬可一身裸露這個事實，這就像華格納式的主樂調老鑽在你腦子裏趕不去一般，法官，這裏頭其實隱藏著極微妙的一點。」

「我的孩子，所謂微妙不微妙還不是你搞出來的，」法官斷然的說，邊思索邊邁著大步，「絕大部分問題的答案本質都是單純的，我不否認這的確是很困擾人的謎題一樁，不管凶手是男是女，他幹嘛在百忙之中還要抽空脫掉被害人的——」法官搖著腦袋。

「嗯，是啊，那的確是得花相當一番工夫的，」艾勒里想著，「你有過這樣的經驗，替一個睡著或失去知覺的人脫衣服嗎？我有，而我絕對敢向你保證，這做起來可不像想的那麼容易，你有一堆麻煩比方說手啊脚啊等部位得花力氣對付，沒錯，眞是很花一番工夫，這樣一番工夫不可等閑視之，尤其在那樣一種特殊時刻，又看來並非有什麼必要或非做不可的理由。當然，他是有辦法不用解開披肩就脫掉馬可所有衣物，因爲披肩沒袖子的困擾問題；也可能是先脫掉披肩，剝了馬可全身衣物，再把披肩給繫回去，但終歸而言幹嘛非脫他衣服不可？同樣的，幹嘛非脫他衣服但非留著披肩不可？現在我滿腦子想的正是這個，儘管我們可以先接受馬可是一手寫信一手抓著手杖這事，但凶手要脫他衣服時，不是一定先得拿下他的手杖嗎？也就是說，我們所看到馬可手上的手杖，必然是凶手再放回去的——一個愚蠢無意義的舉動這是。因此，這必然隱藏著一個必要的理由，爲什麼？爲了什麼目的？純粹是故佈疑陣嗎？我想得頭都痛起來了。」

麥克林法官良久才搭腔，「從表面來看，我承認，這一點道理也沒有，尤其是脫掉衣服這部分，至少我可以說，一點也不符合正常的道理。艾勒里，對我個人而言，比較正確的想法是，別用凶手是某種異常的、變態的或精神失常的理由來解釋。」

「如果說凶手是女的——」艾勒里夢囈般說。

「胡說八道，」老紳士不高興的打斷他，「你不會眞這麼認爲的！」

「哦，是嗎？」艾勒里冷笑出聲，「我很淸楚察覺到，你自己在某種程度上也想到這類可能，畢竟，我們無法把這樣的可能排除開來。我知道你是長年上教堂的虔誠之人，但不管怎樣，這有可能純粹是精神患者犯的案，如果眞這樣，那就浮現出一個有著性愛牽扯但被遺棄的女性了……」

「你滿腦子骯髒。」法官低咒著。

「我滿腦子邏輯，」艾勒里反駁，「當然在此同時我也承認，從現階段所顯示出的一些事實來看，並未確實符合如此的精神病患理論——主要在於我們看不出凶手有如此跡象……當然，如果你樂意的話，我說是女性凶手。」至此，艾勒里又一歎，「好吧！至於那個叫賓菲德的好朋友又是怎麼回事？」

「啊？」法官叫了出來，但嘎然而止。

「賓菲德，」艾勒里好整以暇，「你當然不可能這就忘記這個賓菲德吧，魯修斯・賓菲德，法律顧問，紐約市公園路11號？剛剛你那樣子實在孩子氣到極點。」

5 詭異賓客之屋

他們發現整個天井空無一人，只除了兩名看來無聊到極點的執班警員。他們繼續尾隨著墨萊跨過這片石板地，走到一道摩爾式拱廊，由此進入另一道小迴廊中，此處，牆上是傳統阿拉伯式的蔓藤花紋，底部護牆板則是上釉的彩瓷。

「光看外表，你實在看不出我們這個大財主有如此的東方美學品味，」艾勒里說：「很顯然，他是刻意要他的建築師建造出這麼一幢帶摩爾風味的西班牙宅第來，這頗佛洛伊德。」

「我常很好奇，」老紳士沒好氣的說：「你怎麼可能睡起覺來打鼾如此甜美響亮——這麼多刁鑽古怪的念頭擺腦子裏。」

「而且，」艾勒里沒理會，他頓了下，伸手摸摸一塊紅、黃、綠三色的鮮豔瓷磚，「我很懷疑，如此的薩拉遜氛圍中——再調以如此的火熱西班牙氣味——依然對日耳曼式的沉靜心靈發生不了什麼作用，正如溼柴點不起熱火一般。我們這種顯然就有一個標準的美西女性典型，比方說，康斯帖佛太太，她……」

「進來吧，兩位，」墨萊探長煩躁的說：「我們還一堆活兒等著幹。」

他們走進的房間是相當寬敞的一間西班牙式起居室，讓人彷彿從鄉下農莊一步跨入中世紀的卡斯提爾王國一般。人已到齊——康斯帖佛太太，朦朧天光中愈發顯得蒼白，原本驚懼常駐的眼睛如今小心的眨巴著；慕恩夫妻則是兩尊不言不笑的雕像；高佛雷太太緊張的和自己手帕拉扯著；還有蘿莎，她身後鬱鬱寡歡的厄爾・柯特，以及渥特・高佛雷，此人仍一身髒兮兮的工作服，仍像個地位低賤的肥胖雜工般極不稱頭的踩過地板上的精美蓆墊。很顯然，約翰・馬可仍像一片烏雲般籠罩所有人頭上。

「我們待會兒就先檢查他的房間，」墨萊繼續說著，眼神顧此失彼，「好啦，大夥兒，聽著，我有任務在身情非得已，我不管你們之中誰是何方神聖，誰多麼悲痛欲絕，或誰誰有一肚子苦水冤屈傾吐不完，我們嚴明公正的州郡政府機構完全一視同仁，包括你在內，高佛雷先生，」這肥而短的富豪以不滿的眼神盯著墨萊，但墨萊沒理他，「我要把這事追個水落石出，誰也休想擋我去路，這樣說夠清楚了嗎？」

高佛雷頓了下，「不會有人擋你的，」他不悅的說：「不必先來這樣的開場白，要開始就開始吧！」

「沒錯，這正是我要做的——開始，」墨萊獰笑起來，「往往，要讓涉入一樁謀殺案的人知道，這裏頭可真的一點也不好玩，他們總不怎麼肯相信。高佛雷先生，你好像最有意見，那我們就由你開頭好了。我問你，被害人，也就是約翰・馬可，之所以整個夏天泡在這裏，據說跟你完全無關，這是真的嗎？」

高佛雷古怪掃了他老婆緊繃的臉一眼，「是高佛雷太太這麼告訴你的嗎？」他看起來眞的頗意外。

「別管高佛雷太太跟我說什麼，請你只回答問題就好。」

「沒錯，是與我無關。」

「在高佛雷太太出口邀他來此之前，你就認識他嗎？」

「探長，在社交場上，我認識的人很少，」百萬富翁冷冷的說：「我確信，高佛雷太太是在城裏某個宴會場合結識他的，可能曾經跟我介紹過。」

「和他有生意上的往來嗎？」

「對不起，我沒聽淸楚你問的！」高佛雷看來血氣上湧。

「你和他有生意往來嗎？」墨萊不爲所動。

「荒唐至極！我整個夏天算起來跟這傢伙講話不超過三個字，我討厭這個人，我也才不管是否認得誰誰，當然，一方面也是因爲我從不涉足高佛雷太太的私人社交圈子之中——」

「今天凌晨1點時你人在哪裏？」

百萬富翁的眼神凌厲如毒蛇吐信，「床上，睡覺。」

「你是幾點上床的？」

「10點30分。」

墨萊厲聲質疑，「把你家裏滿屋子客人丟一旁？」

高佛雷的語氣有意的柔和起來，「探長，他們不是我的客人，是我內人的，我們最好先把這一點給弄清楚，你待會兒問這些人時，我相信你一定會清清楚楚發現，我和他們可一點點牽扯也沒有。」

「渥特！」史黛拉·高佛雷以痛苦的聲音叫了起來，但她馬上警覺的緊咬住嘴唇；年輕的蘿莎則不忍的避過臉去，她黝黑的臉上浮現著極爲難的神情；慕恩夫婦兩人看來也極不自在，高大的慕恩先生更是含混的咕噥著；只有康斯帖佛太太仍幽幽保持她一貫的樣子。

「也就是說，你最後看見馬可是昨夜的10點30分囉？」

高佛雷先生看著探長，「少蠢了。」

「嘎？」探長粗喘著氣。

「就算我在10點30分之後見過馬可，你想我會老實承認嗎？」百萬富翁扯著他身上的工作服，連舉止都像個幹活流汗的小工，然後，他明明白白的笑了起來，「老兄，你這是沒事找事浪費時間。」

艾勒里眼見墨萊的一雙大手用勁絞著都要痙攣了，脖子上青筋處處，然而，他只稍稍甩了下腦袋，力持鎭靜的又問：「誰是最後見到馬可的人？」

現場立刻陷入死寂，墨萊兩眼的溜溜四下轉著，搜尋著。「怎麼樣？是誰？」他耐著性子說：「別緊張別害怕，我只是想追蹤出他被謀害之前的確切行蹤罷了。」

高佛雷太太努力扮一個笑臉，「我們——我們一起打橋牌。」

「嗯，這才像話！誰打，昨晚的橋牌？」

「慕恩太太和柯特先生一組，」史黛拉・高佛雷低聲的說：「對抗康斯帖佛太太和馬可先生，本來慕恩先生，我女兒，我哥哥大衛和我也打算另開一桌，但因爲蘿莎和大衛不曉得溜哪兒去了，我和慕恩先生只好一旁觀戰。昨天晚餐之後大家曾各自散開一小段時間，後來又聚回天井，之後我們就進到起居室——你曉得，就是這個房間——開始打牌，時間大概是8點左右，哦，應該說8點剛過不久，一直玩到午夜時候，正確的講，大概是12點差一刻吧。就這樣，探長。」

「之後呢？」

她垂下眼瞼，「幹嘛——結束了嘛，就這樣。馬可先生第一個離開，他——他在牌局快結束那段時間似乎有點煩躁，最後一盤才結束，他就起身跟大家道晚安，上樓回他房間去了，其他人——」

「他是隻身上樓的？」

「我想——是的，他是一個人沒錯。」

「是這樣子嗎，在場各位？」

每個人都急急點著頭，只除了渥特・高佛雷，他小而醜的臉上隱隱有幾許嘲意。

「抱歉探長，我可否打岔一下，」墨萊聳聳肩，艾勒里帶著友善的笑容面向在場諸人，「高佛雷太太，從牌局開始到結束這一長段時間，你們每個人都一直在這房間裏沒離開嗎？」

她的神色有點恍惚，「哦，我想不是這樣，整個晚上說起來，每個人都多多少少離開過一會兒吧，但誰也不會特別去留意——」

「打牌的四個人一晚上都沒換過嗎？還是說有誰替換過誰？」

高佛雷太太稍稍一側臉，「我——我不記得了。」

慕恩太太漂亮且線條鋒利的臉孔這一剎那間有了生氣，她白金色的頭髮，在穿過窗戶的陽光拂照下，熠熠發亮。「我記得，柯特先生曾經要高佛雷太太跟他換個手——應該是9點左右。高佛雷太太拒絕了，但高佛雷太太說，如果柯特先生不想打，也許可以找慕恩先生接手。」

「沒錯，」慕恩立刻接口，「是這樣沒錯，我差點把這全給忘了，塞西莉雅，」他一張赤褐色的臉的確宛如桃心木雕成，「我接手，柯特就走開了。」

「哦，他走開了，眞的？」探長問：「柯特先生，那你到哪兒去啦？」

這個年輕小伙子，兩耳通紅，憤怒的回答：「我去哪裏有什麼關係？我離開時馬可人還好好的坐牌桌上。」

「你去了哪裏？」

「呃——如果你一定要曉得，」柯特繃一張臉等於是低咒著，「我去找蘿莎——找高佛雷小姐，」蘿莎的背一緊，呼吸聲清晰可聞。「在晚餐用後沒多久，她和她舅舅兩人就不曉得走哪兒去了，而且一直沒回來，我不曉得——」

「我自己照顧得了自己。」蘿莎冷冷的說，連臉都不轉過來。

「昨天晚上你照顧得了你自己，是唷，」柯特陰森森的反諷，「那可眞是照顧自己的好法子——」

「我一直以爲你是勇敢無畏的男子漢大英雄，現在——」

「蘿莎親愛的。」高佛雷太太無助的揷嘴想打圓場。

「柯特先生離開約多久呢？」艾勒里溫文的問，但沒人回答。「到底多久，慕恩太太？」

「哦，很長一段時間？」退休女演員尖聲回答。

「也就是說，只有柯特先生一個人離開過起居室，且離開——滿長一段時間是嗎？」

不約而同，在場諸人一陣面面相覷，但誰也不說話，末了，還是慕恩太太發難，以她金屬般森冷高亢的聲音，「不，還有——馬可先生他也離開過。」

死亡般的沉寂瞬間把所有人全包圍起來。「那他又是什麼時間離開的呢？」艾勒里柔和的問話穿破這無聲的死蔭。

「就在柯特先生走開後幾分鐘，」慕恩太太纖細白皙的手拂拂頭髮，並刻意擺出一個看似風情但緊張無比的媚笑，「他要高佛雷太太替他打幾把，然後跟大家告退一聲，就走到外頭天井去了。」

「你的記憶力眞棒，不是嗎，慕恩太太？」墨萊粗聲說。

「哦，是這樣子沒錯啊——記憶力良好，——馬可先生就常常這樣子講我——」

「柯特，你到底去了哪些地方？」墨萊斷然逼問。

年輕人的榛色眼珠中有某種顫動之物，「哦，我就在這一帶四下亂走，我喊了蘿莎好幾次，但沒找到她。」

「你是在馬可正式不打之前回起居室的嗎？」

「這嘛……」

「抱歉，先生，但我想我可以回答這問題，」一個輕柔愉悅的男聲從稍遠的廊道處傳來，眾人聞聲皆轉身過去，凝視著聲音的來源。這是一個矮小男子，一身剪裁合身的黑衣服，相當謙抑、相當自制的半躬著身站那裏。正確的來說，他是個膚色白皙的侏儒型人物，手脚又細又短，但五官長相卻乾乾淨淨，因此，反倒給人一種極其恍惚不眞實之感——淡色的皮膚，平而修長的眼睛——似乎有著東方人的血統，偏偏他開口便是極流暢的正統英語，且身上衣服樣式也是典型的倫敦保守風味。「歐亞混血的後裔。」艾勒里腦中如此評論。

「你是什麼人呢？」探長下馬威的厲聲發問。

「特勒！回你該回的地方去！」渥特・高佛雷暴怒的吼著，邊握著兩個粗大拳頭往黑衣矮子逼去，「誰叫你自作聰明跑來獻寶？這裏還輪不到你講話！」

黑衣小矮子萬分歉意的應了聲，「是，高佛雷先生。」轉身便待離去，然而，他的眼中閃過一絲慧黠的光采。

「等等，先別走，」墨萊急急的喊住他，「高佛雷先生，請別干擾我們辦案，如此，我們將萬分感激你。」

「特勒，我可警告過你——」百萬富翁仍出言恫嚇。

小矮子聞言遲疑了一下，墨萊這回的聲音平穩無情起來，「我說到這兒來，特勒。」高佛雷只好一聳肩，跌坐在房間角落處一張飾著巨大紋章的椅子裏。小矮子踩著無聲的步子走向前來。「你究竟是什麼人？」

「我是這裏的一名僕役，先生。」

「服侍高佛雷先生的嗎？」

「不是的，先生，高佛雷先生從不用私人僕役，是高佛雷太太聘用我的，服侍到西班牙岬此地來的賓客。」

墨萊以期盼的眼神打量他，「好吧，你可以講剛剛想講的話了。」

厄爾‧柯特遠遠的看了此人一眼，轉身走到一旁，褐色的手似乎有點緊張的拂著滿頭金髮；高佛雷太太則摸索著身上的手帕。小矮子清晰的說：「我能告訴您昨天晚上有關柯特先生和馬可先生的事情，先生，您曉得——」

「特勒，」史黛拉‧高佛雷喃喃的說：「你被解雇了。」

「是的，主人。」

「哦不，他沒被解雇，」墨萊說：「在這樁謀殺案沒破之前不可以解雇他。特勒，說說看柯特先生和馬可先生怎樣？」

矮子男僕鄭重的清清嗓子，便連珠砲的開口了，杏仁似的雙眼盯著他眼前牆上兩支交叉的撒拉遜長箭。「我有個習慣，」他有點詭異的細說從頭，「先生，每天忙完晚飯後，我喜歡到外頭散散步、透口氣，平常，這個時間客人會聚一起，有其他僕人服侍，因此，我總有個一小時左右空檔。有時，我會漫步到朱崙的小木屋那兒去抽抽煙斗什麼的——」

「你指的是園丁嗎？」

「是的，先生，朱崙先生在這裏有自己的一幢小木屋。昨晚，高佛雷太太和客人開始打起橋牌，我像平常一樣又跑去朱崙先生那裏，我們聊了一下，我就一個人出來散步，我記得我一路散步到下頭陽台那兒——」

「去幹嘛？」墨萊警覺的出聲問。

特勒似乎被問得一呆，「啊，什麼？哦，先生，沒什麼特別理由，我滿喜歡那個地方，很舒服很悠哉一個地方，我根本沒想到會在那裏碰到誰，先生，應該這麼說吧，我當然很清楚自己的身份地位……」

「但你發現有人在那兒不是？」

「是的，先生，是柯特先生和馬可先生。」

「那是什麼時候的事？」

「先生，我想是9點過幾分鐘。」

「他們兩人在談話嗎？你是否聽見他們談些什麼？」

「是的，先生，他們在——呃——在吵架，先生。」

「你居然還偷聽，你這該死的東西，」年輕的柯特大怒，「媽的聽壁角小人。」

「不不，先生，」特勒囁嚅的說：「不是我想聽，是您和馬可先生實在吵得太大聲了。」

「那你不會趕快走開，你這該死的小人。」

「我怕你們會發現──」

「別理他，特勒，」探長粗聲奪回發言權，「告訴我，他們兩人吵些什麼？」

「吵蘿莎小姐，先生。」

「蘿莎！」高佛雷太太叫出聲來，她豁的一轉身，驚駭的雙眼直直盯著自己女兒，蘿莎的臉通紅起來。

「好吧好吧，」年輕的柯特見大勢已去，「反正現在也瞞不住了，這個好管閑事的可惡矮子什麼都供出來。沒錯，我是把那個該死的妓男給大罵一頓，狠狠的大罵一頓！我警告他如果敢再把他那骯髒爪子伸向蘿莎一次，我就──」

「你就怎樣？」柯特警覺的住嘴時，墨萊立刻逼問。

「我想，」特勒小聲的說：「柯特先生曾提到要好好修理他之類的。」

「哦，」墨萊掩不住失望，「柯特，你說馬可曾騷擾高佛雷小姐是嗎？」

「蘿莎，」高佛雷太太低聲問：「你怎麼不告訴我──」

「哦，你們眞是討厭，你們這些人！」蘿莎哭叫出聲，人也跳了起來，「尤其是你，你這可惡到極點的柯特先生，這輩子我不會再跟你講一句話！你有什麼權利跟──去跟約翰吵架……

…是的，跟約翰……吵我的事？他才沒騷擾我！任何——我們之間的任何事都是我樂意的我心甘情願的，你要搞清楚！」

「蘿莎，」年輕人可憐兮兮的說：「我只是——」

「別跟我講話！」她湛藍的眼睛此刻滿是憤恨和輕蔑，頭也昂然抬著，一副凜然不可侵犯之狀，「如果你們想知道，你們所有人——是的，也包括你，媽媽！——約翰跟我求過婚，要我嫁給他！」

「馬——」高佛雷太太快昏倒了，「跟你——」

蘿莎毫不猶豫快速講下去，「我呢——事實上我也接受了，當然沒這麼嚕嗦講一大堆，而是——」

這剎那間，最最不尋常的事發生了，康斯帖佛太太把她椅子拉前面，並以她的沙啞嗓音唸了起來——打從早上見面以來，首次聽見她開口。「啊，惡魔，狡猾猥褻而且無情的惡魔，我看見他來了，高佛雷太太，你瞎了眼了，如果說我有個女兒——他施展了他所有的魔法……」她陡然打住，整個人像凍結了一般僵在那裏。

某種恐懼之色悄悄爬進了蘿莎眼中，蘿莎的母親則一手掩著嘴直直盯著，盯著她這個高大黝黑的女兒，彷佛是這輩子第一次看她一般。

年輕的柯特一臉鉛灰，但他仍不失尊嚴的說：「探長，我相信高佛雷小姐並不眞正曉得她自己涉入的處境，我想還是由我來講好了，反正要是我不說，特勒也會說——畢竟他一直躲陽台那附近，聽到我們整個爭吵過程。

「爭吵之中，馬可告訴我剛剛高佛雷小姐所講的事：他是禮拜五向她求的婚，而她也答應了，他十分確信他自己的所有計畫到此已全然實現，然後在下個星期，他們兩人便離開這裏，到別處正式結婚。」講到這裏，他畏怯的頓了頓。

蘿莎期期艾艾的說：「我沒有——他不該——」

「他還講，」柯特平復了情緒說下去，「他不怕我把這事告訴高佛雷先生，告訴高佛雷太太，甚至告訴全世界，他們彼此相愛，誰也休想阻止他們；此外，他又講，他說什麼蘿莎一定照著做，而我只是個沒事亂攪和的年輕小鬼，講我自不量力，講我才脫離尿布啥事也不懂，他講了一大堆諸如此類的難聽話，是不是這樣，特勒？」

「完全是這樣，柯特先生。」特勒低聲回答。

「我想，我眞的是把他給惹毛了，他完全和平常不一樣，不僅一點即爆，而且呱啦呱啦什麼都直接講出來。他這麼激動，我也氣瘋了，所以我趕快跑開，我想，要是我在那兒多待個一分鐘，我一定會宰了他。」

蘿莎忽然一甩腦袋，二話不說的舉步穿過房間，向門走去，墨萊看著她，並未出言阻止。

「結婚，」康斯帖佛太太陰沉的說：「那可眞肥了他。」短短一句評論。

「好吧！」墨萊縮了縮肩膀，「可眞不賴的一場好吵。言歸正傳，之後你和馬可就又回來打牌是嗎？」

「我不曉得馬可怎樣，」年輕人輕聲講著話，眼睛仍看向門那頭，「因爲我在附近盪了好一會兒，氣成那副德性，不好立刻和這群優雅的夥伴碰面。我想，在遊盪中我也分神找蘿莎，後來開始覺得冷，我就回屋裏來了，那時大約是10點30分，再看見馬可時是在牌桌上，一臉開開心心的樣子，好像什麼事也不曾發生過。」

「你看到的是怎樣，特勒？」墨萊求證於特勒。

特勒掩嘴咳了聲，「柯特先生由小徑跑開，就跟他講的一樣，先生，好一會兒之後，才聽到他走回屋子台階時的咔咔脚步聲；馬可先生則在陽台那兒多待了好一會兒，先是生氣的喃喃自語，跟著我看到他——先生，當時陽台的燈開著——他把衣服撫平（是的，先生，他穿白色衣服），再順順頭髮，調整了下領帶，還認眞扮出個笑臉，然後把燈一關才走掉，他直接回屋子來，我記得是這樣子沒錯，先生。」

「他確實直接走回屋子嗎？你有沒有跟他後面？」

「我——是的，先生。」

「特勒，你眞是個不尋常的觀察者，」艾勒里和煦一笑，仍未把盯著特勒的眼睛移開，「也是個天生的了不起描述者。對了，這裏由誰負責接電話？」

「通常是下一級的僕人，先生。總機是在裏頭一間大廳之中，我相信——」

墨萊在艾勒里耳邊說道：「我已派了人去詢問接電話的僕人，還有其他所有僕人，有關昨天晚上奇德那通電話，怪的是，沒有人有印象那段時間有電話進來。但這說眞的不代表什麼，要不就是有人撒謊，要不就是有人眞忘了。」

「還有一種可能，接電話的人算好時間等在總機旁，」艾勒里平靜的說：「沒事了，謝謝你，特勒。」

「是，先生，謝謝您，先生。」特勒短短的瞟了艾勒里一眼，便轉而他顧，然而，這匆匆一瞥，似乎又讓他瞧見了什麼。

「我希望，」渥特・高佛雷酸酸的說，聲音來自房間角落處，他坐角落椅上宛如端坐王座之上。「史黛拉親愛的，你對你一手所導演出的成果感到滿意。」說完，他起身，追隨他女兒一般也出了起居室。只是，他的如此弦外之音，並未引發任何人──甚至包括指名道姓的高佛雷太太，她正處於羞辱加上痛苦的頂峰之上──跳出來理論一番。

被墨萊稱之爲山姆的刑警，這時從外頭天井衝了進來，咬耳朵不知向墨萊探長報告什麼，墨萊面無表情的點著頭，卻向著艾勒里和麥克林法官丟過來意味深長的一眼──麥克林法官一人木雕般站房間角落，已相當一段時間了──便領頭走了出去。

現場立刻活起來，彷佛電源開關被扭開一般。約瑟夫・慕恩無聲的動動右脚，並深深的吸了口氣；一個比較接近人類的表情上了康斯帖佛太太怪物般的臉上，她粗厚的肩膀也同時抖動起來；慕恩太太以一方白痲布手帕拭了下她那神采凌厲的眼睛；柯特則脚步蹣跚的尋到一張矮凳坐下，並仰頭灌下一大杯酒……特勒一轉身，準備退下。

「抱歉，特勒，」艾勒里愉悅的叫住他，特勒愣了下，很奇怪，艾勒里這一出聲好像又把電源給切斷一般。「像你這麼一個擁有了不起觀察能力的人實在不該閑置不用，我們很可能馬上得借助你這份非凡的才能……各位先生女士，很抱歉不速介入這不幸的事件之中，請容我自我介紹，我叫昆恩，至於我左邊這位則是麥克林法官——」

「是誰允許你們兩個鳥人這樣子闖進來的？」喬・慕恩當下就厲言相向，巨大的個子應聲起立，「一個條子還不夠嗎？」

「我正待跟各位解釋這點，」艾勒里耐心的說：「承墨萊探長不棄，希望我們兩人以——呃——以顧問的身份參予這樁案件的追查。由於這樣的身份，讓我有必要問一兩個——我相信是——頗適切的問題，我們就由你開始罷，慕恩先生，畢竟你看起來最有話說。你昨晚是什麼時候離開這裏的？」

慕恩在回答之前，冷冷的注視著艾勒里半晌，他深黑的眼珠宛若西班牙岬的岩塊任憑浪濤拍打仍屹立不動。慕恩回答：「大概11點30分左右。」

「不是說牌局到12點一刻才結束的嗎？」

「最後半小時我並未參予，我先行告退，回房間睡覺了。」

「我了解，」昆恩平靜的又問：「那，高佛雷太太，剛剛你爲什麼說馬可先生是第一個離開房間的人？」

「哦，我不曉得，我不是什麼事都記得清清楚楚，這不可能的……」

「這我們可以理解，但我們也希望能得到眞實可信的答覆，高佛雷太太，畢竟，你的記憶力可靠與否，很可能關係重大……慕恩先生，在你上樓時，馬可人仍在這房裏打牌嗎？」

「正是如此。」

「那，在他後來上樓時，你有見到他，或聽見他聲音嗎？」

慕恩沒好氣的說：「他並未跟我屁股後面上樓。」

「請正確的回答，」艾勒里面不改色逼問：「有嗎？」

「沒，我講過我馬上倒頭睡了，沒聽見任何動靜。」

「那你呢？慕恩太太？」

這漂亮女人尖叫起來，「我眞搞不懂我們爲什麼必須回答，回答這些沒完沒了的狗屎問題，喬！」聲音十分刺耳。

「閉嘴，塞西莉雅，」慕恩冷冷的說：「昆恩，慕恩太太在我剛爬上床時上來的，我們兩人睡同一個房間。」

「這我也了解，」艾勒里一笑，「好，慕恩先生，我猜，你認得馬可有一段時日了吧？」

「你可以這麼猜，但對你沒什麼好處。夥計，你這回可大錯特錯了，在我來此地之前，我可從未見過這個百合花長相的傢伙，」慕恩毫不在意的聳了下他的寬肩，「我說啊，這類的輸家跟我不會有什麼瓜葛的，在里約，他媽這種吃軟飯的在上流白人圈中絕對混不開，而且事實上，」說到此處他悍厲一笑，「我也根本不涉足這類無聊的社交場合，只除了這一回——純粹基於對高佛雷太太的信任與敬重。塞西莉雅和我兩人只要狀況一允許，我們二話不說拿碼子走人，愈遠離這是非之地愈好，你說是不是這樣，小可愛？」

「愈快愈好，喬。」慕恩太太熱切的回應，但有點不安的溜了高佛雷太太一眼。

「呃——但當然囉，你是先認識高佛雷太太的是吧？」

高大男子再次聳肩，「不，四、五個月前我才剛從阿根廷回來，在紐約認識了慕恩太太，我們就這麼一拍即合，你曉得，在那兒我們搞來一大票人一起慶賀，反正這類場合哪裏都一樣，你一嘴我一舌的，我們於是被邀請到西班牙岬此地來做客，我所知道就僅止這些，好像頗有意思是吧，但操他媽的！如今我可不再像以前一樣，那麼怕和這類的貴族人士杵一道。」

高佛雷太太的手停在半空中，一個無助且驚恐的手勢，彷彿隨時要制止慕恩說出任何危險的話語來。慕恩警覺的瞇起黑眼睛看看她，「怎麼啦？我說了什麼不當的話嗎？」

「你的意思是，」艾勒里傾身向前，溫柔的又問：「在你接受邀請，到高佛雷太太夏居來盤桓一些時日之前，你並未見過、也並未聽說過高佛雷太太這個人是嗎？」

慕恩撫著他褐色大下巴，「這你可問問高佛雷太太本人。」言簡意賅，且話聲一落人就坐下來。

「我——」史黛拉．高佛雷窒著嗓子說話，她的鼻翼搧動著，看起來已瀕臨崩潰邊緣，「我——我習慣邀請……邀請有意思的客人到家裏來，昆恩先生。慕——慕恩先生，就我從報紙上所讀到的，似乎是非常有意思的人，而且我——在慕恩太太還是百老匯的塞西莉雅．寶兒時，我就看過她演戲……」

「沒錯，」慕恩太太點頭同意，邊扮出個愉快的笑臉，「我演了不少齣戲，我們演藝人員常應邀到各個很棒的地方。」

麥克林法官蹣跚向前，但俐落的接口，「那你呢，康斯帖佛太太？自然囉，你是高佛雷太太的老友了？」

這名肥大的婦人兩眼圓睜，剛剛的驚懼之色重又溜上她眼中；高佛雷太太發出微弱的喘氣聲音，彷彿就快掛了。

「是——是的，」高佛雷太太低吟著，牙齒撞得格格作響，「哦，我認得康斯帖佛太太——」

「呃……好些年了，」康斯帖佛太太沙啞的嗓音中夾著喘氣，巨大的胸脯沉重的起伏著，如同洶湧的海。

艾勒里和麥克林法官交換了饒富意味的深深一眼，此時，墨萊探長從外頭天井走了進來，沉重的生皮短靴在磨光地板上敲響著。「好啦，」帶著沉重的呼吸聲他不開心的咒罵著，「馬可的衣物見鬼去了，不知被搞去哪裏，我的手下潛了半天的水，包括岩岸那一帶，包括岩壁底下，包括整個西班牙岬，此外，他們還地毯式搜了每一吋土地，每一吋公路以及周遭的公園，乾乾淨淨，無影無蹤，就這樣，」他使勁咬著下嘴唇，彷彿對他一干手下的結果報告極不爽，「還有，他們還徹徹底底清理了兩座海水浴場——公用的那兩座——分在西班牙岬兩邊；當然也包括瓦林所有的每一吋地面，想說也許在這些私人地點可有點斬獲——誰敢說準呢。然而，除了一堆報紙、餐盒、脚印等等沒用的玩意兒之外，啥也沒有，這我實在難以理解。」

「可眞古怪得緊。」麥克林法官喃喃著。

「看來我們只剩這件事可做了，」墨萊探長強有力的下頦動著，「也許在如此高級的地方有點煞風景，但逼得我非這麼來不可，這些勞什子衣物一定藏在哪裏沒錯，因此，我怎麼曉得不會就藏這屋子裏某個地方呢？」

「屋子？這個屋子？」

「當然，」墨萊聳聳肩，「我已下令開始搜尋，這屋子有後門，我的一干手下已從那裏上到樓上，正在每間臥房清理；我們也不放過朱崙的小屋、車庫、浴室和外圍的每一幢建築，我交待他們，有任何礙眼的東西都得確實報上來。」

「也沒其他進展？」艾勒里茫然的問。

「完全沒有。沒奇德船長這傢伙和大衛・庫瑪的任何音訊，那艘船像蒸發了一般，海岸警衛隊的警艇已奉命全力搜尋，本地的大部分警員也全動起來了。剛剛我還趕走了一大票記者，有這些傢伙在你實在不得安寧，因此下狠心把他們全踢走……現在，我唯一寄以厚望的是，住紐約市那個叫賓菲德的。」

「你怎麼進行？」

「我派了一個最得力的手下去料理他，我授權他便宜行事，如果狀況需要，甚至可考慮把此人從紐約拎過來。」

「如果是我認識的賓菲德，這絕行不通，」麥克林法官冷酷的斷言，「他是個滑頭至極的律師，探長，慣於行走於法律邊緣的灰色地帶，除非他自個兒願意，要不然你那手下絕不可能把他給弄來此地。當然，如果他認爲這符合他的計畫或判斷並可省一堆麻煩，那他也可能乖乖跟來此地，這件事，你唯一能做的是，交給全能的上帝。」

「哦，眞他媽的，」墨萊探長一聲呻吟，「我們上去看看馬可的臥房吧。」

□

「你來帶路，特勒，」艾勒里說，並對這個矮小男僕一笑，「我想，其他人最好先在這裏等一下。」

「先生，你是要我……」短小男僕低聲問道，抬著他那小而一絲不苟的眉毛。

「是的，當然。」

艾勒里和麥克林法官跟著特勒，而特勒則跟著怏怏不樂的墨萊探長，四人魚貫出了起居室，把一堆化石般的生硬面孔丟身後。穿過迴廊，他們來到一道寬闊的樓梯，於是，在特勒的頷首示意之下，艾勒里和麥克林法官兩人對探長一躬身，探長便領頭上了樓。

「這個嘛？」就在他們舉步踩上樓梯時，麥克林法官忽然若有所感的低聲發出疑問。這一剎那，一老一少兩人同時省覺到，他們原來已搞得一整夜沒睡覺，疲憊得脚都軟了，要爬這段樓梯還得鼓起餘勇。

艾勒里抿抿嘴唇，眨了下因缺乏睡眠而有點充血的雙眼。「可眞是不尋常啊，」艾勒里有氣無力的接口說：「我以爲，這整樁案件有種極其曖昧的簡單本質。」

「如果你指的是關於慕恩夫妻和康斯帖佛太太——」

「依你看這些人怎樣？」

「就個人性格部分而言，了解得還不夠。慕恩此人，據今天早上蘿莎所講，以及剛剛我自己所觀察到的，應該是個危險人物，他是個戶外型的人，自大而且天不怕地不怕，再加上，很明顯他習於生存於暴力環境之中，如果我們姑且不管這些事實種種，他還眞夠古怪的，你看他老婆……」法官歎口氣，「一個再典型不過的女人了，而我擔心的是，儘管典型到如此乏味的田地，但你知道其間往往潛藏著不可逆料之處，這個女人，冷酷、廉價、唯利是圖，毫無疑問，她之所以嫁給慕恩，與其說爲他所迷，勿寧說是被他那一大堆財富所迷，她當然有可能背著她丈夫，玩些招蜂引蝶的遊戲……至於康斯帖佛太太則——至少對我個人而言——還完全迷霧一片，我以爲我們想恫嚇她，門都沒有。」

「眞不行嗎？」

「她很顯然是來自中上階層的一名中年婦人，此外，她很顯然有個大家庭，也許結了婚，是個很好的妻子也是很好的母親。且不管蘿莎·高佛雷跟我們說的，我猜她年紀應該超過四十歲了。孩子，我認爲我們該找她好好談談，她看來實在哪裏不對勁——」

「還有，她也是典型的某種美國女人，」艾勒里平穩不波的補充，「是那種你在巴黎林蔭大道的咖啡館中很容易看到，會對鄰座虎臂蜂腰的年輕帥哥猛拋媚眼的女人。」

「我倒沒往這頭想，」法官喃喃著，「但奉聖喬治之名，你講得對。那你想她和馬可之間會不會——」

「這，」艾勒里說：「是間很詭異的屋子，裏頭有一些很詭異的人，其中最詭異的是居然會出現慕恩夫妻和康斯帖佛太太這幾個人。」

「所以說你也察覺出來了，」法官說得很輕但很快，「她說謊——他們全都說謊——」

「當然，」艾勒里聳聳肩，停下來點了根菸，「到時一定會得到極有意思極重要的答案，」艾勒里噴口煙，繼續說：「一旦我們查出來高佛雷太太爲什麼會邀請這三個奇奇怪怪的客人來避暑。」說話當兒，他們已走到樓梯最上一階，發現自己立於一道寬闊而安靜的迴廊之中。

「以及爲什麼，」艾勒里帶著一絲怪異的語氣，在踩上厚重的地毯時，他看了眼走前頭數碼特勒的窄小背部，「這樣三個素昧平生的陌生人，居然問也不問，就接受邀請住到這屋子來。」

6 無人堪稱英雄

「也許你可歸諸於某種社交企圖心——至少最近的部分社會風氣確實如此。」法官提議。

「也許吧，但也許並不是這樣，」艾勒里忽然一愣，「怎麼啦，特勒？」

走墨萊探長前頭的矮小男僕忽然停了腳步，以他修整良好的手啪的拍了下自己額頭。

「幹嘛，看老天爺份上，你中什麼邪了？」墨萊不高興的問。

特勒看來頗懊惱，「很抱歉，先生，我居然全給忘了。」

「忘了？忘了什麼？」艾勒里趕忙接口問，人也一個箭步擠了上來，法官以一步之差跟著過來。

「忘了那張字條了，先生，」特勒說著垂下他那對神祕兮兮的眼睛，「剛剛才靈光一閃想起來，我眞的非常非常抱歉，先生。」

「字條！」墨萊已按捺不住了，他猛力搖著特勒的肩膀，「什麼字條？你他媽的到底講什麼鬼？」

「先生，如果您不介意的話，」特勒在痛苦和微笑之中勉強擠出這句話，邊扭著身子想脫開探長鐵鉗般一雙大手，「這樣子非常痛，先生……哦，紙條是我昨天晚上在我房間發現的，就是我講過出去散步之後回房間時。」

特勒背抵著迴廊牆壁，抱歉的仰頭看著他面前三個巨人——相較於他而言。

「好啦，」艾勒里熱切的說：「這可是大新聞一樁，特勒，你眞是上帝所賜下讓以色列人充飢的瑪娜。到底是怎樣一張紙條？理所當然，像你這麼個——呃——奇葩人物，絕不會忽略掉任何我們可能感興趣的蛛絲馬跡。」

「是的，先生，」特勒低聲說：「我是看到某些——呃——正如您講的蛛絲馬跡，先生，我可以這麼說，這實在太怪異了，可把我給嚇了一大跳。」

「好好，特勒，」法官可急了，「這字條是指名留給你的嗎？我猜字條上一定寫著某件極要緊的事，或是跟這樁謀殺案有關的某種線索，你趕快講，愈仔細愈好。」

「是不是很要緊或是和案件有沒有關聯，」矮小男僕的聲音仍然很低，「很對不起這我不敢擔保，您知道，先生，這紙條不是留給我的，我之所以提起它，正因爲它是寫給——約翰•馬可先生。」

「馬可！」探長正式大叫出來，「那這玩意兒怎麼會好端端跑你房裏去？」

「我只能說我也搞不懂，先生，但我可以從頭講給您聽，讓您自己判斷。我回屋子大約是9點30分左右——先生，我的小房間在一樓僕人住的廂房那兒——我是直接回房的，字條用普通的大頭針別著，就釘在我那件外套前胸內口袋上，我不看見都不行，因爲您曉得，先生，每天晚上9點30分左右，我得換上這件外套，等家裏這些客人上樓之後，他們也許會要點這個那個，或應他們要求送酒等等。當然，這段期間樓下的招呼工作仍由我們僕役長負責。所以說，您曉得——」

「特勒，這是例行性的嗎？」艾勒里緩緩問道。

「是的，先生，打從我到這裏工作開始就一直是這樣，這是高佛雷太太規定的。」

「屋裏每個人都曉得這規定？」

「哦，當然，先生，每位客人剛到這裏來，我就得讓他們知道，這是我的職責。」

「在晚上9點30分之前，你一定不會穿上這件外套是嗎？」

「是的，先生，在這之前，我的服裝正如現在您看到的，是這身黑色衣服。」

「嗯，這可有趣了……好，講下去，特勒。」

特勒一躬身，「是，先生，我講下去，我當然把這字條給拿下來——事實上，它是裝在個封了口的信封中——看看信封上寫什麼——」

「信封上的字？特勒，你可眞是個奇葩，你是怎麼知道信封裏有字條的？我相信，你並沒有拆這個信封不是？」

「我摸出來的，」特勒莊嚴的回答，「先生，這個信封是家裏存放備用的那種最普通信封，上頭打著這幾個字：給約翰・馬可先生。私人。重要。今晚專人送達。先生，就這幾個字，我記得清清楚楚，其中『今晚』這個字底下劃了橫槓，而且大寫。」

「我猜，你並不知道，」法官皺著眉，「這信封大約是什麼時候別上你外套的，特勒？」

「我相信我曉得，先生，」這名令人驚訝的矮小男僕居然立刻這麼回答：「是的，先生，我的確知道，是在高佛雷太太和她的客人用完晚餐之後——大約才過幾分鐘吧——我曾回過房間一趟，打開過衣櫃，當時，我還刷了刷櫃子裏這件外套，而外套，您也許會說是鬼使神差，也曾經彈開來，當時，並沒有字條，否則我不可能不看到。」

「晚餐是幾時結束的？」墨萊問。

「7點30分過後，先生，可能是7點35分左右。」

「之後你就又離開你的房間是嗎？」

「是的，先生，一直到9點30分我才又回去，這次我看到那張字條了。」

「也就是說，字條被別上去，」艾勒里喃喃著，「大致是在8點15分到9點30分之間，太可惜了，我們確定不了誰在什麼時間曾經從牌桌走開過……之後呢，特勒？之後你怎麼做？」

「我拿了這個字條，先生，去找馬可先生，但我看他正在起居室打牌——他才剛從陽台那邊回來，這您還記得，先生——我決定遵照信封上指示，私下找機會再拿給他，於是，我就站天井那裏，等著，最後，在一局牌的空檔時間，我想，是輪他當夢家吧，馬可先生出來透透氣，我馬上把字條送上，他當場就打開看了，我注意到他的表情變化，眼睛中出現一抹很奇特的笑意，之後，他又重讀了一遍，這次我覺得他看來相當的——」特勒找尋著準確的字眼，「相當的困惑，但他只聳聳肩，給了我小費，並且——呃——警告我不得把有關字條這件事告訴任何人。然後，他就又回去打牌，我也沒事回樓上去待命，看是否哪位客人要送酒什麼的。」

「他怎麼處理那張字條？」探長問。

「他揉成一團，放他外套口袋裏，先生。」

「也許，這解釋了他爲何不想繼續打牌一事，」艾勒里不確定的說：「了不起，特勒！要是沒有你，我們眞不曉得怎麼辦。」

「謝謝您，先生，我想您眞是太褒獎我了，還有什麼需要我再報告的嗎？」

「很快就又需要用到你的，」墨萊陰陰的說：「現在，跟我們去查馬可的房間，我有預感，在那裏我們一定會挖出更多鬼東西出來！」

□

在長廊最靠東邊一角，有一名穿制服的警員守著，兩脚大爺一般蹺椅脚上，椅子則斜懸著抵住門。

「有任何狀況嗎，羅許？」探長開口問道。

該警員懶洋洋的伸頭到一扇開著的窗戶外啐口痰，搖搖頭，「安靜得跟個地獄一樣，老大，每個人好像都不敢走近這裏。」

「可以想像，」墨萊輕輕的說：「羅許，你站一旁去，我來檢查檢查我們這位馬可先生的窩。」他伸手向門鈕，把門打開來。

其實，樓下起居室的精緻程度，很自然讓他們三人對此臥房有基本的想像和心理預備，但親眼看到又是另一回事。這下，他們可貞見識到西班牙岬此地的客房標準究竟到何種地步，不知情的可能會誤以爲是哪個國王的寢宮。這間臥房可說是西班牙式寢室的極致了，觸目之處無一不是精品——由深黑的木頭、鍛鐵及各種原色質材所合成的一種古樸氛圍。四張海報大的巨型床舖上飾著皇族般的天蓋，由此天蓋懸掛下華麗且厚重無比的織錦。廊柱、床舖、寫字檯、椅子、衣櫃以及桌子，都經精工雕飾，房內的主照明設備是高懸頭上，由鍵條、雕花鍛鐵和玻璃巧妙組成的巨型燭燈，其上挺立著兩根如假包換的臘質大燭，衣櫃上安座著精美的各色支架，一個石砌的壁爐，從其烤炙的外觀來判斷，顯然是好好燒過與此壁爐同比例的巨大圓木，以供室內取暖之用。

「老高佛雷可貞擺闊，不是嗎？」艾勒里輕聲評論，邊踏入室中，「但搞半天所爲何來？結果只是便宜了一個想藉此從他窮日子一步登天、只亦步亦趨纏著女主人的不受歡迎客人罷了，說白一點好了，就是這個現人現眼的馬可先生。住進這樣的房間，馬可一定利用如此壯麗的背景好好展示他最有利的一面，你們想，甚至在他死後你都看得出他的西班牙人風味，如果他穿著長襪和內衣在這……」

「光著他那兩隻性感的雙腿還可能一些，」墨萊探長沒好氣的說：「別沒事儘嚼舌頭了，昆恩先生。依據羅許的報告，他問過女傭，今天就連她們也沒來得及到這個房間來打掃收拾，因爲事發之後我們來得太快了，之後，從清晨6點45分一直到現在，羅許便一直杵在房間外頭，也就是說，昨天晚上這房間長什麼樣子，現在就是什麼樣子，一切維持在昨晚馬可打完橋牌後的樣子。」

「除非有誰昨天深夜偷偷來拜訪過，」麥克林法官憂心悄悄的指出這點，「我實在很懷疑現在——」他走向前，伸長頸子看向床鋪。床單被扯動過，這誰都看得出來，床單一角及圖樣華麗的棉被掀了過來——很明顯是昨晚之前某名女傭所爲，好方便於客人上床入睡。然而，從床上那個方方大大且蓬鬆無比的枕頭看來，沒人枕過，此外，床上也看不出有任何躺過人的痕跡，棉被上隨手扔著一套微皺的白色尼龍外衣褲，一件白襯衫，一個牡蠣色活結領帶，一套兩件式內衣，一條揉成一團的手帕，以及一雙白絲襪，看得出來全是穿過的衣物。靠床的地板上則擺著一雙白牛皮男鞋。「特勒，你來看看，昨晚馬可穿的是不是這些衣物？」老紳士問。

原本靜靜停在門道一旁的矮小男僕，在刑警羅許稍帶驚訝的神色下，快步走到麥克林法官身旁，先彎腰仔細看著這堆零亂衣物，又仔細看過鞋子，這才抬起他那滿滿不可思議神采的眼睛，極恭敬的回答：「是的，先生。」

「缺了什麼嗎？」墨萊問。

「沒有，先生，可能，」特勒停了好半晌，才審慎的繼續說，「只除了口袋裏的東西。應該有個錶——愛琴錶，放射狀的錶面數字，先生，而且白金鑲寶石——好像不在這裏，還有馬可先生的皮夾和香菸盒好像也不見了。」

墨萊以不太心甘情願的某種尊敬眼神看著特勒，「好傢伙，特勒，如果哪天你想幹刑警的話，隨時可來找我。好吧，昆恩先生，這你做何感想？」

艾勒里隨手以兩根指頭挑起白長褲，聳聳肩，又隨手讓它掉回床上，「我應該做何感想才是呢？」

「好啦，」法官憤恨不已的說話了，「我們先發現這個人赤裸裸的死在那裏，現在我們又找到他昨夜所穿的衣服，我們究竟該怎麼想這件事？我承認這實在是個很離奇也很猥褻的結果，我甚至相信，昨晚分明是他自己只披了個鬼披肩，就這麼光裸裸的走下陽台那裏去的！」

「瘋了，真的瘋了，」墨萊亦字字珠璣的附和，「抱歉，法官，你要不要也順便替我解釋一下，我他媽是怎麼鬼迷了心竅了，居然要我一干手下上天下海的去找他的衣服？操，我見了鬼了居然沒想到從他房間找起，這傻瓜都曉得的事嘛！」

「兩位，兩位，」艾勒里詫笑起來，但兩眼仍盯著床上一堆衣服，「很明顯，親愛的梭倫，你也應該考慮到另一種相對的可能，聽起來也一樣不太可思議，那就是，殺馬可的凶手是在這房間動的手，再脫去他衣服，然後扛著他的屍體，穿過這間空曠的大房子，到陽台上去！不、不，法官，就像探長所說的，合理的解釋應該比這簡單才是，而我猜想，就跟前幾樁事一樣，特勒可幫我們說明這點，如何，特勒？」

「我想，我可以的，先生。」特勒帶點羞怯的低聲回答，並以明亮的眼睛看著艾勒里。

「那就說吧，」艾勒里催促他，「好人做到底。我相信昨天晚上馬可回到這房間，是自己脫了這一身衣服的，而且打算換一身不同的服裝是吧？」

麥克林法官清瞿的老臉整個垮了，「看來我眞的是老糊塗了，完全是我自己愚昧不明，讓這個赤裸事件把我引到迷宮裏去。當然事情一定是這樣子沒錯。」

「是的，先生，」特勒莊嚴的點點頭，說：「您曉得，先生，我另外有個狐狸洞——其實是餐具室一類的小房間——在大廳過去最靠西側那兒，我每天深夜都待命在那裏，等到客人全入睡爲止。昨夜，我想是11點45分光景吧，有客人按鈴叫我——按鈕就在床邊，這您很容易找得到，墨萊探長——於是我就趕快到馬可先生房間來。」

「差不多是他打完橋牌上樓來時。」墨萊探長喃喃著。他人就站大床旁，一邊掏著這一堆衣服的所有口袋，但什麼也沒有。

「是那時間沒錯，先生，在我進房時，馬可先生正脫下這件白上衣，臉紅紅的，好像什麼事很煩。他——呃——他還罵我『該死怎麼這樣慢吞吞的』，要我馬上替他倒一杯雙份威士忌蘇打上來，他說話時，還一邊把準備要穿的衣服擺床上。」

「這樣修理你，嗯？」探長平靜的說：「講下去。」

「等我端了威士忌蘇打上來，先生，他——呃——已經選好了衣服，全攤在床鋪上。」

「全攤床鋪上？」艾勒里急了，「拜託你，特勒，說話時省掉那些優雅的用辭，你也曉得，我們不能這麼耗一整個星期。」

「是，先生。全在那裏，」特勒抿了抿嘴唇，眼珠也的溜溜轉著，「包括他的深灰色外套，雙排釦，還帶背心；深灰色帶黑點長褲；白襯衫，附領子的；暗灰色活結領帶，整套的兩件式新內衣；黑色絲質襪子；黑色襪帶；黑色的吊褲帶；一條灰色的裝飾用絲手帕，裝外套胸前口袋的；黑氈帽；黑檀木手杖；以及專配他如此盛裝打扮的黑色長披肩。」

「等等，特勒，我一直認眞追問有關這件披肩的問題，你對他昨晚幹嘛穿這披肩可有什麼想法沒有？說眞的這樣的裝扮還眞怪異。」

「的確怪異，先生。但馬可先生有點與衆不同，他穿衣服的品味嘛，先生……」特勒憂傷的搖著他梳理光整的小腦袋瓜。「我記得他還喃喃抱怨著好像晚上天氣眞叫人發冷之類的，這倒是眞的，先生，尤其是他要我幫他拿出那件披肩時。然後——」

「他打算外出嗎？」

「當然這我不敢說準，先生，可是我看起來的確如此。」

「他常常這麼晚還換裝嗎？」

「哦不，先生，昨晚很不尋常。總而言之，先生，在我幫他擺好這些衣物時，他進了浴室沖了個澡，稍後他穿著拖鞋和浴袍出來，刮了鬍子也梳了——」

「怪啦，三更半夜，他到底想去哪兒？」墨萊嗓門大了起來，「這還眞是打扮出門的他媽的好時間！」

「是啊，先生，」特勒小聲接話，「我也覺得很奇怪，但我很自然的感覺出，他可能是和某位女士碰面的，先生，您曉得——」

「女士！」法官也叫了起來，「這你怎麼知道的？」

「他臉色的表情，先生，還有一種很確定的渴切之感，這種時候會出現在他襯衫領子上的每一絲皺褶上——哦，先生，我該說大部分的皺褶上，在他打扮要去和——呃——某些個特別的女士見面時，他的表情舉止總是這樣，事實上，他還是狠狠罵了我——哦，罵了我——」說到這兒，特勒像忽然找不到正確的字眼似的，一抹奇特的眼神出現在他眼底，但一閃而逝。

艾勒里一直注視著他，「你並不喜歡這位馬可先生，是嗎，特勒？」

特勒露出不便附合的笑容，顯然他的自制能力又回頭了，「先生，我不應該講到這些，但先生——他實在是一位很難伺候的先生，最難伺候，以及，如果一定還有什麼的話，您還可以這麼講，他實在是個太重視外觀的人，他在浴室一照鏡子就得花上十五分鐘到半個小時，看完左邊，再看右邊，那樣子啊，好像非確定每一個毛孔都乾乾淨淨不可，或比較出右邊臉頰是否比左邊更迷人，而且——呃——他還噴香水。」

「噴香水！」法官大叫，嚇壞了。

「要命，特勒，可眞是要命，」艾勒里仍滿臉含笑。「抱歉，要你如此勉爲其難談我們這個寶貝，實在情非得已。但說眞的，你從僕役的角度觀察這堆事——哦，眞了不起！剛剛你講到他從浴室出來，然後呢？」

「去見女人，嗯？」墨萊喃喃著，似乎心神還被這事攫住。

「是，先生，他洗完澡從浴室出來，我正幫他把原來口袋中的東西放到他要穿的衣服口袋——一些零錢，還有我提過的手錶、皮夾和香菸盒，此外就是一些零碎東西。當然，我指的是他那黑色外衣，沒想到他忽然衝過來，一把就將衣服從我手中搶走，還罵我『愛管閑事的該死傢伙』，先生，如果我記得沒錯的話就是這樣，然後他就把我趕出房間，還生氣的說穿衣服他自己會。」

「搞半天就這樣。」墨萊才如此開口，艾勒里馬上打斷他。

「可能不只這樣，」他思索著邊注視眼前的矮小男僕，「特勒，他之所以忽然如此暴怒，你覺得有什麼特別原因沒有？是不是你在他外套口袋看到某個——呃——較私密性的東西？」

特勒機伶的點頭，「是的先生，那張字條。」

「哦，就因爲這個他才這樣把你趕出來是嗎？」

「我猜是的，先生，」特勒喟歎了聲，「事實上，我還滿肯定的，因爲在我出房門時，我瞄到他撕掉那張字條，以及裝字條的信封，還把碎紙片扔到那邊的壁爐，壁爐昨晚稍早也是我負責點燃的。」

□

不約而同，三個人一起衝到壁爐前，眼睛也同樣閃著期待的神采；特勒則留在原地，恭謹的旁觀。然後，壁爐前的三個人全跪了下來，七手八脚的開始翻看那一小堆冷去的灰燼。特勒清了清喉嚨，眼睛眨巴了數次，快步走到房間遠遠一側的衣櫃前，他開了櫃子門，伸頭進去。

「操，要不是燒——」墨萊低咒出聲。

「小心，」艾勒里大叫，「還有機會——如果沒完全燒掉，那會一碰就碎——」

五分鐘之後，三人拍拍汚黑的雙手，沮喪到極點，因爲什麼也不留了。

「燒得一乾二淨，」探長欲哭無淚，「眞是霉透了，他媽的全都——」

「等等，」艾勒里起身，急急的再查看一眼，「依我看，這些灰燼不太像紙張燒的，當然，還不能清楚的斷言……」他忽然住了口，銳利的看向特勒，特勒正冷靜的關回衣櫃門。「特勒，你那邊搞什麼鬼？」

「沒有啊，先生，只是檢查一下馬可先生的衣櫃而已，」特勒謹愼的回答：「我忽然想到，除了我剛剛講的那些衣物之外，也許你們會想知道還有哪些衣服不見了。」

艾勒里睜大眼睛瞪了他半晌，跟著他詫笑起來，「特勒，到我這兒來，隔這麼遠太生份了，你發現什麼不見了嗎？」

「沒有，先生。」特勒回答，神色有點狼狽。

「確定？」

「非常確定。您曉得，先生，我完全知道馬可先生櫃子裏應該有哪些東西，如果您希望我來檢查這房裏的所有櫃子——」

「好主意，那就來吧，」艾勒里轉身環視了房間一圈，彷彿找著某物一般，而特勒——他淡淡的瘦小臉上浮起一絲滿意的笑——走向雕飾華美的櫃子，拉開了抽屜，探長無聲的邊踱著方步邊看他。

艾勒里和法官又交換了一眼，什麼話也沒說，也分頭一起搜查起房間來，他們的行動完全無聲無息，因此，房裏唯一的聲響便來自於特勒拉抽屜和關抽屜。

「沒有，」終於，特勒哀傷的宣佈，關上櫃子最底的抽屜，「沒有任何一樣不該有的東西，也沒任何東西遺失，很抱歉，先生。」

「瞧你說得好像是你做錯什麼一樣，」艾勒里說，一邊走向浴室，浴室門本來就開著，「好主意，特勒，但——」他說到這兒，走入了浴室。

「媽的別說字條，連個字母都沒留下，」探長陰沉的說：「這隻扁蝨可眞叫手脚乾淨，好吧，我想這就——」

艾勒里打斷他，聲音意外的冷酷，他們這才發現他又出現在浴室門口，表情肅然，他盯著特勒漠無表情的臉，「特勒。」聲音平板不帶任何情感。

「是的，先生？」矮小男僕躬身問道。

「你說你沒看內容就將字條交給馬可先生，這是謊言，對不對？」

特勒的眼中出現了某種難以言喻之色，耳根也開始紅了。「先生，請你再說一遍，很抱歉我沒聽清楚？」他回答得倒還平靜。

兩人目光先直直相遇，半晌，艾勒里一歎，「是我抱歉，但我不得不弄清楚，昨晚在馬可把你轟出門之後，你沒再到房間來嗎？」

「我沒有，先生。」男僕的聲音仍平靜如前。

「就睡了？」

「是的，先生，我先回待命的小房間，看看有沒有其他客人召喚，您曉得，先生，還有慕恩先生和柯特先生在，此外，我以爲庫瑪先生也在，當時，我並不知道庫瑪先生已經被綁架了。在發現沒人需要服務之後，我就下樓回自己房間睡了。」

「馬可趕你走是幾點的事？」

「先生，我想差不多正好午夜12點。」

艾勒里又歎口氣，轉頭看向墨萊和麥克林法官，這兩人丈二金剛般完全傻眼。

「還有，特勒，我猜，你也看到慕恩先生，然後是慕恩太太上樓回房是嗎？」

「慕恩先生約在8點30分上樓，但我並未看著慕恩太太回房。」

「我了解，」艾勒里說著走到一旁，「兩位，」他爽然若失的說：「字條在這裏。」

□

第一眼，他們看到的是盥洗檯邊擺的刮鬍子道具——沾著白色乾肥皂沫的刷子，安全刀片，一小瓶綠色化妝水，還有一小罐刮鬍膏，艾勒里拇指一比，他們走了進去，發現字條擺蓋著的馬桶蓋上。

這是由米色碎紙片拚成的——紙片顯然和擺陽台圓桌上的一模一樣。每一張碎片都又髒又皺，絕大部分邊緣都焦了，而且顯然——從勉力拼回正長方形所形成的破洞處處來看——極不完整。不難發現，這是某人將它們從壁爐挑了出來，再依照紙張撕開的邊來對，勉勉強強湊合成的。

此外，在馬桶旁的瓷磚地板上，另有一小堆同樣的米色碎紙片。

「不用管地上那堆，」艾勒里指出，「那些屬於信封部分，而且燒得什麼也看不出來，你們看看字條內容吧！」

「是你拼成的嗎？」法官問。

「我？」艾勒里一聳肩，「我發現時就擺成這樣。」

墨萊和法官彎身下去。儘管斷簡殘篇，但這的確仍能辨識出是一份留言字條，沒日期，沒稱謂，打字機打的字，可見的內容如下：

……et me on ter……ight ……
at l……k. It's V……ust ………
see you……ne. I will……e, too
pl……lease don't fa ……………

ROSA

「蘿莎！」法官驚叫，「這——這不可能啊，這絕不可能是——怎麼，這怎麼說都絕不可能！」

「瘋了，」墨萊探長則喃喃著，「全瘋了，這該死的案子從頭瘋到尾。」

「我不懂——這可怪了。」

「滿整人的是沒錯，」艾勒里直直的說：「至少，對馬可而言是如此，你們曉得，正是在這字條的召喚之下，他乖乖走向死亡伸頭咔嚓一刀。」

「你認為這樁謀殺案是預謀殺人嗎？」法官問：「而且用這張字條來誘殺他是嗎？」

「這應該不難判定。」

「這裏意思應該是，」法官蹙著眉看字條碎片，「『今晚1點整我在陽台等你，』(Meet me on the terrace tonight at 1 o'clock.)，然後It's V——啊，對，一定是——『事關重大，你得——』——我猜應該是『隻身前來，』(It's very important. I must see you alone)——然後再來——應該是『我也會隻身前往，』(I will alone, too.)後面的就簡單了：『拜託，拜託，千萬別讓我空等。蘿莎』(Please, please don't fail me, Rosa.)」

「現在，我得馬上找，」探長森冷的說著，即知即行走向門，「這位年輕小姐談談，」接著他緩緩轉過身來，「嘿，這眞讓我想不通，到底是誰這麼好心把字條拼起來？可能是特勒吧，如果眞——」

「特勒講的都是實話，」艾勒里茫然拭著他的夾鼻眼鏡，說：「我相信。至於，拼這張字條的究竟是不是他這問題，我想，他不會忽然笨到拼完後還把它大喇喇留在這裏，這傢伙可聽明得很，不不，不用考慮他。」

「從另一方面來看，昨晚在馬可離開房間赴約之後，一定有人偷偷潛入此地，從壁爐灰燼中找出這些殘餘的碎片——我敢說昨晚壁爐的火一定很微弱，快熄了，但馬可沒留意到；可以想見他太興奮了，滿腦子都是約會這事——帶到浴室這兒來，挑出信封部分的碎片扔一旁，再小心的把字條碎片組合成這個樣子。」

「幹嘛到浴室來拼？」墨萊低吠著，「這裏可能大有文章。」

艾勒里一聳肩，「我不確知這是否是重點，也許他希望在拼湊過程中保持隱密——預防被誰意外打斷，」說著，他從口袋摸出個玻璃紙袋，小心翼翼將字條碎片裝進去，「探長，我們得留存這個重要證物，就先暫放我這兒好了。」

「字條上的署名部分，」麥克林法官低聲說，平日秩序井然的思維方式似乎有點亂了套了，「也是打字的，看來——」

艾勒里已走到浴室門邊了。「特勒。」他和藹異常的叫著。

矮小男僕仍一直留在原地，這會兒以極恭謹的態度應聲道：「是的，先生？」

艾勒里閑閑的走向他，掏出香菸盒，啪一聲打開，說：「來一根？」

特勒似乎嚇了一跳，「哦不，先生，我怎麼可以這樣！」

「別這麼拘謹，輕鬆點。」艾勒里塞了根菸到唇上，這時浴室那兩個也出來了，站在門邊不解且無言的看著，特勒變魔術般從自己身上某處拿出火柴來，擦亮，必恭必敬的送到艾勒里嘴上香菸之前。「謝啦，特勒，你曉得，」艾勒里愉悅的吐出口煙，說：「到目前爲止，你對這個案子眞是貢獻良多，眞不敢想像要是沒有你，我們該怎麼辦。」

「謝謝您的誇獎，先生，我只是做了份內之事而已。」

「不，事實如此，對了，我問你，家裏有打字機嗎？」

特勒眨下眼，「我想有的，先生，放圖書室裏。」

「只有一架嗎？」

「是的，先生。您知道，高佛雷先生夏天到這裏來，就完全把生意丟開了，甚至秘書都不帶，因此，幾乎用不到打字機。」

「嗯……當然啦，特勒，其實用不著我費神爲你指出你不利之處，相信你也想到了。」

「我眞的有不利之處嗎，先生？」

「有的，比方說——借用高佛雷先生的講法——在此次有人大發慈悲將馬可給幹掉一事中，你似乎是最後一個見到馬可活著的人，這實在太倒霉了，現在，如果有什麼好運道站我們這邊來扭轉——」

「但先生，」特勒有禮的說著，邊輕搓著他那雙小手，「的確有這樣的好運道存在。」

「哦？」艾勒里猛然取下了嘴上的菸。

「您曉得，先生，我並不是最後一個見到馬可先生活著的人——我的意思是，先生，當然不包括凶手在內。」說到這裏，特勒咳了下，停了嘴，審愼的垂下眼睛。

墨萊從房間另一端撲了過來。「你這氣死人的小惡鬼！」他咆哮起來，「要從你這兒問出東西，媽的就跟拔牙一樣，你爲什麼不早講——」

「拜託你，探長，」艾勒里低聲打圓場，「特勒和我彼此了解，眞相的揭露得通過某種——呃——較精緻的陳述過程。然後呢，特勒？」

矮小男僕又咳了聲，不同的是，這回的咳聲有著極其爲難的成分，「先生，我眞不知道我該不該講，這對我的身份而言實在太敏感了，您曉得——就如同您說的——」

「講，該死的東西！」探長聲如洪鐘。

「先生，就在我被馬可先生趕出房間，準備回我的待命房間時，」特勒已冷靜了下來，「我聽見有上樓的脚步聲，而我也看到她——」

「她，特勒？」艾勒里柔聲的問，並以眼神制止墨萊。

「是的先生，我看著她走上長廊，走向馬可先生房間，走得很急——而且沒敲門。」

「沒敲門，哦？」法官低聲說：「那就是說她——不管這個她是什麼人——正是那個從壁爐找出字條碎片的人囉。」

「我不認爲如此，先生，」特勒有點懊惱的說，「因爲馬可先生當時還在更衣，不可能已換完裝，畢竟我前脚剛走才不過一分鐘左右而已，他人仍在房間裏，此外，我還聽到他們兩人吵了起來——」

「吵！」

「哦是的，先生，而且吵得滿兇的。」

「我想，」艾勒里仍很溫柔，「特勒，你講過你待命的小房間在長廊的另一端盡頭，那意思是說你趴在馬可房門偷聽嗎？」

「不，先生，是他們講話聲音實在──實在太大了，我不聽到都不行，後來他們很快安靜下來。」

墨萊抿著下唇，踱著方步，惡狠狠的看著特勒梳理光潔的小腦袋，那樣子好像恨不得有劊子手的大斧在手。

「好吧好吧，特勒，」艾勒里帶著滿滿同志情誼的笑容說：「你該說出馬可先生這位深夜悄悄上門的客人是誰了吧？」

特勒緊咬住嘴唇，狡獪的看著探長，然後他緊繃的嘴角一鬆，出現個極驚慌的表情，「這眞是讓人難以啓齒，先生，尤其馬可先生還這麼大聲吼她──我記得確切的字眼，先生，如果你們不見怪我說出口的話──『你這雞婆管閑事的該死婊子』……」

「她究竟是誰？」墨萊正式爆開來，一刻也無法再忍了。

「高佛雷太太，先生。」

7 有關貞潔、凶手以及處女的論述

「我們大軍向前了，」艾勒里•昆恩淒迷的說：「探長，我們直抵爆炸核心了，我得再次感謝特勒的無所不在。」

「那現在，」麥克林法官憤恨不平的問：「你們打算先找誰談？應該是高佛雷太太吧，馬可這麼粗暴的——」

「他們談的，」艾勒里歎口氣，「是嬰兒般的天真無邪之事。親愛的梭倫，你以前實在該多花點時間在家事法庭上，少措意一般的審訊。」

「看天老爺爺份上，」墨萊沮喪的說：「你到底腦袋裝些什麼啊，昆恩先生，我他媽實在不願意這樣一直像找你碴一樣，但天啊——這可是謀殺調查工作，而不是閑聊扯淡！操，真輸給你了，輸給你一百塊！」

「特勒，」艾勒里眼中閃過一抹星芒，「我們已有充分的證據顯示，你是這個人欲橫流的傢伙及其一切的最敏銳觀察者，」他舒服的讓自己躺上約翰•馬可的大床，雙臂還北窗高臥的枕腦袋後，「怎麼樣一種男的才會如此辱罵女性呢？」

「呃，先生，」特勒謹愼的又咳了聲，低聲回答：「那種——呃——達許•漢密特小說裏的男人吧。」

「哦，冷硬外表底下一顆高貴敏感的心是嗎？」

「是，先生，但說到辱罵，還有暴力的使用……」

「就讓我們在自己有生之年，以克己復禮自許吧，特勒，對了，我猜你一定是個推理小說迷。」

「哦，是啊，先生，我也讀過您好多本小說，先生，您——」

「嗯，」艾勒里立刻制止，「這段從略，特勒，我們來談現實人生吧。」

「我懷疑，」男僕哀傷的說：「先生，在現實人生少有這樣高貴敏感的心，至於外表冷酷，那觸目可及。先生，或許我該這麼說，那種會咒罵女性的男人通常有兩大類，一種是根深柢固的憎惡女性者，另一種是——丈夫。」

「棒呆了！」艾勒里一骨碌從床上坐起來，「兩倍的棒呆了！你聽見沒，法官？憎惡女性者和丈夫，非常好，特勒，這幾乎是哲人的雋言，哦不，奉聖喬治之名，我收回這句話，不是幾乎，這是哲人的雋言——」

法官不得不詫笑出聲，而墨萊探長則雙手望空一拋，瞪了艾勒里半晌，羞與爲伍似的踱向房門。

「留下來吧，探長，」艾勒里叫住他，「這並非沒事窮扯淡，」墨萊停了脚步，緩緩回身。「特勒，到目前爲止，你什麼都棒透了，我們現在正從哲學思維的角度，和存在我們心裏的這位名爲約翰•馬可的先生對話。通過最單純的分析，我們發現他皆不屬於這兩種類別，你看，我們從他的死亡知道，他完全是那種可厭的憎惡女性者的相反一類人物；他也當然絕非昨夜被他狠狠辱罵那位女士的丈夫，然而，他卻照罵不誤，其間的苗頭你看出來了嗎？」

「是的，先生，」特勒囁嚅著，「但我的身份實在——」

「如果你的意思是，」探長怒吼出聲，「這傢伙和高佛雷太太有姦情，那你他媽爲什麼不乾脆一點用英文講出來？」

艾勒里從床上起身，雙手交握。「標標準準的老條子作風！」他輕笑起來，「是，是，探長，我的意思正是這樣。特勒，你的分類還少了一種，一種有過情感但日久生厭的男人，一種——小報和打油詩裏稱之爲『情人』那種——男人，他被哺以所謂的『神聖激情』，而吃了一段時日之後覺得索然無味了，悲哀啊！然後惡言相向的猙獰日子就來了。」

麥克林法官臉有不豫之色，「你該不是也猜想，這個馬可和高佛雷太太——」

艾勒里歎口氣，「這是個邪惡的習慣，有關猜人隱私一事，然而你認爲一名可憐的偵探他還能怎麼辦？我親愛的聖潔純眞先生，我們畢竟沒法在眞相之前閉上眼睛啊。高佛雷太太在三更半夜潛入馬可房間，不敲門，這不只是尋常女主人的待客之道而已，也無關乎她對自家這間西班牙式客房有多強的占有欲。而她進去不到半晌，馬可又用如此賓客不宜的難聽話就這麼扯開喉嚨罵她，這顯然也非尋常的爲客之道……是是，拉•羅其福考德講得好，我們多愛女主人一分，我們也愈恨她一分。馬可必定曾經對我們這位可愛的史黛拉女士有過相當一段戀情，才可能有昨夜這一番破口痛罵。」

「我完全同意，」墨萊俐落的說：「兩人之間必然有著曖昧關係，但你是否認爲她——」

「我認爲，對史黛拉而言，這段戀情是女人生命中無以抹滅的珍貴記憶，」艾勒里柔聲回答：「卻只是男人生活的一段小插曲罷了。處於如此情境的女性，我敢說，會當眞到敢以生死相搏，在這樁命案中，我的如此看法可能是錯的，但——」

刑警羅許這時候開門進來，帶著悲慘的神色匆匆報告，「開飯了，老大。」

□

史黛拉・高佛雷出現在外頭走道，在乍然面對他們一陣品頭論足的對象這一刻，所有人都以我有罪的眼神看著她，只有特勒一人謹愼的低頭看地板。

她顯然才和自己搏鬥一番。她的妝剛補過，手絹也換新了，兩者皆明白顯示出她的昂首向前，也同時明白顯示出她試圖在此無止無休的悲慘歲月中鼓勇再戰。這個女人，以華麗的元素建構而成，仍美麗如昔，仍優雅、富裕、皇族般高貴如昔，理所當然傲立於社交層級的最頂端位置。你看她，如此冷靜如此自制，似乎怎麼也不像會陷身於醜聞的泥淖之中，不像會一而再再而三的做出蠢事，不像會以她那纖細且流著高貴血液的雙手來暴力傷人，她似乎存在著某種本質性的純淨無瑕，在她的人裏頭，在她的外觀中，甚或在她的舉手投足之間，純淨且遺世獨立。

她居然還能想到午餐一事！麥克林法官艱辛的嚥了口水，避開眼去，艾勒里則自言自語起來，彷佛門外站著的是馬克白夫人，如此想著，他倒跟自己笑了起來。

「高佛雷太太——」墨萊不怎麼自然的率先開口。

「您真是太解人太周到了，」艾勒里笑臉迎人，頂了墨萊肋骨一肘子，「說實在的，麥克林法官和我二人餓著肚皮瞎忙一早上，您曉得，打從昨天晚餐到現在，我們可是滴水未進。」

「這是伯蕾太太，我們的管家。」

史黛拉．高佛雷平靜的說，邊讓過一旁。

一個女聲輕輕的接口，「是的，夫人。」一位拘謹而矮小的老太太此時從女主人身後露出臉來，「是否勞駕各位先生跟我到小餐廳去，其他的先生女士——」

「樂意之至，伯蕾太太，樂意之至！哦對了，你已知道出了什麼事嗎？」

「哦是的，先生，真可怕！」

「的確很可怕，我想，你是不是能提供我們一些協助呢？」

「我，先生？」伯蕾太太的眼睛應聲睜大如銅鈴，「哦不，先生，我只是見過馬可先生而已，我實在不——」

「你先留步，高佛雷太太。」在高大黝黑的女主人剛舉步時，墨萊忽然出聲叫住她。

「我沒有要走啊，」她說，眼睛一抬，「我只是想說——」

「我得和你談談——不，昆恩先生，我得依我的方式來。高佛雷太太——」

「看來，」艾勒里愁著一張臉說：「伯蕾太太，我們的美好午餐只好稍後再說了，畢竟，我已看出有關當局不可通融的強硬一面，也許你可以幫我們告訴廚師一聲，讓他把菜熱著，」伯蕾太太有點不知所措的笑了笑，告退下去。「也謝謝你了，特勒，不用再說一次要是沒有你我們怎麼辦。」

男僕一躬身，「沒事了嗎，先生？」

「沒事了，除非你還藏著什麼沒秀出來。」

「我想沒有了，先生。」特勒說，有點可憐兮兮的樣子，在通過高佛雷太太時，他再次一躬身，很快就走開了。

高大黝黑的女人瞬間僵在當場，只除了的溜溜一雙眼睛，它們漫遊過整間臥房，畏怯的看著床上那一堆男子衣物、抽屜、衣櫃……墨萊探長目露凶光的盯住她，令她不自覺的退了一步，跟著墨萊丟給羅許一個眼色，用力一關門，把一張椅子朝前一踢，要她坐下來。

「現在又要怎樣？」她低語，坐下來，嘴唇似乎很乾，舌尖舔著。

「高佛雷太太，」探長冷酷的說：「你為什麼不老實點？為什麼瞞東瞞西的？」

「哦，」她頓了下，「探長，我聽不懂你說什麼。」

「你太清楚我在說什麼了！」墨萊在她面前踱步，雙手比劃著，「你們這些人曉得你們面對的是什麼狀況嗎？媽的在這樣攸關生死的罪案中，個人的雞毛蒜皮麻煩有個鳥顧慮？這是謀殺，高佛雷太太——謀殺！」他停下腳步，雙手抓住她的椅把，俯看著她，「在本州，謀殺者是要坐電椅的，高佛雷太太，謀殺，m—u—r—d—e—r，這樣你懂了嗎？」

「我聽不懂你說什麼，」高佛雷太太木然的又重覆一次，「你是恐嚇我嗎？」

「是你不想懂！你們這些人眞以為丟一大堆前言不對後語的證詞，就能敷衍了事是嗎？」

「我講的句句實話。」她低聲說道。

「你講的一大籮筐謊話！」墨萊光火了，「你怕醜事被掀開來，你怕你先生會——」

「醜事？」她期期艾艾的說，他們眼看著她的防衛甲冑緩緩卸下來，她深埋在內心的苦痛也緩緩浮現在她的形體之上。

墨萊探長一扯自己衣領，「昨天午夜時分，你到這房間——馬可的房間——做什麼，嗯，高佛雷太太？」

又一道防禦工事崩塌，她抬起眼睛看他，嘴巴張著，臉色如死灰。「我——」忽然她把臉埋到雙手之中，開始哭了起來。

艾勒里，斜坐在約翰•馬可大床之上，大聲的歎起氣來，此刻他眞的是又飢又睏；麥克林法官則雙手一背，踱步到窗子一頭。海洋很藍，很漂亮，他想，對有些人而言，只要每天能看著如此的亮麗大海就夠幸福的了，到了冬天，這景觀可就更驚人了，海潮一波一波拍打著岩壁，浪花的吟唱之聲，海風颳起的水汽會如鞭子般輕刷著臉頰……他的眼睛瞇了起來，一名佝僂老者此時出現在下頭，從法官所在之處看下去，顯得特別小，小、佝僂、而且忙碌，那是朱崙，做著他彷彿亙古以來沒停過的園藝活兒：跟著，是桶子般身材的渥特・高佛雷，一頂爛巴巴麥稈帽，從朱崙一旁冒了出來。這人怎麼會這麼像個又肥又髒的零散活兒工人呢！法官想著：…高佛雷手搭朱崙肩上，橡皮似的厚唇開闔著，朱崙仰起頭，短短一笑，又繼續除草，麥克林法官忽然有種想法，覺得這兩人彷彿有著血緣關係，有著深厚但心照不宣的某種同志情誼，這感覺令法官有點不知所措……矮胖百萬富翁跪了下去，非常仔細看著一朵爛開的花，這幅景象存在著某種極弔詭的成份，法官想，很明顯的，渥特・高佛雷關心他庭園裏的花，遠超過關心他家裏的這一堆客人，而某人卻明目張膽的把他最稀罕最寶貴的一朵花給偷走。

法官喟歎一聲，從窗邊走了回來。

此時墨萊探長的樣子有明顯的轉變，一副充滿父愛的同情神色。「好啦好啦，」他以糖漿一樣的溫柔低音說話，且拍撫著史黛拉・高佛雷瘦削的肩，「我曉得這很難，這的確不容易坦白沒錯，尤其是對不認識的人，但昆恩先生、麥克林法官和我其實並不是一般外人，高佛雷太太，某種程度而言，我們眞的不算一般外人，就像神職人員不算一般外人一樣，我們也一樣聽完你的自白後，懂得如何閉嘴保守秘密，爲什麼你不——？如果你說出來一定會覺得好過些。」他一直不停拍著她肩膀。

艾勒里差點一口煙沒嗆住，操，外厲內荏這是！艾勒里在心裏可笑翻了。

她昂起臉來，兩行眼淚切開她臉頰的脂粉，歲月的線條天外飛來似的突然顯現在她眼睛和嘴巴周遭，但這嘴巴看起來堅強不移，而且她此刻的表情也不像那種受不了沉默非吐露秘密不可的樣子。「這太好了，」她的聲音相當堅定，「你好像很了解，我也不該否認，是的，昨天晚上我是在這兒——和他兩人。」

墨萊的雙肩饒富意味的一抖，彷彿是說：「怎樣？我這戰術如何？」艾勒里帶著也憂傷也有趣的眼光看著墨萊的寬背，墨萊並未留意到高佛雷太太眼神的變化，也未留意到她唇部線條的變化，從她靈魂的深處一角，高佛雷太太業已找到她新的防衛力量了。「沒錯，」探長低聲說：「高佛雷太太，這樣很對，你不可能期望秘密能這樣掩蓋下去——」

「是啊，」她已完全恢復冷靜了，「我想是不可能的，特勒說的，是吧？當時他人一定在他待命的小房間裏，我倒把這個給忘了。」

似乎她說話的音調或什麼的，讓墨萊如冷水澆頭的一驚，他抽出手帕，滿心疑惑的擦著頸背，邊把目光投向房間一角的艾勒里，艾勒里回他一個聳肩。「好吧，那昨晚你來這裏是做什麼？」

「這，」她以原來的冷靜聲音回答：「是我的私事，探長。」

探長兇暴的說：「而且你沒敲門就闖進去了！」這會兒他似乎發現自己已輸了一回合了。

「哦是嗎？那我眞太不當心了。」

墨萊艱辛的嚥口口水，極力想壓住憤怒，「你是不肯講出來，爲何你會三更半夜潛入男人的臥房裏？」

「你是說潛入嗎，探長？」

「今天早上你告訴我你早早上床睡了，當時你就撒了謊，你還講你最後一次見到馬可，是他離開樓下橋牌桌時。」

「當然啦，誰會沒事承認這種事，你說是不是探長？」說話時，她拳頭攥得死緊，指節繃著。

墨萊已到忍氣吞聲的地步了，塞一根方頭雪茄到嘴裏，擦亮一根火柴，他的確想盡辦法要穩住自己。「好吧，你不想講這些，但你的確和他吵了一架，不是嗎？」高佛雷太太沒作聲。「他用難聽的話罵你，不是嗎？」痛苦之色出現在她眼中，但她只緊抿著嘴。「好吧，高佛雷太太，那你總可以說說你在這兒待了多久吧？你和他杵這兒多久？」

「我12點50分離開。」

「超過四十五分鐘，嗯？」墨萊惡狠狠的說，陰鬱的噴出一口煙，很沮喪；高佛雷太太則靜靜坐椅子前緣。

艾勒里再次歎息，「呃——高佛雷太太，你昨晚進來時，馬可是不是已穿好衣服了呢？」

這回她有點難以啓齒了，「哦不，我意思是——還沒完全穿好。」

「那他穿著什麼？高佛雷太太，你也許很不情願談論你所謂的個人私事，但昨晚他的服裝問題對這案子而言攸關生死，當然你也就不好把相關訊息給壓著不講出來，他的白色衣服——就是他昨晚一直穿的——是不是擺床上，就像現在一樣？」

「是的，」她低頭看著自己指印，「昨天我進來時，他正換好他的——他長褲，暗灰色的，在我們……談話時，他一面穿衣，是一件雙排釦的深灰色外套，配同樣的灰色配件，白襯衫——哦，我就記得這些。」

「你注意到他的帽子、手杖和披肩嗎？」

「我——有的，這些都擺床上。」

「你離開時他已完全換裝完畢了嗎？」

「呃……是的，他正調整他的領帶，並穿上外套。」

「你們一起離開的嗎？」

「不是，我——我先出去，回我房間。」

「你有瞥見他離開嗎？」

「沒有，」她的身子瑟縮著，並下意識的間歇性痙攣著，「在我走進我房間後——就在剛進門那一剎那，我聽見有關門的聲音，想當然耳我想是他——他出了房間。」

艾勒里頷首稱是，「那你有開門出來看看嗎？」

「絕對沒有！」

「嗯，那他有沒有告訴你，他幹嘛換裝呢，高佛雷太太？或告訴你他要去哪兒？」

「沒有！」她的聲音聽起來怪怪的，「他沒跟我講，但他看起來很不耐煩的樣子，好像有個約會什麼的……跟某某人。」

墨萊探長的粗嗓門插進來，「而你也沒想到要跟他屁股後頭去瞧瞧，我說對嗎？」

「我告訴你，我沒有！」她霍的起身，「我──你們不該再這樣逼我了，各位先生，我跟你們講的句句實話，我太──太傷心了，沒法跟蹤他，甚至連看他的力氣都沒有，我不能告訴你們──不能告訴任何人──為什麼這樣，我──我直接回房上床，在他死前，我再也沒再見到他。」

三人試圖從她的聲音語氣中判斷，有多少成分是眞話，有多少成分有所掩飾，以及最深埋最不願人知的心緒。

良久，探長說了，「好吧，先到此為止了。」

她挺著身子走了出去，但看得出很急切，遠離這個房間讓她放鬆下來。

「就這樣子啦，」艾勒里說：「探長，她是還沒準備好整套謊言，但你選了個並不算正確的時刻發問，我以為，儘管這女人理性的部分顯然不足，但光靠她那堅強有擋的脊樑骨看來也夠了，我一直試著警告你的。」

「我也不是這樣就簡單認輸，」墨萊恨恨的說：「這──」接下來，墨萊探長慷慨的發表了一段即席演說，強力而且雄辯滔滔，分析了約翰・馬可此人的個性，習慣，脾氣，以及過往可能的行事經歷等等，合理，透徹而且極富想像力，讓麥克林法官相當驚訝，也讓艾勒里眼睛都睜大了，另眼相待。

「哦，棒呆了，」在墨萊停下來歇口氣的空檔，艾勒里溫柔的慨歎，「多麼具攻擊性又多麼精緻的一番機會教育。現在，探長，你自己在心靈層次感覺好多了不是，那何妨我們考慮接受伯蕾太太的熱情邀請，也滿足一下我們動物性方面的渴求？」

□

午餐時分——王侯級的膳食，在年邁但指揮若定的伯蕾太太領導下，有幹練的僕役伺候，且擺設在撒拉遜風的豪華「小」餐廳中——墨萊探長簡直是鬱鬱寡歡這四個字的同義辭，然而，儘管這多少影響到他取菜的調子，卻絲毫不妨礙他大舉進犯餐桌上這堆山珍海味的速度和數量。一餐盛宴，他所呈現的便是交替出現的皺眉和吞嚥兩種動作，以及一口咖啡一聲響亮的歎息。數名一旁伺候的僕人，清清楚楚接收到如此歎息所攜帶的信息，極機警的在每回走向餐桌時皆保持步履無聲，只有艾勒里和法官兩人全心全意的把菜當菜對待，這兩人眞餓壞了，眼前的飢渴處理告一段落之前，管他什麼死亡大事也得等一下再說。

「這一切看來可眞對了兩位的胃口了，」牢騷滿腹的墨萊邊說邊對付著奧地利肉餡餅，「事實上你們兩位也眞的幫了大忙了，如果我在這個案子上栽了，也絕對和兩位無關。媽的爲什麼總會有人自己莫名其妙跑去送死？」

艾勒里正嚥下最後一大口食物，把餐具擺一旁，酒足飯飽的滿意一歎，「法官，中國人的社交禮儀主張是對的，在此，只有一個尊貴的飽嗝，才足以讚頌伯蕾太太的如此精美盛……不，探長，你錯看我們了，如果你在此案栽了跟斗，那也絕對是我和法官這番聯手出擊的大失敗。事實上，這並非全世界最無趣的難題，你看那裸體男子的字條……」

「你找到切入的角度了嗎？」

「老天垂憐哪裏只是一個角度，探長，這棘手玩意兒我起碼想到半打角度，正因爲這樣子我才嘔，我冥冥中有個感覺，我想到的這些切入角度沒一個是對的。」

墨萊可聽不得這個，「好吧，這麼說你對這張字條——」

「我寧可，」法官放下咖啡杯，說：「先好好打個盹兒養足精神再說。」

「如此說來，」一個冷冷的聲音傳自那道摩爾式拱廊，「你何不就先去睡呢，法官？」

蘿莎・高佛雷走了進來，三人急忙起身。她換了短褲，裸露著結實的金黃色美麗大腿，唯有太陽穴未褪的傷痕，讓人想起昨夜發生於瓦林小屋的種種。

「好主意，我的孩子，」法官倒有些不好意思起來，「如果你能找輛車把我送回小屋那邊……我想你該不會介意吧，艾勒里，我實在有點——」

「我已經派了一輛車，」蘿莎頭稍稍一昂，「到你們小屋去——還有警官護送——把你們的行李給拎回這裏，你曉得，你們兩位就住我們家吧。」

「這個嘛——」老紳士開口想爭辯一番。

「這太周到了，」艾勒里愉快的截下話來，「高佛雷小姐，你眞的是太爲我們設想了，我自己都還沒心力料理這些事，起碼在這餐飯吃完之前還沒有。我親愛的梭倫，你看起來的確很累了，那就快去睡吧，接下來的事交給墨萊和我就成了。」

「隨時有人在屋子裏看著，」探長想了一下，「可能好多了，沒錯，這主意好，法官，去吧，你放心去睡。」

麥克林法官撫著下巴，眨著他疲憊的雙眼，「還有車子裏我們放了一些食物……好吧，那我恭敬不如從命了。」

「是該這樣，」蘿莎態度堅定的說。「特勒！」這矮小男僕鬼魅的立刻冒出來。「帶法官到東廂的藍室去，昆恩先生則住緊隔壁那一間，我已經交待過伯蕾太太了。」

特勒領著法官離開後，墨萊探長說了，「高佛雷小姐，在你如此照顧完法官之後，我想，你也該一視同仁照顧照顧我了。」

「你的意思是？」

「帶我們到令尊書房吧。」

她領著艾勒里兩人走過一大堆令人眼花撩亂的房間，來到一間精緻的書房。室內，一股濃郁的學問氣息撲面而來，艾勒里不禁景仰的深呼吸起來，和其他地方一樣，這間書房仍是西班牙式樣，輔以摩洛哥風味，天花板挑得極高，日影遲遲，光陰幽邃，置身其間一如置身於任何最富盛名的圖書館中，而且格局極其巧妙，每個座位皆隔絕而自成天地，讓人彷彿自處一隅，安然埋身於四壁圖書之中。

然而，墨萊探長粗魯的靈魂可沒什麼審美的餘裕，嚴厲的小眼睛四下掃了一遍，便粗聲問道：「打字機擺哪兒？」

蘿莎被問得一愣，「打字機？我不——哦，在這兒。」她又領著兩人來到一處角隅，擺著一張書桌、打字機、檔案櫃等等。「這是爸爸的『辦公室』——如果不怕誇張的話你可這麼稱呼，最起碼，當他人在西班牙岬有事要處理時，使用的地方便是這兒。」

「他自己打字嗎？」墨萊技巧的問。

「少之又少，他很討厭寫信，談生意時絕大部分時候都靠那邊那支電話，那支電話可直通他紐約的辦公室。」

「但他會打字吧？」

「馬馬虎虎，」蘿莎接過艾勒里遞給她的一根菸，舒服的坐上皮長凳上，「幹嘛對我爸這麼有興趣呢，探長？」

「他常使用這地方嗎？」墨萊一步一腳印的問。

「一天大概個把鐘頭吧。」她好奇的看著探長。

「那你替令尊打過字嗎？」

「我？」她笑了，「從來沒有，探長，我是我們家的雄蜂，永遠無所事事。」

墨萊這下子沒轍了，他把方頭雪茄擺菸灰缸上，故作隨意的又問：「哦，這麼說你不會打字囉？」

「抱歉我這麼問，昆恩先生，這到底是幹什麼？你們發現了什麼新的線索是嗎？這——」

她忽然坐直起來，把翹著的脚一放，湛藍的雙眼閃著不解的神采。

艾勒里一攤手，「這是墨萊探長想知道的，高佛雷小姐，他有優先審問的權力。」

「失陪一下。」墨萊探長忽然告歉一聲，急急的奔出圖書室。

蘿莎靠坐回去，抽著菸，在她茫然凝視著天花板時，艾勒里可清楚看見她日曬的褐色頸部。他帶著幾分笑意研究她，這女孩實在是個天生的好演員，光看外表，似乎只是個冷靜、自制、很正常的年輕女孩罷了，然而，在她頸子底部有一根筋不自主的跳動著，彷彿有什麼呼之欲出。

他拖著步子走到書桌後，坐上旋轉椅，這才完全確定自己眞是累壞了，畢竟，好長一段路跋涉過來再加上沒頭沒腦這一場。但他也只能自個兒歎口氣，取下夾鼻眼睛，仔仔細細擦拭起來，好讓自己手上有事忙著；蘿莎斜著眼開始瞄他，頭也仍然昂著。

「昆恩先生，你自己曉得嗎？」她輕聲說：「不戴眼鏡時，你幾乎稱得上帥哥一級的？」

「呃？哦，那當然，正因爲如此我才戴這眼鏡，好避開那些意圖不軌的女生，可憐的約翰・馬可就是欠缺這樣的防禦工事。」大言不慚這一刻，他仍擦著眼鏡。

蘿莎沉默了片刻，但再開口時聲音仍開朗，「你曉得，我聽過你的大名，我想大部分人都聽過，只是你不像我原先想像的一樣，我想像你應該長得嚇人一點。你抓到過非常多凶手，對吧？」

「是相當一些，沒辦法，這是祖傳的、流淌在血液裏的，我很清楚自己，每當有什麼犯罪案件一靠近，我體內便立刻起了某種化學變化，迅速到達燃點，無關佛洛伊德，勿寧是數理性的、推衍性的。怪的是，我高中時幾何學被當，因爲我始終沒辦法眞正搞懂那個，我喜歡的是思考對象的關係複雜、微妙、且彼此相互衝突扞格，特別是帶著暴力形式呈現出來。馬可的事件便具備著這類的特質，因此，這人叫我著迷，」說著話，艾勒里雙手在書桌上同時忙碌起來，蘿莎偷看了一眼，那是個半透明信封，裝一堆破紙頭。「舉例來說，他光著身子被殺這頗稱猥褻的圖象，對我而言，便是全新的謀殺詭計，它召喚著我血液裏的某物，這我很確定。」

蘿莎青筋的跳動此時增強兩倍，艾勒里清楚注意到，但其實大可不必，因爲她連肩膀都顫抖起來。「這——這實在太可怕了。」她窒著嗓子說道。

「不，很有意思罷了。你曉得，我們不能讓情緒影響到工作本身，得分割開來。」他只說到這裏，開始專注於手上的工作。她看他從口袋中摸出個奇怪的小盒子，打開，裏頭是一個小巧的刷子和一小玻璃瓶的灰色粉末，然後，他將那堆破紙頭聚一起，灑上粉末，再極輕柔又極熟練的用小刷子拂開粉末，口哨吹著悲哀的歌，又不厭其煩的把每張紙頭翻面，並重覆剛剛的所有動作，這會兒，似乎有什麼引起他注意，他從小盒子裏又拿出個小巧的放大鏡，扭開書桌燈，仔細觀察起其中一枚紙頭，但她看他搖起頭來。

「你幹什麼？」她突然問道。

「沒什麼，只是找看看有沒有指紋。」他繼續吹著口哨，把小玻璃瓶和小刷子收進盒子裏，重新裝口袋，並伸手拿桌上的漿糊罐子，「令尊該不會介意我自己來吧，我相信。」他搜起抽屜，取出一整張空白的黃紙，然後把那堆破紙頭拼圖般黏在黃紙上。

「這是——」

「反正，」他突然臉色一整，「我們得等墨萊探長，嗯？」說著，他放開手上的紙張，站起來，「現在，高佛雷小姐，爲了澄清我一個古怪的小小想法，請允許我握握你的手。」

「握我的手！」她坐著起來，兩眼圓睜。

「是的，」艾勒里柔聲回答，緊挨著她也坐上皮長椅，執起她一隻僵著的手，放自己雙掌之中。「對偵探的辦案──呃──苦差事而言，這樣的樂趣其實極不尋常，我看得很清楚，這是柔軟、陽光之色，且非常動人的手──好，這隻叫華生醫生的手看過了，該換另一隻叫福爾摩斯的了，請放輕鬆些，沒關係的。」她驚愕得忘了抽回自己的手，他則俯著身，讓她手攤雙掌上，仔仔細細查看指尖的柔細皮膚，跟著，他把她手翻過來，檢查她的指甲，並以自己指尖輕拂著她指甲表面。「嗯，雖然不見得是最終結論，但這至少證明了你並未說謊。」

她縮了下，急急抽回自己的手，眼中滿是驚疑之色，「昆恩先生，你到底亂說些什麼？」

艾勒里一歎，點了根菸，「這麼快翻臉啦，這又再一次證明，我們兩人生命中的美好時光總短暫得令人唏噓……好好，高佛雷小姐，請別介意我剛剛小發了一番神經病，我只是想讓自己相信你的坦誠無隱罷了。」

「你意思是說我是個騙子？」蘿莎喘著氣。

「請別這麼想，你曉得，人的行爲──通常──會在敏感的人身上留下可見的印記，貝爾醫生如此教導柯南•道爾，道爾則依據這個創造了福爾摩斯，這正是福爾摩斯舉世聞名演繹法的最主要根源。同理，打字會讓指尖的皮膚硬化，且女性打字員通常把指甲修短，然而你的指尖，請容我引述簡單的詩文來比賦，柔軟如同小鳥的呼息。指甲也留得遠比一般的女性要長，當然，吹毛求疵的說，這不見得一切證明什麼，只說明你並非經常打字罷了，但這卻給了我一個絕好機會，讓我能握你的手。」

「別麻煩啦，」墨萊探長接話，走進了書房，極其和善的和蘿莎點點頭，「在我年輕還在受訓時，我們常這麼講，昆恩先生，這位年輕小姐沒問題。」

「儘管良心總讓我們顯得軟弱，」艾勒里說，清楚感覺出自己臉頰罪惡感的熱了起來，「但我卻從小懷疑其價值，探長。」

蘿莎站了起來，臉色很強硬，「我有嫌疑是嗎——在我出了這麼多事的情況下？」

「我親愛的小姐，」墨萊露齒一笑，「每一樣事物，每一個人在證實清白之前，我們一概懷疑，但現在，你清白了，那張字條不是你打的。」

蘿莎笑了起來，很絕望的笑，「你們說的到底是什麼？什麼字條？」

艾勒里和探長交換個眼色，艾勒里站了起來，順手抓過書桌上那張黃紙，那些他在馬可浴室裏所找到的破碎紙頭已用漿糊黏貼其上，他默默將紙張遞給女孩，女孩一臉迷惑的顰著眉頭讀著，在看到署名時她呼吸急促起來。

「幹嘛，這不是我寫的啊，誰——」

「我剛剛核對了你講的話，」墨萊說，笑容已隱去，「你的確不會打字，千眞萬確，昆恩先生——她眞不會，這當然不意味著她不能用一根手指慢慢敲出這張字條，然而，這字條上每個字母打得非常均勻，說明是由某個慣用打字機的人打的，此外，再加上之前的綁架事件，以及昨晚你被綁在瓦林小屋一整夜這事實來研判，我想，你絕對是清白的，事情再明白不過。」

蘿莎坐回長椅。「這紙條上的字，」艾勒里對墨萊說：「一文不值，只除被燒一事。」

「我——這我完全不曉得，什麼時間，什麼地方——我甚至看不懂寫什麼。」

「這是一張字條，」艾勒里耐心的解釋給她聽，「昨天晚上很晚才輾轉送交馬可手中，就像你看到的，它假借了你的名字——我們一廂情願把缺字的部分補上——約馬可凌晨一點整在陽台碰面。」他走回書桌，掀開打字機套子，夾了張同樣的米色紙到滾筒上，然後飛快的敲起鍵盤來。

書房昏黯的光線下，女孩更顯得一臉灰敗。「也就是說是這張字條，」她喃喃著，「把他引入死亡？我——我不相信！」

艾勒里從打字機上取下紙張，和黏著碎紙頭那張並排放書桌上，墨萊乒乒乓乓走到他身後，兩人凝神比對著這兩張紙上的字，艾勒里打的字，和原先那張的字一模一樣。

「完全一樣，」艾勒里低聲說，拿出放大鏡，開始一字一字比對，「嗯，確鑿無誤，探長，你看看字母I，右下方這裏顏色稍淡，因爲原字這裏有點磨損；還有字母T的右上部分，同樣都缺了一角；更進一步講究，甚至色帶的濃度看來也完全一樣，還有再下去的e和s也有一致的污損。」他把鏡片遞給墨萊，墨萊同樣研究了好半晌，滿意的點點頭，「是，是這打字機，絕對沒錯，這傢伙正是坐這張椅子，用這打字機打的。」

艾勒里默默蓋好打字機，收好放大鏡，現場也沒人講任何話，墨萊踱著方步，眼中閃著寒芒，忽然，他靈光一閃想起什麼，一言不發又衝了出去；蘿莎則垮著一張臉坐長椅上，墨萊很快轉回，興奮的嗓門都嘶啞了，「剛剛想到我們得證實這打字機沒被攜離這屋子一步，老天，果眞沒有，我們至少又有點斬獲了。」

「你已有的證據，」艾勒里說：「無不顯示凶手是這屋子裏的某人，探長，在不同的新證據顯現之前，沒錯沒錯，這個發現又再次強固了這個指向，我想，它也對我的某個論點有助益……高佛雷小姐，這些職業性的生硬討論也許你不會想聽是吧？」

「也許我想聽得很！」蘿莎的湛藍眼睛閃亮著，「而且我想一絲不漏的聽，如果說眞和家裏的某個人有關——不管怎樣，謀殺都是最卑劣的，最沒理由可講的，拜託你們談下去，我希望我也能幫點忙。」

「你知道，也許你會因此傷害到自己，」艾勒里語氣溫柔，但臉色卻很嚴肅，「很好，來吧，看看我們知道的有什麼？有一名意圖執行謀殺的不知名凶手，我們先稱之爲X，他雇了個人綁架約翰・馬可，用船載他出海，打算在海上宰了他，把屍體扔海裏，然而，這名他雇用的殺手，也就是那個巨大的奇德船長，笨不可遏的錯把你舅舅大衛・庫瑪當約翰・馬可，至於你之所以一起陷入這樁笨綁架純粹是無故遭到牽連，高佛雷小姐，只因爲X告訴奇德說馬可會和你在一起，而你之所以被綁在瓦林小屋，也只是怕你聲張出去，破壞他們的計畫，然後，在奇德把你舅舅給弄上瓦林的小艇之前，他打了通電話回報X……從所有的跡象研判，電話是打到這間屋子來。奇德告訴X，他逮到『馬可』了，至此爲止，X的計畫似乎順利進行。」

「說下去。」

「但奇德實在太蠢了，」艾勒里說：「蠢到把X的計畫給毀了，就在奇德來電後沒多會兒，X先生馬上一個晴天霹靂當頭罩下，就在這屋子裏，他居然和這個他以爲已經死掉且屍體扔到外海的人面對面，電光石火之間，他知道怎麼回事了，只要稍加打探或僅僅是四下觀察，很容易發現奇德船長是錯綁了大衛•庫瑪，馬可仍好端端活著，庫瑪則差不多可確定死了——很抱歉，高佛雷小姐——X這會兒完全束手無策了，他沒辦法聯絡到那個笨奇德，然而這卻未能打消X除掉馬可的企圖，很明顯，那一刻他渴望殺掉馬可的程度，並不稍遜於之前他擬訂這一整套計畫之時。」

「可憐的大衛，好可憐的大衛。」蘿莎哭了起來。

探長粗著嗓門問：「然後呢？」

「X是個極其狂妄也聰明絕頂的罪犯，」艾勒里一本正經往下講，「他的行動無一不顯示出此人的如此特質，如果我對他這些行動的解釋不離譜的話。他很快從目睹馬可活著的驚嚇中恢復過來，並迅速草擬新的殺人計畫。他很清楚你，高佛雷小姐，還被監禁在瓦林小屋之中，除非有人爲你鬆綁否則無法脫身；他也很知道——請原諒我這麼說——由你署名的字條比任何人都有可能誘馬可入甕，因此，他潛入書房，打好字條，署上你的名字，要馬可凌晨一點整到個無人之處碰面，然後，他到特勒房中把字條別在特勒外套上，並指示紙條務必何時送達。」

「爲何找上特勒?」墨萊低聲問。

「特勒房間在一樓,容易潛入,而他也必然考慮到,直接送到馬可臥房風險太高了,這是個相當安穩的殺人計畫,的確也很成功,馬可在凌晨一點乖乖赴約,凶手下到陽台,發現他果然如約送死,先從背後重擊他,再勒死他……」他停了下來,某種迷惑的古怪神情浮上他臉。

「還剝光他衣服,」墨萊語帶譏諷,「這是最詭異之處,也正是這一點讓我不知如何才是,操,說說看爲什麼?」

艾勒里站起來,開始在書桌前來回的走,眉頭痛苦的緊收著,「是,是,你講得對,探長,不管我們從哪裏出發,最終還是得一頭撞上這個,除非我們知道凶手爲什麼剝光馬可,否則我們還是突破不了,這是拼圖中唯一不肯準確落下的一片。」

但蘿莎不曉得爲什麼越哭越傷心,她平日堪稱結實的肩膀顫動不休。「怎麼啦?」艾勒里關心的問。

「我——我眞沒想到,」她哭得呼吸一窒,「有人居然恨我恨到把我扯進……」

艾勒里忍不住詫笑起來,蘿莎驚訝得顧不得哭。「好好,高佛雷小姐,這你可弄錯了,事情完全不是這樣子。表面上看來,我也承認,似乎有人要將謀殺罪名栽你頭上——那張把馬可誘上死路的字條刻意署上你的名字,但我們只要仔細想想,就會發現完全不是這麼回事。」

她熱切的仰著臉看他,仍間歇的抽泣著。「你曉得,X其實根本不可能把謀殺罪名栽你頭上,他很清楚你擁有堅強有擋的不在場證明——你如此被綁在瓦林小屋整夜,再加上那一通神秘的電話，通知年輕的柯特你人在哪裏。說到這張字條，凶手也許希望馬可看完之後會毀掉，如果馬可真把字條毀掉，那這張字條上你的名字當然也就跟著消滅不致曝光，你也絲毫不可能被牽扯進來；就算馬可沒把字條毀掉，事後被發現，X深知你的不在場證明，再加上你不會打字的鐵一般事實，甚至還不尋常的以打字來署名，擺明了僞造，事實上我根本認爲，就算警方發現字條署名純屬僞造，X也一點不在意，這樣的發現完全不會威脅到他的安全，而在此之前，馬可早已如願被他殺掉了，不不，高佛雷小姐，我想X絕對有考慮到你，遠比爲庫瑪和馬可考慮的多多了。」

蘿莎咬著她手帕一角，靜靜的消化這一長段推論。「我想的確像你所說的這樣，」良久，她低低的說道，馬上，她又仰起頭來古怪的瞅著艾勒里，「但昆恩先生，你爲什麼稱X爲『他』呢？」

「爲什麼稱X爲『他』呢？」艾勒里茫然的覆誦了一次，「只是順口吧，我想。」

「你完全不知情，是吧，高佛雷小姐？」墨萊插嘴問。

「是，」說話時她仍看著艾勒里，半晌，才低下眼來，「我完全不知情。」

艾勒里站起來，取下夾鼻眼鏡並揉揉眼。「好啦，」他頗憂心的說：「至少我們又知道了一些，是殺馬可的凶手打的這張字條，而且由於這打字機沒被人帶出房外，這張字條必然是在這間書房裏打的，顯然是你們家自己引狼入室的，高佛雷小姐，這比聽起來不好玩多了。」

一名刑警此刻出現門邊，「探長，老頭有話想跟你講，還有，高佛雷嚷著要離開這裏。」

墨萊顯然沒弄懂，「誰？哪個老頭？」

「園丁啊，就那個叫朱崙的，他說有很重——」

「朱崙！」墨萊驚駭的重覆一遍，彷彿第一次聽到這名字一般，「帶他進來，喬！」

□

然而，先進門的卻是渥特・高佛雷，還穿他那件髒工作服，破破爛爛的墨西哥帽擺腦門後頭，兩個膝蓋沾滿泥土，指甲也塞滿泥土，蛇一樣的雙眼銳利的刺向艾勒里和探長兩人，在發現自己女兒也在場時，他似乎微微一愣，跟著，他二話不說轉頭向房門。

「進來吧，朱崙，沒人會咬你。」他的語氣相當溫柔——是艾勒里所聽過最溫柔的一次，連對他妻子或女兒都沒這樣。老人有點蹣跚的進了門，他扁塌不成個樣的鞋子每走一步就掉一堆土在地板上，靠近點看，此人的皮膚要比遠觀有意思多了，他整個人似乎由數百道皺紋組成，顏色如岩石，此刻抓著帽子的雙手，大，而且青筋畢露，整個看來，像個活生生的木乃伊。

「探長，朱崙想起一些事，」百萬富翁直截了當的說：「他跟我講了，當然你也曉得，你辦案是成是敗我一點也不關心，我想，你應該先清楚這一點。」

「你講得很白，我也聽得很清楚，」墨萊說，毫不示弱，「朱崙，如果你有什麼有意思的話要說，那幹嘛不直接來找我？」

老園丁聳了下他骨瘦如柴的肩膀，「我不是個四處跑的人，我只管我自己的事，我是這樣的人。」

「哦，這樣啊？講下去。」

朱崙撫著他稀疏灰鬍子的下巴，「我根本不想講，是高佛雷先生認爲我該講，反正又沒人問我，所以我跟自己說：『我幹嘛要講？』問問題是你的工作不是？」他敵意的看著墨萊山雨欲來的面孔，「我看到他們在陽台。」

「看到誰？」艾勒里撲上來問：「什麼時間？」

「告訴這位先生，朱崙。」高佛雷以同樣溫柔的口氣說。

「是，先生，」老人頗恭敬的回答，「昨晚我看到馬可在陽台上，還有那個叫琵慈的女人，他們——」

「琵慈！」探長叫起來，「不就是高佛雷太太的貼身女傭嗎？」

「是啊，就她，」朱崙掏出條藍手帕，頗輕蔑的擤擤鼻子，「琵慈，最沒禮貌的那個，小母雞，吱吱叫！我跟你講，再沒人比她更像了，你們曉得，不是才有鬼，她說——」

「這樣，這樣，」艾勒里耐著性子說：「朱崙，我們有話直說，你說昨夜你看見馬可先生和琵慈在陽台上，很好，那是幾點？」

朱崙搔搔他的爛耳朵，「沒法子告訴你幾點幾分，」他言之成理的說：「沒帶錶在身上，但應該是半夜一點鐘那時候吧，也許晚一點，我從小徑走下陽台那邊，一眼就看到啦——」

「朱崙也客串守衛，」高佛雷扼要的解釋，「這不是他的固定職責，他自告奮勇做的。」

「有月亮，陽台夠亮了，」老人又說：「還有，馬可坐桌子邊，背向我，穿得好像個男明星一樣——」

「有穿披肩嗎，朱崙？」艾勒里急急的問。

「有，先生，我看見他穿著那種玩意兒，在那裏啊，看起來好像，好像我以前看過那種唱歌劇的一樣，」他自個兒格格笑了起來，「琵慈，她就和他站在一起，穿女傭制服，我還看到她的臉，她很悲傷，我看的時候還聽到好像打耳光的聲音，你們曉得，我又再看她，很悲傷，我就跟我自己講，我說啊，『哦唷，朱崙，這是男女猴子勾當！』還有我又聽到她講，很生氣，『你怎麼可以這樣跟我講話，馬可先生，我可是個有尊嚴的女性！』再來，她就往台階我這一頭走過來，趕快呢，我就躲到陰影裏面去，那個馬可先生，他還坐那裏好像什麼事也沒發生，他是個獵豔高手，這馬可先生，對女人實在有辦法，我有一次看他去纏帖茜，就那個廚房女傭，但這叫琵慈的女孩子可是自己送上門的，奇怪……」

蘿莎緊握著雙手，跑出了書房。

「找琵慈來。」墨萊對看守在門邊的刑警下令，簡捷有力。

□

高佛雷和朱崙走了，這位百萬富翁趕著他的園丁如同一個驕傲的牧羊人。墨萊探長雙手往上一拋，「這下子更複雜了，這該死的女傭！」

「不見得更複雜，如果朱崙說的時間可信，我們剛剛的論點仍然有效，法醫說馬可的死亡時間是一點到一點半之間，這個叫琵慈的女人和他一起是在這段時間內，而朱崙親眼看她離開的。」

「好吧，我們很快就會弄清楚琵慈這事和謀殺無關，或怎麼著。」墨萊跌坐椅子上，伸了伸腿，「老天，我眞累得跟孫子一樣！你也一定累壞了。」

艾勒里自憐的笑著，「千萬別再提這個，我現在滿腦子想的無不是，麥克林法官正躺在某處痛痛快快的打著鼾，我看我很快就得擺平下來，要不腦子一定一團漿糊，」艾勒里艱辛的也坐下來，「對了，這張謀殺用字條給你，你們檢查官一定會認為這張紙價值連城，在——如果可能的話——這件案子正式搬上法庭時。」

墨萊小心接過這張黏著破紙頭的黃紙，兩人鬆開全身坐著，大眼瞪小眼，但腦子完全停歇下來。書房很安靜，如同喧鬧罪惡世界裏的一方淨土，艾勒里眼皮開始沉墜起來。

一陣急促的腳步聲讓兩人清醒過來，墨萊轉身，嚴陣以待。來的是他派去找人的刑警，但跟後頭的卻是高佛雷太太。

「怎麼回事，喬？女傭人呢？」

「找不到她，」刑警氣喘呼呼，「高佛雷太太說——」

兩人這時全站起來了。「原來她不見了，嗯？」艾勒里輕聲說：「我記得，你今早好像跟令千金提起過與此有關的事，高佛雷太太。」

「是啊，」黝黑的臉憂心忡忡，「實際上，在我上樓請你們下來用餐之前，琵慈人不見了這事還過過心頭，後來就全給忘了，」她纖細的手一拍自己額頭，「我以為這沒什麼關係才——」

「你以為這沒什麼關係！」探長急怒攻心，跳著脚，「誰都認為哪件事沒有關係！朱崙嘴巴閉得死緊，你也什麼都不講，每個人都……她人在哪兒？你最後見到她是什麼時候？看老天爺份上，你舌頭沒了嗎，高佛雷太太？」

「別吼，拜託，」高佛雷太太冷靜的說：「我可不是伺候你的僕人，探長，我很樂意把我知道的部分講出來。今天我們所有人被弄得沮喪不堪，因此我沒留意到這樣一樁小事，這是第一點；其次，我平常不會找她，只除了早上起床穿衣到早餐這段期間，而當然啦，發生了這麼——這麼多事，你也曉得……所以，一直要到——到我發現屍體，回屋裏後才找她，但好像沒人知道她去哪兒，我因為心情太亂太煩，沒再花工夫找她，讓另一名女傭服侍我，這一整天中，我偶爾會想到，她好像哪裏都看不到人……」

「她睡哪兒？」墨萊陰沉的問。

「一樓這裏的僕役廂房。」

「你去哪兒找過嗎？」探長對那名刑警一吼。

「當然找過，探長。」該刑警被唬怕了，「我們沒想到——但她溜掉了，徹徹底底的溜了，帶著所有的衣服，包包，什麼都帶走了，我們怎麼會想到——」

「如果讓我查出她是在你們監視下堂而皇之跑掉的，」墨萊咬牙切齒，「我會剝了你們這些傢伙的皮，所有你們這些傢伙。」

「好好，探長，」艾勒里打圓場，「這並非不可理解，並不是每個人每個地方都有警員守著。高佛雷太太我問你，昨天你最後一次看到她是在什麼時候？」

「在我回我臥房後，那是——」

「在你離開馬可臥房之後，是的，我懂，那之後呢？」

「平常，都由她替我鋪床，幫我梳頭，我按鈴叫她，但半天不見她來。」

「這很不尋常是嗎？」

「是的，後來她出現了，說她病了，跟我說可不可以讓她休息，她臉色很紅，兩眼看起來的確充血的樣子，當然啦，我讓她立刻回去休息。」

「又他媽一堆謊話，」探長恨恨的說：「她離開你房間時幾點？」

「我不曉得確切的時間，一點左右吧，我猜。」

艾勒里輕聲問：「還有，高佛雷太太，這名女傭在你這兒工作多久了？」

「不是太久，我前一名女傭在今年春天忽然辭職，沒多久，就用了琵慈。」

墨萊一直像吞了炸藥，暴躁的說：「我猜你也一定不知道她溜哪裏去了，他媽的一鍋爛——」

一名長相凶惡的制服警員出現在門口報告，「柯可南副隊長派我來向探長報告，車庫發現有一輛黃色敞篷車不見了，他正在查詢那個叫朱崙的，和兩名司機。」

「黃色敞篷車！」史黛拉・高佛雷叫出聲來，「什麼啊，那是馬可的車啊！」

墨萊先是佈滿血絲的雙眼一睜，跟著一聲獅子吼對著站一旁的刑警，「很好，那你還站這裏幹嘛，像個齊天大笨蛋幹嘛？去啊！去追那輛車啊！這叫琵慈的一定是夜裏偷跑的，趕快去追去查啊大笨蛋！」

艾勒里歎了口氣，「還有，高佛雷太太，你是說你的前任女傭是忽然去職的對嗎？就你所知，她爲什麼會這樣？」

「呃，不曉得，」黝黑婦人回答，「我還常在想爲什麼，她是個好女孩，我給她很豐厚的待遇，平常她也是一副很喜歡這份工作的樣子，但——她就是走了，沒講爲什麼。」

「很可能，」墨萊已到口不擇言地步了，「她是個共產黨！」

「嘿嘿，好了好了，」艾勒里說：「那當然囉，你是通過介紹所聘到這名生病的琵慈小姐對嗎，高佛雷太太。」

「不是這樣，她是私人介紹來的，我——」高佛雷太太忽然剎住，連一直在房裏踱過來踱過去的墨萊也停了腳步，疑惑的看她。

「私人介紹，」艾勒里說：「那高佛雷太太，這位好意推薦的朋友是誰呢？」

她咬著自己手背。「奇怪，眞奇怪到極點，」她如同自言自語，「我這才想到……是約翰・馬可介紹的，他說他認得的一個女孩想找個工作——」

「清楚明白，」艾勒里乾巴巴的說：「有尊嚴的女性，呃，探長？嗯，這麼說來，陽台那一幕可能就不盡然是朱崙想的那樣，不是嗎？……好吧，先生，在您大人繼續指揮大軍料理這樁海濱疑案之時，請容我告退小憩一番，高佛雷太太，可否請你找個人領路，引我到令嬡好心好意爲我這疲憊之軀準備的休憩之所呢？」

8 作客之道

一艘船在海上沉了，海上湧著淘天的紅色巨浪，這艘船無助如同玩具。船頭，一名巨人傲然而立，幾近全裸，凝視著他頭頂數吋之上的暗淡月亮。船沉了，巨人也跟著下沉了，在那一瞬間，他的頭變小了，浮在靜靜的水面上，猶仰頭看向漆黑的天際，月亮的銀光鬆上他臉，他是約翰．馬可，跟著，大海也不見了，而約翰．馬可變個小小的瓷人，浮沉於玻璃水杯中，他的身軀僵直且已死去，乾淨的水不停冲刷著他琺瑯般發亮的白色身軀，鬆開他鬈曲的頭髮，並懶懶的把他推到玻璃杯邊緣，整個畫面逐步的轉成暗紅色，看來像……

艾勒里．昆恩在漆黑中睜開雙眼，覺得口很渴。

有好一會兒時間，他腦中一片空白不知置身何時何地，然後，記憶回頭找到他，他翻身坐起來，舔著嘴摸索床邊的燈。

「我這傲人的潛意識看來並沒幫上什麼忙。」在手指摸上電燈開關時，他如此喃喃自語，房間啪的亮了，他的喉嚨乾裂如火，於是他撳了房邊的鈴，自床頭櫃上的菸盒拿出了一根菸，躺回去抽著。

他夢到的有男人、女人、大海、樹林、很奇怪活著的哥倫布雕像、滴著血的繩索、偽裝的警方巡邏艇、獨眼巨人、以及……約翰•馬可。穿披肩的馬可，赤裸的馬可，披白麻布的馬可，身著燕尾服的馬可，頭上長角的馬可，在好萊塢被胖女人愛個半死的馬可，穿緊身舞衣跳芭蕾的馬可，穿貼身上衣和長襪唱歌的馬可，滿口髒話的馬可。但這麼一場波濤澎湃的夢卻絲毫沒爲馬可的謀殺難題提供點稍稍合理的答案，艾勒里頭很痛，也不覺得自己身體的每部分都眞正得到休息。

門上起了敲門聲，他含混應了，進來的是特勒，手捧的托盤上有杯子和酒。特勒像個慈父般滿臉笑容。

「先生，我相信您一定睡了個好覺是吧？」說話間，他將托盤置於床頭櫃上。

「糟透了，」艾勒里瞄一眼瓶中之物，「特勒，我要白開水，喉嚨乾得跟個孫子一樣。」

「是的，先生。」特勒一提他那小而一絲不亂的眉毛，將托盤取走，很快換了個玻璃水瓶回來，「您一定也餓了，先生，」在艾勒里喝第三杯時，他說：「我馬上送點吃的來。」

「好極了，現在幾點？」

「晚餐後很久了，先生，高佛雷太太交待別吵醒您——您，還有麥克林法官，現在差不多10點了，先生。」

「高佛雷太太眞太善解人意了，特勒，奉聖喬治之名，我是餓壞了，法官他還在睡嗎？」

「我猜是吧，先生，他沒按鈴叫我們。」

「『你睡吧，布魯特斯，羅馬還好端端在著。』」艾勒里憂傷的說：「好極了，好極了，這是老年人的無上恩賜，我們就讓老先生好好休息吧，這是應該的。現在，特勒，你行行好去幫我找些食物來吧，趁此空檔我剛好可洗去身上沾染的罪惡，我們必須自我潔淨來面對上帝，面對社會，以及面對我們自己，這你了解嗎？」

「是的，先生，」特勒眨著眼，「而如果您容許我這麼說的話，先生，這還是這屋子中首次聽到有人能同時引述伏爾泰和培根的名言。」說完，他冷靜的躬身離去，留艾勒里傻眼在當場。

不可思議的特勒，艾勒里格格詫笑，他從床上一躍而起，衝進了浴室。

在火速的沖洗外加刮完鬍子之後，他發現特勒已在桌上舖了奶色亞麻桌布，一個巨型托盤擺滿蓋著的銀碟，但蓋不住的熱食美好氣味讓艾勒里直嘛口水，他飛快的披了件晨袍（這個善解人意的特勒已趁此空檔，到浴室取出他行李，將所有的東西一一放置妥當），坐下來大啃大嚼起來，而無所不能的特勒，這時也以極其老練且極其謙卑之姿再次展示，原來用餐的侍應工夫，也是他衆多本事之一。

「嗯——你曉得，特勒，絕不是對你的完美表現有何挑剔之處，」放下咖啡杯，總算用完餐的艾勒里說：「但侍應用餐這不該由僕役長負責嗎？」

「是這樣子沒錯，先生，」特勒忙著收拾餐具，說：「但您曉得，先生，僕役長他提辭呈了。」

「辭呈！怎麼啦？」

「我猜害怕吧，先生，他那個人比較保守，謀殺這一類的事已超出他能承受的範圍，還有，他也是個潔癖較重的人，他說他受不了墨萊探長手下『令人駭異的粗鄙行爲』。」

「如果我了解墨萊探長還不離譜的話，」艾勒里莞爾一笑，「這份辭呈絕不可能讓他走得了——除非這案子水落石出。對了，在我大睡特睡這段期間，有發生什麼較特殊的事情嗎？」

「沒有，先生，墨萊探長走了，留下幾名警察看守，他要我轉告您，先生，他明天一早會再過來。」

「嗯，知道了，非常謝謝你，現在，特勒，是否再麻煩你把這些都收走……哦，不不，衣服我自己穿就行了！多年來我都自己穿衣，而且跟你們那僕役長一樣，我也是習慣一養成就拒絕改變的人。」

特勒離開後，艾勒里迅速換上乾淨的白色衣服，先是在和隔壁房間相通的一扇門一陣痛敲，沒反應，乾脆就直接潛了進去，麥克林法官躺一張舖了紫藍床單的大床上，仍安然打著鼾，他穿一件豔火似的睡衣，白髮直挺挺往上如同日暈。這老先生，艾勒里想，最好就這麼一路睡到大天亮吧，心念至此，他不作聲的離開，下樓去了。

□

在蕾根一反她美好的天性，扯著年老的格羅斯特那把鬍子時，格羅斯特可憐兮兮的說：「

我是你的主人，你實在不該伸此盜賊之手如此爲非作歹，以回報我殷勤款待之恩。」然而，這樣的告誡，卻未讓李爾王的這位公主有所悔悟。

艾勒里・昆恩很快發現自己又陷入同樣的進退維谷之中，這當然不是他生平首次了。渥特・高佛雷當然不算個完美的主人，而他也是那種典型的肥胖矮子，臉上通常長不出什麼鬍子來。然而儘管如此，艾勒里的確吃他的食物，睡他的床，而且拔他的鬍子——持續的拔，不止一根。艾勒里便也用同樣的可恥的手段，來回報主人的如此款待。

眼前的現實裏，艾勒里發現自己所陷入的是另一種兩難：要偷聽還是不偷聽。偷聽，對主人的恩情當然是種可恥的回報；然而偷聽，對偵探工作而言卻是必要的。艾勒里心中的天人交戰其實是：他到底優先當個客人呢？還是當一名偵探？在機會很快逼到眼前時，他很快有了決定，客人，只是他表面的身分罷了，或是某種特殊狀況下的一份僞裝，他的天職是，盡可能豎起耳朵去聽更多的可能眞相，而過往他的如此四下傾聽，以及因此而得到對破案的啓示，他很了解，這比之於堂皇正大的尋求一句眞確無隱的實話，對宛若尋求聖杯的探案工作，往往要得力多了，也有價值多了。

現在這景況其實是他始料未及的，他得在此稍縱即逝的電光石火間跟自己良知拼搏一番。之前，他先下到顯然空無一人的房子底層，彷彿巨大洞窟的起居室空空盪盪；書房，他探頭進去，一片漆黑；天井亦然，一個鬼也沒。艾勒里順勢走入花香撲面而來的花園，奇怪人都哪兒去了，眼前只剩一個溫吞的月亮。

至少，他以爲只有他一人在此，他一直如此認定，直到他聽見這道摻雜貝殼的石子曲徑有人走來，並夾著女人的啜泣聲音。花園茂密得很，灌木很高大，他飛快閃身到樹叢裏，跟著，是男人講話的聲音，艾勒里當下懂了，是不按牌理出牌的高佛雷那兩口子，包括先生和太太，走在隔幾個彎道上。

高佛雷講話聲音很低，饒是置身此情此景，卻也仍不改他慣有的撻伐意味，「史黛拉，我得跟你談談，有人犯了法，事情很嚴重，你必須告訴我相關的眞相，或至少讓我曉得怎麼會搞成這樣，這麼說你懂嗎？」

艾勒里的天人交戰只在一彈指之間，接下來，他可是拚了命想聽到任何一個字。

「哦，渥特。」史黛拉・高佛雷哭得的的答答，「我——我好高興，我希望有人可以講，我眞沒想到你——」

這是個自白的好時刻，月色明迷，整個花園有一種氛圍，召喚人卸下心中的重擔。

百萬富翁低咒著，是一種比平時要鬆軟些的低咒聲。「看老天爺份上，史黛拉，我又沒講你什麼，你哭個什麼勁兒？我覺得結婚到現在，你好像除了哭什麼也不會，上帝知道，你要什麼我就給你什麼；而你更淸楚，我也從來沒跟別的女人有過牽扯。是有關馬可這廢物是嗎？」

她的嗓音窒著，而且彷彿隨時會岔開來，「渥特，你是什麼都給我，只除了關心，你根本不理我，我嫁你那時候你還很羅曼蒂克，而且你——你也沒這麼胖，女人需要羅曼蒂克，渥特……」

「羅曼蒂克！」他大大的嗤之以鼻，「胡說八道哪有這回事，史黛拉，你不是小孩了，這玩意兒套蘿莎或那個柯特小子還適用，但你跟我——我們早該把這丟一旁了。我是這樣，你也應該這樣，麻煩之所以永遠跟著你，正因為你始終長不大，你難道不曉得，像你現在這把年紀，別人都當祖母了？」儘管如此，他的聲音中仍存在一絲不太確定之感。

「我永遠也不要把這丟一旁，」史黛拉．高佛雷正式正道哭出來，「這就是你不了解的地方，你不了解的還不止這個，」她的聲音穩了下來，「不只因為你不再愛我了，而是你根本就把我逐出你的生活之外，渥特，如果你對我的關心，有你對朱崙那糟老頭十分之一的話，我——我就開心死了！」

「不要亂講，史黛拉！」

「我不知道你為什麼……渥特，我敢發誓，是你把我逼到——」

「到哪裏？」

「逼到——這一切一切，這可怕的一切，馬可……」

他沉默了好久，艾勒里都要懷疑他是否早拂袖而去了，但高佛雷啞著嗓子說了，「我懂了，別人都認為我聰明，但我眞笨，你跟我講這話的意思是——史黛拉，很可能我會宰了你！」

她喃喃自語，「很可能我會自殺。」

花園裏起了涼風，整個世界颯颯作響，艾勒里仍藏身其中，感激涕零的謝謝老天即時喚醒他，空氣中有啓示之味，誰也不曉得——

百萬富翁平心靜氣問：「多久了，史黛拉？」

「渥特，別用這種眼神看我……從——從今年春天。」

「就從你剛認識他開始，嗯？操，我眞是個龜孫子，他沒費什麼手脚就把我渥特・高佛雷的寶貝老婆給上手了？眞他媽的龜孫，瞎得跟隻笨蝙蝠一樣，媽的就在我眼前……」

「這——這一切其實是可以避免的，我想，」她吞著哭聲說：「如果他不……哦，渥特，那天晚上你對我太壞了——太冷酷了，完全不理我，我——他送我回家，我一直拒絕，但……路上，他掏出隨身的小酒瓶，遞給我喝一口，後來又喝了一口，然後——我不知道，哦，渥特——他就帶我回他公寓，我去到那裏，我——」

「史黛拉，還有其他人嗎？」百萬富翁的聲音森冷得跟鋼一樣。

「渥特！」高佛雷太太驚駭的聲音一揚，「我發誓……他是第一個！唯一一個，我不要再這樣子下去了，哦，我必須跟你講，現在他——他已經……」艾勒里幾乎還可看出她肩膀顫動起來。

矮胖男人開始來回踱起步來，鞋子踩在碎石子小徑，咔咔作響，讓艾勒里驚訝的是，這拿破崙式的小矮子，反應居然是歎氣！「好吧，史黛拉，我想這件事我們都有錯，我常想，男人要發現他老婆對他不忠實時，他會怎麼想，你在報上會讀到的——帶把左輪，把子彈射進對手腦袋裏，然後自殺……」高佛雷頓了下，「但這於事無補，他媽的王八蛋，這於事無補。」

她怯怯的說：「我跟你講，渥特，我絕沒愛過他，這只是——你知道我說眞的，在事後我好想自殺，儘管他——是他灌了我酒。我從來沒覺得這麼對不起你，但我眞的是被他騙的，而且他——哦，他眞的好可怕。」

「因此，你才邀他到這裏來，」高佛雷彷彿自語，「我一直納悶，我這笨腦子始終想不透，你過往只會邀幾個人到家裏來，但這小子完全不一樣，而且居然是你情人！」

「不，渥特，不是我邀他，當時，我已經跟他斷了很長一段時間了，但他——他逼我，要我邀他來……」

石子路的腳步聲停了，「你是說是他自己一定要來是嗎？」

「是啊，渥特……」

「好極了，」他聲音陰沉下來，「他邀請自己，吃我的食物，騎我的馬，摘我的花，喝我的酒，還睡我的老婆，眞他媽的有一套！……好，那其他那些呢？慕恩兩口子，還有那個邋里邋遢的康斯帖佛女人——這些個鬼又哪裏冒出來？過往一樣當佈景的，還是怎麼的？你頂好老實告訴我，史黛拉，也許你還不曉得事情利害，但你眞會讓我們所有人掉地獄裏去，如果讓警方查出你和他——」

此刻，有女人衣衫飄動的獵獵之聲傳來，快，而且突如其來，艾勒里曉得，是她撲到她丈夫懷裏去了。

艾勒里縮了下身子，此情此景再偷窺偷聽的確讓人不舒服，就像站屍體前看人解剖一般，但艾勒里一咬嘴唇，更削尖耳朵聽著。

「渥特，」她如泣如訴，「抱緊一點，我怕。」

「沒事的，史黛拉，沒事沒事，」高佛雷說，一遍又一遍，溫柔但機械化，「我想你不會有事的，但你得把所有事講給我聽，其他這些人怎麼回事？他們是哪來的？」

她好半晌不作聲，只灌木叢那頭傳來咔嚓一響，她這才開口，聲音非常沙啞，每個字都像埋在呼吸裏一般。「渥特，這些人來這裏之前，我一個也沒見過。」

艾勒里完全感覺出高佛雷的悚然一驚，從一陣無來由但甜味滿滿的風中傳來。高佛雷詫笑起來，花了好一段時間才有辦法說出有意義的字。「史黛拉！」終於，他氣極敗壞的問：「你這怎麼可能？那蘿莎認得他們嗎？或者大衛？」

「不，」她近乎悲吟，「不。」

「那他們怎麼會——」

「我邀了他們來。」

「史黛拉，你講點人話！現在，抬頭看著我，這可不是開玩笑的，如果你完全不認識他們，那你怎麼可能——」一直到這一刻，他還在五里之霧裏。

「馬可要我邀他們來。」她淒涼的說。

「他要你——！他把這些人名字連同住址給你？」

「是，渥特。」

「沒講理由？」

「沒。」

「那他們來了之後呢？再怎麼講，他們也不該把這個邀請視為理所當然——」

「我不曉得，」她緩緩說道，「我真的不曉得，事情就這麼奇怪——實在是好可怕好可怕一個夢魘，康斯帖佛太太是其中最奇怪的一個，從一開始她就演戲，好像我從小就認識她一樣……」

高佛雷的聲音又浮現出慣有的鋼鐵之質，「從一到這裏就這樣？她一來就見到馬可嗎？」

「是的，我認為她——她第一眼見到他時滿害怕的，看起來不像她之前不認識他，不，我絕對感覺得出，他們彼此認識——儘管她見面時裝得很像——但忽然見到馬可，讓她不得不大吃一驚，馬可則很冷靜，也——裝得很像，我介紹他們時，他真當她從未見過面一般……問題是她一下子沒法愣過來，她怕——她真的怕死了。」

害怕？艾勒里陰沉的想，她怕的和你怕的是如出一轍，史黛拉・高佛雷女士，此時此刻，你還不肯把事情全講出來；此時此刻，你仍然還害怕，史黛拉・高佛雷女士，因此你不敢講出來——

「這個老肥婆，」百萬富翁思索著說：「當然，有可能這……那慕恩夫婦呢？」

史黛拉的回話顯得憂心忡忡，「他們也很奇怪，尤其是慕恩太太，她——她真很可疑，她只是個廉價的撈女，渥特，就是你在小報會讀到的，最典型那種釣凱子的歌舞女郎，照說，這種女人還有什麼能嚇到她，但她第一眼見到馬可時，她一樣嚇個半死，我們——我們是三個走在深淵邊緣的女人，而且還蒙著眼睛，我們每一個都怕，怕得不講話，怕得不敢呼吸，怕把秘密洩給誰——」

「那慕恩呢？」高佛雷直截了當問。

「我——我一點都不了解他，渥特，你不可能搞懂他的，他好暴躁，好粗俗，又那麼強壯，而且他從不讓你知道他想些什麼，從來家裏之後，他的行爲舉止完全吻合他這一型的男人，他也認眞的『社交』，社交！」

「他怎麼對待馬可？」

她有點歇斯底里的笑起來，「哦，渥特，這可以說很好笑，我得告訴你，當另一個男人和你處同一個屋簷下時……彼此會暗中角力。慕恩很討厭馬可，正眼都懶得瞧他，只有一回，有天晚上馬可邀慕恩太太到花園散個步，我——我看到慕恩先生那種眼神，把我嚇得直發抖。」

又安靜了好半晌，然後，又是高佛雷先生平穩的聲音，「好，這對我而言看來並不難，你們三個女人，分別在不同時間和他有了關係，他於是逮著你這把柄，覺得有機會敲詐到一整個愉快夏天，享受美好、乾淨而且高級的假期，這卑鄙的老鼠！但他還要你邀其他人來……只要我弄清這事，就只要弄清這件事，還有蘿莎死裏逃生這件事。對了，他一定也誘拐了蘿莎和他發生關係，操他媽該死的傢伙！我的女兒怎麼可以——」

「不，渥特，」史黛拉・高佛雷悲慟的大叫，「他也許跟她調調情……我確定沒別的——蘿莎不會，蘿莎她不會的，渥特，我一直陷在自己的難題中，才瞎了眼沒注意到，其實厄爾的態度應該早讓我察覺出來才對，這可憐的男孩氣成這──」

艾勒里聽見她忽然倒吸一口涼氣，他小心撥開樹枝，一支細枝子咔嚓斷了，但那邊兩人並未察覺。月光下，兩人緊靠著站小徑上，女的比男的高些，男的抓著女的手腕，他那專橫且醜陋的臉上有極奇怪的神情。

「我說過我會幫你，」他清晰的說：「但你仍然不肯徹底說出來，我知道你害怕，但單單只因爲害怕，就讓你甘心成爲這該死妓男的玩物是嗎？只因爲害怕──或還有什麼其他原因？我不知道的這個原因也正是其他兩個女人害怕的原因是嗎？」

然而，冥冥中存在著某種更大的力量，保衛著權益受到侵害的主人，也讓竊聽一事有時而窮。

有人從小徑另一頭走來，走得不快，遲緩的步伐顯示此人心事沉重，憂煩不已。艾勒里當下隱身到更濃密的灌木叢後面，造化弄人註定他這個晚上聽不到史黛拉・高佛雷的最終回答了。他縮著身子，屏住呼吸，眼睛緊盯住他剛剛隱身的小徑另一頭。

高佛雷夫妻也聽到了，他們理所當然靜了下來。

是康斯帖佛太太，她晃盪晃盪的出現，像個蒼白而巨大的鬼魂，身穿怪誕的黃色蔴質衣服，月光下裸露的肥膀子如大理石。她的步子拖著，石子路被刮著咔喳咔喳響，夢遊般一張圓圓的胖大臉上死人般沒一絲表情。她獨自一人。

她拐過小徑彎道時，肥碩已極的臀部就從艾勒里腦袋幾吋距離掃過。

般。

接下來，是兩邊幾乎同步的彼此招呼之聲，虛假的笑聲如同玩具小鳥發出的機械式鳴囀一

「康斯帖佛太太，你哪裏去？」

「晚安，康斯帖佛太太。」

「哈囉，我——我只是隨便散散步……好可怕的一天啊……」

「是啊，我們全都——」

艾勒里帶著對命運的不滿心緒，恨恨跟自己低咒一聲，悄悄溜到小徑另一邊，神不知鬼不覺退場。

9 夜‧深藍的獵者

麥克林法官睡了。有一陣子，他還用力想從一大團漆黑濃霧中掙脫出來，但此時他完全醒來了，身體每一種感官都醒了，在意識到自己側耳傾聽之前，他的耳朵已自動發生了作用；在兩眼眞正張開之前，他的眼睛也像急著看穿眼前這一大團漆黑一般。老邁的心臟，他驚愕的感覺出，此時像個活塞般劇烈跳著。他直挺挺躺著，知道有危險。

有人，他曉得，在他房裏。

從眼角，他瞥見落地窗以及窗外的西班牙露台，窗簾只拉起一半，因此他也能看見滿天星斗的夜空。時間一定很晚了，但多晚呢？他不自主打了個寒顫，震動得床單沙沙作響。有人夜間上門來，在平時，或在一間才出了謀殺案的屋子裏，他覺得危險程度並無二致。

然而，他的脈搏逐漸慢成正常水平，沒事情發生，常識告訴他，哪可如此放縱別人隨意闖入。他不開心的想，不管此人是誰，都已然威脅到他的生命安全了，於是他運起全身上了年紀的肌肉，讓自己坐了起來，如果事情需要，他還沒衰老到無法奮起爲自己做漂亮一擊……

他的房門忽然咿啊一響——此刻，他的眼睛已完全適應了黑暗——他很肯定自己看見某個人迅速的閃出門外，他的夜間訪客，走了。

「喂！」他喊了聲，雙脚也移到地板上。

一個乾而冷的聲音起自他身旁某處，「你終於醒啦，是吧？」

法官跳起來，「老天！艾勒里嗎？」

「剛剛，我想你也聽見有好朋友到你房裏巡訪一番，不是嗎？不不，先別開燈。」

「這麼說你也是闖入者之一，」法官問：「是誰——」

「跑掉了是嗎？理當如此，波得定律不是說，兩個物體不可能同一時間內佔有空間中同一個位置嗎？好吧，管它對不對，反正我的科學知識本來就很爛。關於有人偷溜進來這事，我早就預料到了。」

「你預料到！」

「我得承認，我倒沒想到她闖的會是這房間，但這也不難找到解釋——」

「她？」

「哦，是啊，是個女人，你難道聞不出脂粉味嗎？抱歉，我無法告訴你此人的眞名實姓，在這上頭我從不是范・達因筆下神探凡斯那類的人。我只曉得，她穿白色長袍之類的，老實說我在這裏守了已一小時以上了。」

老先生一口氣差點沒喘過來，「在這房裏？」

「哦不，主要還是我房間，但當我察覺她想弄開你房門時，我趕緊從我們房間相通的門溜來這裏，以防——呃——以防萬一。你可還眞是個不食人間煙火的老寶貝，她很可能趁你還呼呼大睡時，狠狠給你一傢伙。」

「別耍嘴皮了！」法官斥他，但仍記得壓低嗓門，「怎麼可能有人會想來攻擊我？這些人我一個不識，想當然耳，我也和他們一點牽連都沒有，這八成是個誤會，她弄錯房間了，就這樣。」

「沒錯，當然是這樣，我剛剛只是嚇嚇你罷了。」此時，法官仍坐床上，房間靜了好一會兒，艾勒里聲音再次響起時，來源已變了，從床的另一邊——也就是房門那兒。「嗯，她只是戰略性的暫時撤退，看來我們得等了，你起床的動靜把她給嚇跑了。你到底想怎樣？」艾勒里笑起來，「泰山一樣跳起來撲向她是嗎？」

「怎麼會想到是個女人，」法官不太好意思的說：「我不打算說謊，免得被你修理得體無完膚。這女人到底是何方惡魔？」

「我要知道那就太美妙了，那幾個都有可能。」

麥克林法官躺了回去，枕著自己一支胳臂，兩眼則固定在他所知道的房門位置那點，堪堪可以看出艾勒里動也不動的身影。「好吧，」良久，他沒好氣的說：「你要不要談談？這裏到底發生了什麼事？你怎麼會想到在這兒守株待兔？你覺得誰嫌疑較大？我到底睡了多久？你這小子實在是全世界最讓人生氣的年輕人——」

「哇，拜託一次只問一個問題。依據我的腕錶，現在差不多2點半，你一定有著異常隨遇而安的道德良知。」

「要不是那個可惡的女人，我一定還睡得好好的，現在，我還覺得全身骨頭酸痛得要命。這樣行了吧，然後呢？」

「然後說來話長，」艾勒里開門，探頭出去，再飛快縮回來，門也旋即關上。「還沒發生什麼事，我也一直睡到10點才起來。你一定餓了，是吧？特勒會拿最好吃的——」

「少提特勒！我一點也不餓，回答我問題，你這蠢蛋！你爲什麼想到今晚有人會闖來？你在等什麼？」

「我在等，」艾勒里說：「有人闖隔壁房間。」

「隔壁——！那是你房間不是？」

「另一邊，盡頭那間。」

「馬可的，」老人說，沉默了半晌，「但不是有警員看守嗎？我以爲羅許那小伙子——」

「詭異的是，羅許小子現在正挺屍在一張吊床上，吊床掛特勒房裏，睡得可開心呢。」

「墨萊一定氣壞了！」

「我不認爲他會，至少，不會向著羅許。你曉得，羅許是奉命撤守的，呃——敝人在下的命令。」

法官在黑暗中張大嘴、睜大眼，「你的命令！這我就不懂了，是不是陷阱？」

艾勒里又探頭一下外頭走道，「她一定眞的嚇壞了，我猜她一定以爲你是鬼……沒錯，正是陷阱一個，他們大部分人在12點之前就上床睡了，可憐的傢伙！全都累垮了。總之呢，我不經意的讓他們曉得——他們全體——派人看守死者房間大門其實毫無必要，尤其我們又徹底搜過這個房間了；我也讓所有人知道，羅許會置身在睡眠國黑甜鄉之中。」

「我懂了，」法官低聲說：「但你何以認爲，有人會乖乖栽進你的陷阱之中？」

「這，」艾勒里柔聲說：「這是另一個說來話長……安靜！」

法官屏住呼吸，頭皮一陣發麻！接著，艾勒里把嘴湊他耳邊，「她又來了，別出聲，我正進行一場偵探冒險行動，看上帝份上，梭倫，可別毀了我一番心血！」說完他就消失了，接著，落地窗的窗簾稍稍掀開來，一道人影無聲無息的射出，旋即呑噬於無邊的黑暗之中。法官又再次看到滿天的星空，冷冽而遼遠。

他顫抖起來。

□

整整十五分鐘過去，他什麼也沒聽到，只除了下頭海浪拍打岩石的聲音，還有便是來自遙遙海洋的風從窗帘颳了進來。法官無聲無息的從床上爬起，在穿睡衣的瘦削身軀上裹一層薄絲被，套上毛拖鞋，偷偷的走到落地窗那頭。他灰白的頭髮，睡成一綹綹的髮鬈，起自頭頂，一路披瀉到肩上，活脫脫像個戰場上擔任斥候的印第安老戰士，然而，他這個可笑的形貌絲毫不妨礙他穿過落地窗，上到印著鐵架長長暗影的露台，而且更讓他像承繼了偉大的印第安追獵傳統本事一般，迅速擠到數碼外正守著一扇窗的艾勒里身旁……約翰・馬可生前臥房的其中一扇窗。

艾勒里並不舒適的側身趴著，眼睛眨也不眨鎖住室內的一盞小燈。威尼斯式的窗簾並未完全拉上——不經意的在左邊底部留了個縫，由此可完整看到裏面房間。艾勒里馬上瞧見法官也過來了，他搖了搖頭示警，讓了點位置給他。

老先生不慌不忙鬆開緊裹著的絲被，蹲了下來，跟著艾勒里注視著房內。

這間大型的西班牙式臥房像被惡意攻擊過一般，櫃子門大開，死者的每件衣物全扔地板上，要不揉成一團，要不就連抽屜帶衣服掀翻在地上；還有一個空空如也的大皮箱被棄在房間正中央，扁塌塌的不成個樣子；此外，還有幾個小型手提箱、旅行箱被隨手亂丟；床鋪也搞得一片狼藉，一把明晃晃的小刀，深插在床墊上，床墊則被劃開好幾刀，連彈簧都跳了出來，而且某些個彈簧顯然還被弄壞了；床鋪天蓋上的簾子扯了下來，室內所有的抽屜全拉出來，東西也毫不客氣散落地板上；最後，連牆上掛著的畫都沒逃過魔掌，歪七扭八的懸在那裏。

法官感覺到自己臉頰一直熱起來。「把房子搞成這副模樣，」法官低聲咒罵，「這該死的盜墓賊哪裏去了？我眞想一把掐死她！」

「其實並沒有造成什麼不能補救的損害，」艾勒里輕聲回答，眼睛仍緊緊盯住那一盞小燈，「只是看起來很糟而已，她人現在浴室裏，一定正進行同樣的狂歡行動，手握一把刀子，你該早點來看看她撲向每面牆壁那樣子，她好像以爲理應有奧本海默或華勒士小說裏那種機關密道一樣……安靜，女士回來了，她很漂亮吧，不覺得嗎？」

出現在浴室門口的赫然是塞西莉雅．慕恩，假面具已卸下來了，很顯然，每天她展露給這個世界的容顏，只是一層厚妝，深埋其下的眞正樣子會讓你嚇一跳，此時此刻，法官和艾勒里所看到的正是這個。不假掩飾的、粗鄙的、醜陋的，嘴巴扭曲，臉色鐵青，雌虎般的目光兇惡，一隻手凌空曲張著，另一隻手則握著常見的切麵包小刀，大概是從廚房摸來的，衣服半敞，露著氣喘呼呼的胸脯。

她宛如一幅寫眞的人體蝕刻畫，前所未見的集粗暴、挫折、沮喪和恐懼於一身；就連她的一頭金髮也呈現同樣的景況，披散著如乾掉的拖把，一股凶惡之氣髹染其上，讓人不寒而慄。

「老天爺，」老先生張著嘴喘氣，「她——她像隻野獸，我從沒見過……」

「她是害怕，」艾勒里低聲說：「純粹是害怕，他們每個人都怕，馬可這傢伙八成是集馬基維里和別西卜於一身的人物，他讓所有人嚇得——」

金髮女人此刻貓一樣縱跳出去——向著電燈開關，然後，房間又陷入無邊的漆黑之中。

兩人仍動也不動趴著。只有一種可能會讓她如此斷然反應：她聽見有人來了。

時間像過了一世紀之久似的，事實上，依照艾勒里的腕錶，不過是幾聲滴答罷了。燈光再次亮開來，房門也再次被人關上，這回是康斯帖佛太太背抵房門出現在眼前，一手仍按著側柱上的電燈開關。慕恩太太已神奇消失了。

這名胖大婦人僵立在那兒，眼睛眨巴著。她的雙眼鼓著，胸脯鼓著，全身上下無不鼓著。

但說來，眞正被眼前一切所迷惑的是她眼睛，她看著凌亂的床，看地板上颱風刮過般的景象，看空空如也的每個抽屜。艾勒里兩人好像看著一部慢動作播映的影片一般，從她眼睛的變化以及從她沮喪神情的變化，他們彷彿能清楚讀到她每一點每一滴想法。她的木然無表情並未持續多久，在緞子長袍底下，她開始劇烈的顫抖起來，身上每一方肥肉裏的每一個細胞全顫抖起來。驚嚇。恐懼。理解。沮喪。最後沉澱成單單純純的害怕。害怕，讓她像一根巨型蠟燭般，瞬間融成一灘燭油。

顫抖中，她忽然跪倒在地板上，心碎一般哭了起來，她沒哭出聲，但正因如此，她的悲慘更顯得不忍卒睹，她的嘴巴大張，艾勒里兩人可看到她鮮紅的喉管深處，大顆大顆的眼淚由臉頰順流而下。跪著，她垂著肥肉的大腿從長袍側露了出來，身體也隨著悲慟開始前後搖晃。

慕恩太太貓一樣從床後冒出來，俯看著跪地上飲泣的胖大婦人，此時，殘酷的神情已從她銳利而美麗的臉上隱去，輕蔑的眼神中幾乎可說夾帶著一絲同情，那把刀子仍握她手上。

「你這可憐的笨蛋。」她對跪地上的婦人說。

兩人聽得一清二楚。

康斯帖佛太太僵住了，她極其緩慢的抬起眼來，照面那一剎那，她忽然長袍一旋，迅速起身，手按著胸部，呆呆瞪著冒出來的金髮女人。

「我——我——」跟著，她驚惶的眼睛移到慕恩太太手上的刀，鬆弛的臉頰刷一下白了，她試了兩回想說話，但她的聲帶兩回皆不聽使喚，末了，她期期艾艾的開口，「你……刀子…

……」

慕恩太太看來也被她的反應弄得一驚，等搞清楚胖婦人害怕的原因之後，她笑起來，把刀子扔床上。「這樣！你不用怕了，康斯帖佛太太，我忘了我還拿著刀。」

「哦，」康斯帖佛太太呻吟了半聲，趕忙放開緊抓著的長袍衣襟，眼睛闔了起來，「我想，我——我一定是夢遊……夢遊到這兒來了。」

「親愛的，你少跟小塞西莉雅來這一套，」慕恩太太直通通的說：「我也是同樣的女孩之一，你也著了他的道了不是？眞是沒想到。」

胖婦人儍儍舔著嘴唇，「我——你這話什麼意思？」

「我早該想到才對，你並不像我，是高佛雷太太這種階層的人。也是他寫信給你的嗎？」她銳利的眼神直直盯住這名醜陋且狼狽不堪的中年婦人，仍帶著輕蔑和同情。

康斯帖佛太太將長袍扯得更緊些，兩人眼神一會，半晌，她帶著哭聲回答：「是的。」

「要你馬上到這裏來，嗯？馬上。這正是我那親愛的丈夫最甜蜜的話語之一，」她不自覺的打了個寒顫，「我敢打賭，他要你說，你是接到高佛雷太太的邀請，馬上，邀請函果然也就寄到了，大致是這樣。你們得裝出好像老早認識一般，裝出從編著小辮子開始就一起扮家家酒跳房子一般……我完全了解，我的情形一樣，因此，你就來了，老天，你不得不來！你根本不敢不來。」

「是，」康斯帖佛太太仍低頭飮泣，「我——我眞的不敢不來。」

慕恩太太嘴巴一扭，兩眼精光如箭，「這該死的……」

「你，」康斯帖佛太太開口，頓住，右手無聲的劃了個弧，「這些——是你弄的嗎？」

「不是我還有誰！」金髮女人沒好氣的說：「你以爲我還必恭必敬的來嗎？我受夠他了，這油嘴滑舌的狗娘養的！我認爲這是我唯一的機會，警察撤守去睡大覺……」她肩一聳，「但沒用，沒在這裏。」

「哦，」康斯帖佛太太小聲說：「眞的沒有？我還以爲——可是一定在這裏才對啊！哦，怎麼可能會不在這裏！我不相信——我猜，是你早一步，找到了吧，」她看著慕恩太太肩膀，目露凶光，「你沒騙我？」她怨毒的問：「你不是想要挾我吧？拜託，拜託你，我的女兒才剛要結婚，我兒子才剛娶，我還有一堆小孩得養，我一直是有身分的女人，我——我不曉得怎麼回事，我一直夢想有個人——像他這樣……拜託跟我講，跟我講你找到了——跟我講，跟我講！」她的聲音一路攀高，直到化爲尖叫。

慕恩太太抽手一巴掌過去，她的尖叫嘎然而止，倒退了一步，手撫著被打的臉頰。「抱歉，」慕恩太太說：「你這麼叫，死人都會被你吵醒，那個老頭子就睡隔壁——剛剛我弄錯房間跑那裏去……來吧，大姊，收拾收拾自己，咱們該離開這兒了。」

康斯帖佛太太任由她拉著，這會兒，她當然又哭起來了。「但這叫我怎麼辦？」她抽著氣，「我該怎麼辦？」

「坐好，嘴巴閉上，」慕恩太太快快掃了周遭一眼，聳聳肩，「明天早上那些個條子回來，看到這一堆，那可真有得瞧了。聽好，我們完全不曉得有這回事，明白嗎？完全不曉得，我們都睡得跟隻小綿羊一樣。」

「但你丈夫——」

「是啊，我親愛的丈夫，」金髮女人眼神又凌厲起來，但她斷然的又說：「他睡得不曉得到哪兒去了，來吧，康斯帖佛太太，這房間實在——實在不大健康。」

她伸手關燈，房間瞬間暗了下來，沒多會兒，窗外那兩個男的聽到關門的聲音。

「戲演完了，」艾勒里說，有點困難的站起身來，「現在，你可以回床上睡大覺了，年輕人，難道你非染上肺炎才甘心？」

麥克林法官拿起他的絲被，順著窄窄的露台，一言不發走向他房間的落地窗，艾勒里跟他後面，但進了房間直接走向房門，他扭了點縫，馬上又關上，有點猶豫的開了燈。

老法官坐床沿，陷入沉思；艾勒里則點了根菸，放鬆的倒椅子上。

「好啦，」良久，他小聲說，眼睛瞅著他那已成泥雕木塑的老夥伴，帶著嘲意，「您如何裁決，庭上？」

法官聞言清醒起來，「如果你告訴我，在我休息這段期間到底發生了什麼事，孩子，那我會進入狀況一些。」

「倒沒發生什麼，大新聞是高佛雷太太全講出來了。」

「我沒聽懂。」

「月下的花園裏，妻子坦然向丈夫告解自己的不忠，盡職的偵探一旁豎直耳朵偷聽，」艾勒里解嘲的聳聳肩，「這件事，很難壓抑到底，我曉得她遲早會講，只是沒想到對象居然就是高佛雷，有趣的傢伙，這高佛雷，他掌握了某些眞相，漂漂亮亮的接下他老婆這個晴天霹靂，每一步都考慮到了……她還坦白承認了我們兩人之前談過的——她從不認得康斯帖佛太太和慕恩夫婦，這是她講的，在這三個人來到西班牙岬之前；還有，她說是馬可逼她邀請的。」

「哦。」法官應道。

「而康斯帖佛太太和慕恩夫婦——最起碼慕恩太太——很顯然覺得自己處境極其艱難。」

老先生只點著頭，「是是，我懂。」

「但倒楣的是，告白最決定性的部分被不速前來的康斯帖佛太太給打斷了，眞是，」艾勒里歎口氣，「只能這樣，但能聽到由高佛雷太太親口講出來，我還是很開心。」

「嗯，你意思是說，在這些告白之外，她還保留了某個部分沒講？」

「無疑是這樣。」

「你曉得爲什麼她肯告訴高佛雷？」

「我想我知道，」艾勒里說：「不，我的確知道。」

老法官放下翹著的腿，走進浴室，再出來時，他以毛巾掩著臉。「好，」他窒著聲音說：

「我也親眼目擊了隔壁房這齣戲，我想我也知道。」

「要得！我們來核對一下，你的診斷是？」

「我想我了解史黛拉・高佛雷這型的女人，」法官把擦臉的毛巾一扔，又躺回床上，「先不管這高佛雷是否是社會學的最佳研究對象，至少，他這老婆的確是一般所謂『種姓傲慢』這種病症的典型受害者，你曉得，她是雷伊斯達階級的，生下來就是，你絕不會在報刊雜誌上讀到他們的醜聞，曼哈頓第一家族的軼事，血統純正無瑕的報導，他們並不怎麼熱衷一般的財貨和現代經濟運作，但談到林布蘭特、范岱克、荷蘭古藝術和其傳統，他們可就熱血沸騰起來了。這是流淌於她血液中的本質。」

「這些會導致何事？」

「對這些雷伊斯達而言，只有一種原罪：上那種不入流的黃色小報。如果你非有醜事不可，那就神不知鬼不覺的做，就是這樣。她之所以害怕是源自於某個實物，孩子，她和一個無賴廝扯不清，偏偏這無賴又握有某種東西可當把柄，我想事情就這麼簡單。」

「很棒，」艾勒里一笑，「但這是一篇有點搖搖晃晃的社會心理學論述，還有，也沒眞正追到事情根源，因爲結論並不是從既有事實自自然然導出的。我們言歸正傳，這無賴的確有把柄在手，一旦你打心底當他是無賴，你曉得，幾乎馬上你就可斷定他手中一定握有把柄，我由這道路往下追，給自己一堆家庭作業。設定他手中握有把柄，所有已知的事實便全部自動歸定位，包括高佛雷太太神經病一般的狼狽樣子，以及咬死不肯講的態度——這我同意，可能和她的血統階級有關——以及康斯帖佛太太的驚魂未定、慕恩太太的警覺和擺明了說謊……在我確認了康斯帖佛太太和慕恩太太是被迫到此地來之後——這由最基本的推論可得知——便不難推衍出，這兩個女人必然也是馬可女性羅網的受害者；而既然她們如此二話不說乖乖聽命行事，這說明了她們也怕馬可，當然，怕的是馬可握在手上的這個把柄，三個女人全部受制於類似的把柄。」

「情書，想當然耳。」法官低聲道。

艾勒里揮揮手，「先不管它實際是什麼，總之是這三個女人認定攸關生死的東西；然而，還有更耐人尋味之處，你是否想到過，爲什麼馬可要把康斯帖太太和慕恩太太搞來此地？」

「某種虐待狂心理吧，我猜，哦不——像馬可這麼個狡獪的人……」

「看吧，這下你自己清楚了吧？」艾勒里憂傷的說：「正是那一堆亂七八糟的心理學理論把你搞成這樣，虐待狂！不，不，梭倫，不是這麼精深微妙的解釋……勒索。」

麥克林法官一愣，「天啊，沒錯！我今晚眞睡迷糊了，情書—勒索，這兩者一直是共生的嘛，一定是這樣沒錯。」

「正是，而把三個受害者召集一起，想想看我們這位紳士他——意欲何爲？」

「不就他被宰那一刻，給賓菲德信中正寫到的『痛撈』一詞嗎！」

艾勒里一顰眉，「如果答案只是這樣，這顯然就成了幼稚的家家酒遊戲了。三個女人全絕望到這種田地，三個全一樣，而馬可又非膽小之人，從我們對他的一點一滴理解拼湊起來看，他一定不只如此，如果他的目的只是尋常勒索，那他早就拿到錢了，他的胃口可能更大，更貪，要得更多，情況愈陷入暫時性的討價還價中，有人這時趁虛而入，當場要了他這條一文不值

的爛命。只是那些個把柄——情書吧，或者什麼——還在，在哪裏呢？」艾勒里又點了根菸，

「我預見到這些女人一定想趁機弄回來。她們一定上天入地拚了命要找到，搜查的地點又以馬可的臥房最爲合理，所以說，」他歎口氣，「我才讓我們那位羅許老友好好去睡個大頭覺。」

「我沒想到勒索，」老先生老實招認，「但我眞的曉得——在此事發生後——那兩個女人努力想從馬可房間找出來的東西是什麼。老天啊！」他忽然一骨碌從床上坐起。

「怎麼啦？」

「高佛雷太太，她也一定不會白白放過昨晚這個天賜良機！你昨晚放下房間撤守這個餌時，她有反應嗎？」

「她有。」

「那她也一定——」

「她搜了，她搜了，」艾勒里柔聲說，站起身來，伸個懶腰，「老天，可累死了！我想我最好上床睡覺，你也最好如法泡製。」

「你是說，」法官仍大喊大叫，「今晚高佛雷太太也搜過隔壁房間是嗎？」

「凌晨1點正，我親愛的大人，就在她最卓越的客人蒙主寵召後整整二十四小時。呃，咱們這位也對1點整有癖好的夫人搜得可優雅了。我當時同樣杵在落地窗外的露台上，平心而論，她眞的比那位衝動的慕恩太太要細膩多了，離開時，那房間還純淨得如精釀的威士忌。」

「她找到囉！」

「沒有，」艾勒里說，人已走到兩個房間聯絡的門，「她沒找到。」

「那就是說。」

「就是說東西不在那兒。」

法官激動的直啃著自己上嘴唇，「但你見了鬼是吧？怎麼敢這麼肯定東西不在？」

「因爲，」艾勒里甜蜜的一笑，打開門，「12點30分整我自己先搜過房間了，好啦，梭倫，你把自己搞得太激動了，會睡不著覺的。現在能多睡就得多睡，我有預感，明天會有一堆事撲面而來。」

10 來自紐約的先生

「好啦，昆恩先生，」第二天一早，墨萊探長以此拉開辦案序幕。他們三人坐波音塞特的警察總局探長辦公室裏——從西班牙岬往內陸開，只十五哩左右的車程。「昨晚你讓羅許呼呼大睡這事可眞逗啊，今天早上他用電話跟我報告過了，照說，我該把他貶成穿制服的才是。」

「千萬別怪羅許，」艾勒里趕忙說：「探長，這整件事責任全在我，並非他怠忽職守。」

「是啊他講啦，他還講馬可房間像一整群野貓放裏頭肆虐過一樣，這你也負全責是嗎？」

「除非事後證明結果有誤。」於是艾勒里講出昨夜的全部經過，從他躲花園竊聽高佛雷夫妻開始，到死者房間那些個女性夜間造訪者。

「嗯，這可眞他媽有趣了，幹得好，昆恩，只是你爲什麼不事先讓我也曉得呢？」

「你不了解這個年輕人，」法官直言無隱，「他是一頭狩獵的孤狼，我敢講，要是他這天殺的邏輯推論沒發揮效用，那他可閉嘴當沒事一樣。當然，這不是數學上的『確定性』，只是一種可能性罷了。」

「你對我的內在動機分析得多棒啊，」艾勒里笑起來，「探長，是有點這味兒，有關我這小故事，您意下如何？」

墨萊起身，從安著鐵架的窗戶看向外頭平靜無波的小鎭主街。「我想，」他粗著嗓門說：「這玩意兒熱呼呼的，我絕不懷疑，要不這三個女人不必如此前仆後繼。馬可把這三個女的分別上手——三個神經病女人眷戀著昔日的小小愛情。然後，他開始兌現了，愈榨愈多，而且頤指氣使的要她們做這給那，老掉牙了，這種人當然是爲著實質好處來的……現在，我百分之百確定了，你們曉得，我曾弄到一些馬可的背景資料。」

「到手了嗎？」法官驚呼：「手脚眞快啊，探長。」

「哦，沒那麼難，」探長有點不好意思起來，「今天早晨快寄來一疊資料，之所以說沒這麼難，因爲以前他就被警方當過目標。」

「哦，」艾勒里問：「這麼說他有案底囉？」

墨萊探長將一個鼓鼓的信封扔桌上，「不完全如此，我有個好友在紐約開私家偵探社，昨天下午我開始認眞想這個人渣馬可，愈想我愈覺得我一定聽過他名字，但並不是正常管道，後來，我想到了——才六個月前，我這個朋友曾跟我提起過，當時我有事到大城去一趟，想到這個，我馬上發了個電報給他，事實證明我對了，他馬上快寄這疊資料過來。」

「私下調查，嗯？」

法官思索著，說：「聽起來像某個妒忌的丈夫委託的。」

「正中紅心。李納德——我那好友——受雇調查馬可，雇他這鳥人的老婆似乎和馬可友誼太彌堅了點，好，李納德可是箇中好手，他把馬可這隻臭鼬整個翻過來，摸了個一清二楚，包括文字資料和照片。當然啦，李納德所查到的資料不可能超過他接辦那件案子之所需，因此，我沒法子告訴你們，馬可小子是什麼時候、以及如何和這對慕恩寶貝牽扯上的；但我可以告訴你們他和康斯帖佛太太的事情始末，這是當時李納德掏出來的東西之一。」

「這麼說，他和康斯帖佛太太的關係在其他人之前了，嗯，多久了呢？」

「也只一兩個月，在這之前還有一長串受害者名單，這方面，李納德並未弄到太多進一步資料，你們也曉得——這些馬可的前女友們一個個嘴巴閉得死緊，但對李納德而言夠了，夠他那個客戶把馬可擺得平平坦坦乖乖巧巧了。」

「這傢伙一定有某種不堪歷史，」麥克林法官思索著，「這類的惡棍免不了。」

「呃，也有也沒有。他不曉得哪裏冒出來的，李納德講，時間約是六年前，李納德判斷他是西班牙人，出身好家庭，但家道中落。他好像也受過一流教育，英文地道的像本地人，而且詩文朗朗上口——雪萊、濟慈、拜倫、以及諸如此類的文藝愛情販子……」

「拜倫，沒錯是這樣，」艾勒里說：「探長，我不得不喝采，有沒有誰懷疑過你對這些風流倜儻之士的理解呢？」

「說起這個這我可清楚了，」墨萊眨下眼，「言歸正傳，總之他談起一些有錢有勢之人，如數家珍的程度，就像他天天跟他們杵一起一樣；同樣的，他對卡尼斯、蒙地卡羅或瑞士阿爾卑斯山這類的有錢人所在，也無一不知無一不熟；當然，他也不忘展示出他有一大筆銀子在手，只是我以爲這一點純是技倆而非事實。靠著這些，他沒花多少時間便成功打入上流社交圈，而再下去就容易了，像渡假一樣輕鬆愉快——佛羅里達、加利福尼亞海灘、百慕達云云。他所經之處，像臭鼬走過一般，一路留下惡臭，但總是查無實據。」

「以通姦做爲勒索要件，這是最棘手的，」法官怒道：「被害人不願聲張，只想乖乖付錢消災，這是勒索者最大的安全保障。」

「在這裏面李納德還說到，」墨萊皺著眉頭，「另外有某些滿詭異之事，只是他總是追不進去。」

「某些詭異之事？」艾勒里警覺的問。

「呃……一條馬可共犯的薄弱線索，只是可疑罷了，看樣子馬可好像有幫手，但究竟是誰以及以何種方式配合，李納德始終追不出來。」

「老天，這可能非常非常重要。」法官又叫起來。

「我已經在追了，最最不濟，」探長補了句，「我們現在就已曉得他跟個騙子有瓜葛。」

「哦？」

「是，他的學名是『律師』。」墨萊回答。

「賓菲德！」兩人異口同聲。

「眞不敢相信這樣身分的人會如此。也許我對這名紳士的想法並不公平，我之所以把他當壞蛋，乃是基於，我相信沒有任何一位誠實的律師，會跟馬可這麼個人渣廝扯不清，因爲馬可並沒有被起訴、被審訊或有什麼法律方面的難題，需要律師來代理他或諮詢，賓菲德這隻鳥爲馬可做的是，代表他和李納德談判和解，讓這西班牙佬龜縮在後頭。當時賓菲德主動打電話約見李納德，雙方談得可入港了，賓菲德說他一名『客戶』一直被人跟蹤，覺得很困擾，可否央請李納德高抬貴手？李納德看著自己指甲好整以暇說，他的一名客戶同樣因爲幾封信和幾張照片，覺得滿討厭的。賓菲德立刻說：『親愛的好朋友，這樣不是大家都沒困擾了嗎！』就這樣雙方握手各自回家，第二天一早第一批郵件，李納德便收到所有的信和照片，沒寄件人地址——只有包裹上的郵戳說明是公園路郵局處理的。你們都還記得賓菲德的住址吧，好巧，嗯？」

在墨萊這一長段淘淘獨白期間，艾勒里和麥克林法官一再面面相覷，探長話聲一落，兩人立刻同時開口。

「我曉得，我曉得，」墨萊說：「你們一樣想告訴我，也許馬可並沒有將康斯帖佛、慕恩和高佛雷這三個女人的信擺高佛雷家，而是交由賓菲德這隻鳥爲他保管，」他按了下桌上的鈴，「好吧，我們一分鐘之內就知道是不是了。」

「你那手下已經把賓菲德弄來了是嗎？」法官嚇了一跳。

「這辦公室工作效率甚高，庭上……嘿，你，查利，把外頭那位先生給帶進來，還有記住，查利，別動粗，他可是出了名的『易碎物品』。」

□

賓菲德帶著笑出現在門口，他看起來一點也不易碎，事實上，他是個極健壯的小矮子，大而厚的韋伯斯特型腦袋幾乎全禿，灰色鬍髭修得又短又整齊，還是一雙艾勒里在人類臉上所見到最天眞無邪的眼睛。這對眼睛很大，很童稚，天使一般——迷朦的褐眼珠外加美好的光澤，它們快活的閃爍著，好似它們主人一直徜徉在自己心裏持續不斷的玩笑之中。此外，這人身上更有某種狄更斯人物的味道，他穿了件蓬鬆且老舊不堪的西裝，顏色是行之有年的橄欖綠，但裏面是高領襯衫，一條寬領帶，別著馬蹄形鑽石領帶夾，眞的，他看來像極了剛剛才抓甲蟲回來。

很顯然，麥克林法官不知何故對這次會面有不同看法，他老臉拉出長而嚴厲的線條，兩隻眼睛像兩方冒著寒氣的冰塊。

「唷，這不是亞爾瓦・麥克林法官嗎?」魯修斯・賓菲德先生一聲驚呼，伸直手迎了上來，「眞高興能碰到你!天爺爺，天爺爺，好多年啦，不是嗎，法官?光陰似箭哪。」

「壞習慣不改這是。」法官乾巴巴的說，無視伸到眼前的手。

「哈，哈，我依然是職業性興風作浪瘟神人物，我了解我了解，打從您退休之後，我逢人就說，法庭失去了她最眞摯的一顆司法心靈了。」

「你退休後，我很懷疑我能夠說類似的話，但這得建立在你能安然退休的前題上，極有可能在此之前你就被取消律師資格了。」

「犀利如昔啊，我了解我了解，法官，哈哈!前幾天我才跟一般法庭的金賽法官說——」

「閑話少說，賓菲德，這是艾勒里・昆恩先生，你可能聽說過他，我得先警告你別犯在他手上。還有這位——」

「不會是那個艾勒里・昆恩吧？」禿頭小矮子聞言叫起來，甜蜜且滿是笑意的眼睛移到艾勒里身上，「天爺爺，天爺爺，這可眞是榮幸哪，走這趟路可眞值得，昆恩先生，我和令尊非常熟，他眞是中央大道上最有價值的一人……至於這位，法官您剛剛要介紹的，是墨萊探長吧？把我從煩忙的工作中抓過來的先生？」

他躬了躬身。這名一臉笑的律師始終以他敏銳、快樂且盈滿笑意的眼神看著他們三人。

「請坐吧，賓菲德，」墨萊夠和善的說：「我得和你談談。」

「你的手下已告訴我一些了，」賓菲德說，很快落座，「我相信和我以前一名委託人有關是吧？約翰・馬可先生，眞是樁不幸的罪案啊，我在紐約的報紙讀到他的噩耗，你曉得——」

「哦，這麼說馬可曾是你委託人？」

「天爺爺，天爺爺，這一切眞叫我苦惱不堪，探長，我相信，我們——呃——就這麼開始嗎？我直話直說沒問題嗎？」

「那當然，」探長板起臉來，「這正是我傳你到波音塞特來的原因。」

「傳我來？」賓菲德上挑的眉毛稍稍比平常挑高了些許，「探長，這聽起來眞叫人不舒服，我想我不是遭到逮捕了吧——嗯？現在我得先和你講淸楚，你的手下告訴——」

「這些開場白我們就省了吧，賓菲德，」墨萊冷森森的說：「你和死者間有相當的關聯，我想知道詳情。」

「我正要解釋這個，」小矮子頗不計較的說：「你們這些警官們可眞夠性急！我是律師，正如麥克林法官告訴你的，我爲我的委託人執行業務，我的生意——呃——堪稱發達，委託人不止一個，探長，也許，我無法做到我自己希望的那樣，盡可能審愼的選擇我的委託人，也因此，我甚覺遺憾的，也接受過約翰•馬可這位——呃——其實他並非什麼惡劣透頂的人物，勿寧只是個較多采多姿的人罷了。關於他這個人，我能說的眞的就是這些。」

「哦，這麼說他眞是你的甜蜜寶貝囉，不是嗎？」探長惡聲惡氣的說：「他委託你哪方面呢？」

賓菲德戴著兩枚鑽戒的肥短右手隨意在空中劃道弧，「很多方面啊，他——呃——常常打電話來，問我各種生意上的法律問題。」

「哪些生意？」

「這嘛，」小矮子律師遺憾的說：「探長，我可能沒權力講，你曉得，律師有責任爲客戶保密……就算死——」

「但他被謀殺啦！」

「是啊，」賓菲德喟然一歎，「眞是太不幸了。」

現場靜默下來，半晌，麥克林法官說話了，「我記得你是一名刑案律師，賓菲德，你會處理什麼生意問題呢？」

「法官，情況變啦，」賓菲德哀傷的說：「從您退休之後。人總得過日子吧，不是嗎？您不曉得這陣子以來討生活有多難哪。」

「我想我可以了解，我指的是你的情形，賓菲德，從我們最後一次見面以來，你的律師倫理似乎有不太尋常的發展。」

「是進展，法官，純粹是進展，」小矮子笑道：「我只是區區一名律師，怎麼可能不隨時代趨勢的轉變而調整自己呢？這一行新的經營形態……」

「胡說八道。」法官怒斥。

艾勒里眼睛一直沒從此人變化多端的臉孔移開，厲害的是，在每個變化中他的身體各部分皆協調一致——包括眼睛、嘴唇、眉毛乃至於皮膚的皺摺線條。一道陽光由窗外斜射進來，正正好照在他閃亮的頭頂，令人錯覺他戴著光環。不簡單的角色！艾勒里想，也是危險的對手。

「你最後一次見馬可是什麼時候？」墨萊吠著。

賓菲德兩手指尖一攏，「我想想看，這嘛……哦，對！四月時，探長，而他現在死了，呃，各位，這是不是命運無常不仁的又一次表徵，嗯，昆恩先生？人生如戲中一名蹩腳演員……死亡，說得再恰當不過了。謀殺案件可以整整二十年時間從法庭手指尖悄悄溜過，然而，終有這麼一天，他會一腳踩上香蕉皮，就這麼摔斷頸子，這眞是我們司法體系一個悲傷的註腳。」

「幹嘛呢？」

「呃？哦，抱歉，探長，你是不是問四月他找我幹嘛？是是，我只是確定一下。只是我們一次——呃——有關他生意的諮詢，我盡力提供他最有用的意見。」

「什麼樣的意見？」

「勸他改弦易轍啊，探長，我總是嚴厲的訓斥他，這個滿討人喜歡的小子，眞的，只除了一些弱點，但他就是不聽，可憐的傢伙，你看看他現在的下場。」

「你怎麼知道他是蹩脚演員，賓菲德？如果你們兩人的關係他媽的如此無關痛癢的話。」

「直覺吧，親愛的探長，」律師一聲歎息，「一個人在紐約州法庭執行刑法業務達卅年時間，不可能不培養出某種第六感出來，尤其對犯罪者的心靈，我可跟你保證不是有什麼——」

「你用這種方式問我們這位好朋友賓菲德，絕不可能問出什麼所以然來，」法官帶著獰笑，「他能這樣跟你扯幾小時，這一套我親身經歷多了，探長，我建議你直接切入重點。」

墨萊看著這名紐約來客，霍的拉開抽屜，抓起某物，啪一聲直接飛過桌子攢矮律師膝上，「讀一遍。」

魯修斯・賓菲德先生先作驚訝狀，再微笑作抗議狀，然後從胸前口袋掏出一副角框眼鏡，架上自己鼻尖，小心翼翼拿起那份文件展讀起來。他讀得非常仔細，良久才放下手，拿下眼鏡，收回口袋裏，靠回椅背。

「如何？」

「很明顯，」賓菲德低聲說：「這封信是死者所寫，收信人是我。依我個人推想，從信寫了一半且被猛然打斷這些事實看來，死者顯然是寫此信時忽然遭到攻擊，也因此，我遂成爲他生前腦子裏最後想著的人。天爺爺，天爺爺，可眞令人悲哀啊，探長，但這也是一份最貼心的獻禮，我得感謝你讓我親眼看到這信，我能講什麼呢？我感動得都語無倫次了。」他還眞的從褲口袋掏出條手帕，擤擤鼻子。

「眞是小丑一個。」麥克林法官輕聲評論。

墨萊探長一拳敲桌上，霍的起身，「你休想這麼簡單就從這裏抽身！」他吼著，「我知道這個夏天你和馬可通信頻繁；我知道你至少曾介入一樁企圖勒索事件，在你們兩人發覺事情燙手時；我知道——」

「你似乎知道非常多，」賓菲德不改優雅的說：「可否進一步說明一下。」

「大都會私家偵探社的大衛·李納德是我的老友，你這一切他都寫信跟我講了，懂吧？因此，你別想用那一套什麼不洩露委託人秘密的老八股，試圖要我看不到我眼中的樑木！」

「嗯，我想，你並沒一直閑著嘛，」小矮子以帶著崇敬意味的含笑眼神看墨萊，輕聲說：「是，這個夏天我的確和馬可通過信，這是事實，幾個月前我也打過電話給李納德——這是個頂迷人的傢伙——關心一下我委託人的事，但……」

「那你說，馬可寫給你的信上，所謂的『痛撈』是什麼意思？」墨萊正式咆哮起來。

「天爺爺，天爺爺，探長，沒必要這麼凶嘛，我確實沒辦法爲你解析馬可腦裏想的是什麼，我不知道他所指爲何，他很瘋狂，這可憐的傢伙。」

探長張嘴欲言，又閉上，瞪著賓菲德，跟著一個旋身，氣不過的走向窗子，努力的壓著怒氣；賓菲德則坐原處，臉上帶著期盼的憂傷笑容。

「呃——賓菲德先生，可否告訴我，」艾勒里慢吞吞的說。矮律師趕忙轉過頭，帶一絲不敢掉以輕心的意味，但笑容依然擺他臉上。「約翰・馬可有遺囑嗎？」

賓菲德眨著眼，「遺囑？我不知道，昆恩先生，我沒替他草擬過這樣的文件，也許別的哪個律師有也說不定，我是不接這種業務的。」

「他有留下財產嗎？或你想他有房地產嗎？」

笑容至此隱去了，第一次，這人的優雅也正式離他遠去，他似乎感受到艾勒里問話中哪裏隱藏著陷阱，他認眞的看了艾勒里半晌，才開口回答，「房地產，這我也不曉得，就像我講過的，我們的關係並不——呃——」他似乎找不到適合的字眼。

「我之所以問這些，」艾勒里把玩著自己的夾鼻眼鏡，輕聲說：「是因爲我有個想法，他也許委託了一些有價值的文件交你保管，畢竟，也就像你講的，律師和委託人之間的關係，多少是受保護的。」

「多多少少。」法官說。

「有價值的文件？」賓菲德慢慢的唸了遍，「我恐怕沒完全聽懂你講的，昆恩先生，你指的是債券、股票這類的嗎？」

艾勒里沒立刻回答，他先對著鏡片呵氣，一面思索一面擦拭，這才把眼鏡架鼻子上；在艾勒里做這些事時，魯修斯・賓菲德恭敬而專注的一直看他。最後，艾勒里不當回事的不答反問

：「你認得茹拉・康斯帖佛太太嗎？」

「康斯帖佛？康斯帖佛？我想我不認得。」

「那約瑟夫・慕恩呢？慕恩太太呢？以前叫塞西莉雅・寶兒，女明星。」

「哦，哦！」賓菲德說：「你是說還住高佛雷家那些人嗎？我想我是聽過他們名字，但不，我不敢說有榮幸眞認得他們，哈，哈！」

「馬可信上沒提過這些人？」

賓菲德咬著他潤紅的嘴唇，很明顯，他正和自己心中的衆多疑惑拚搏一番，因爲他實在搞不清艾勒里究竟知道多少，他天使般的眼睛整整掃過艾勒里臉上三次，才回答，「我的記憶力一直糟透了，昆恩先生，我實在想不起來他到底提過沒有。」

「嗯，還有，你曉得馬可可曾培養出業餘攝影的嗜好？近日以來。我只是好奇……」

律師又眨起眼，此時，墨萊也轉過身，眉頭緊緊皺著；倒只有老法官動也不動，冰冷的眼神緊緊盯住矮律師的臉。

「你的問題跳得可眞快，不是嗎，昆恩先生？」賓菲德的笑容顯得相當難堪，「照相是嗎？他也許有吧，但我完全不曉得。」

「那他有沒有交照片給你保管？」

「當然沒有，」小矮子迫不急待回答，「當然沒有。」

艾勒里看向墨萊探長，「我相信，探長，我們實在沒理由再讓賓菲德先生留這兒，很明顯他——呃——幫不了我們什麼。賓菲德先生，你百忙中肯費心跑來這裏，實在太謝謝你了。」

「一點都不麻煩，」賓菲德高聲回答，這彈指間，他的幽默感又回頭覓他了，說著，他從椅子上起身，「還有其他吩咐嗎，探長？」

墨萊絕望的粗聲回答：「滾吧！」

一個薄薄的銇出現在賓菲德手裏，「天爺爺，天爺爺，如果我要趕上克羅斯利莊的下班飛機，那我動作得快一點，好吧，各位先生，很抱歉沒辦法對你們有什麼幫助。」他和艾勒里握手，對法官鞠躬，並圓滑而不露痕跡的略過墨萊探長，倒退著向門口，「眞高興有機會再見到你，麥克林法官，我一定會代您問候金賽法官，還有當然啦，我也會很樂意告訴昆恩老探長，昆恩先生，說我見到——」

他就這樣講著、笑著、躬身著，一直到房門關起，擋住他甜蜜又無邪的眼睛為止。

「這個人，」法官語氣森冷，眼睛仍望著門，「曾說服陪審團讓職業殺手脫罪至少一百人次；他賄賂目擊者並恐嚇那些不收錢的誠實證人；他控制著一些法官；他有計畫的湮滅證據；他也曾一手摧毀一名年輕地方助理檢察官的大好前程，在一樁謀殺案審判前夕，把他扯入下層社會一個惡名昭彰女人的公開醜聞之中……你居然希冀從他口中追出東西來！」墨萊嘴唇無聲動著。「探長，我得忠告你，忘掉此人的存在吧，對個正直的警察來說，這人太滑頭了，就算他某方面和馬可之死有牽扯，我們也幾乎可確定，你絕對找不出眞憑實據的。」

墨萊探長嘀哩叭啦走出去，到他內勤人員辦公室看看他的命令是否確實執行，魯修斯・賓菲德，不管是否如他預期，已回轉紐約，身後跟著職業性術語所說的「一條尾巴」。

□

在開車回西班牙岬路上，法官忽然沒頭沒腦的問：「我還是不相信，艾勒里，那人太聰明了，不可能這麼做。」

正一臉茫然駕駛著他這輛杜森堡的艾勒里，聞言道：「你講誰？」從賓菲德離去後，墨萊整個辦公室像感染了某種進展停頓的疾病一般，所有接下來的報告清一色是零蛋。法醫把約翰・馬可的屍體抬進抬出，但驗屍結果和他原來判斷的致死原因完全一樣，沒新鮮的；海岸警衛隊那裏有報告進來，沿岸的各個地區警察單位也陸續例行性的回報，內容全一樣，沒任何荷里斯・瓦林小艇的踪跡，而且從謀殺案發生當晚之後沒人曾在任何船上見到過像奇德船長這樣長相的人，也沒有大衛・庫瑪的屍體沖上岸來。所有的訊息全讓人沮喪不堪，艾勒里兩人也只有悻悻然離去，留墨萊一人生悶氣。

「我說的是賓菲德保管那些情書這件事。」法官低聲說。

「哦，你原來在煩這個啊！」

「他太滑溜了，艾勒里，他不會親手沾這些燙手的東西。」

「剛好相反，我認爲只要有機會，他一定第一個衝上去緊緊抓住這些東西不放。」

「不不，賓菲德不會，他也許一旁出主意，指揮號令，但他也絕不會親身蹚進來，依他對馬可不良習性的理解，夠他審愼的保持距離——而且他光靠腦袋就可以完全控制馬可了。」

艾勒里沒答腔。

他把車停在往西班牙岬角入口的希臘式石柱對面，哈瑞・史鐵賓的啤酒肚頂開了他加油站辦公室大門。

「這不是法官嗎？還有昆恩先生。」史鐵賓親切的手搭杜森堡車門，「昨天我看見你們在西班牙岬開進開出的，謀殺案非常棘手是吧？有個警察告訴我……」

「是麻煩得很。」法官沮喪的說。

「他們找不找得到這個殺人犯？我聽說發現屍體時，這個馬可全身光溜溜的，眞搞不懂這世界怎麼會變這樣子，但我常常說——」

「我們已決定住到西班牙岬了，哈瑞，你不用費心再幫我們找管家，還是非常感謝你。」

「住高佛雷家？」史鐵賓嚷起來，「老天！」他著了魔一樣呆呆翻著眼，「呃，這樣啊，」他說，邊在工作褲上搓著油汚的手，「呃，事情怎麼這樣一團糟呢，我昨晚才和安妮談到個女人，她說——」

「我們眞的很樂意好好聽聽史鐵賓太太的意見，」艾勒里急忙打斷他，「我想這一定非常有意思，但我們還有些急事要處理，史鐵賓先生，停下來只是有幾個問題請教你，星期六晚上你營業到幾點？」

法官有點不解的看看艾勒里，史鐵賓則抓著腦袋，「幹嘛，我整晚開著啊，昆恩先生，星期六是我們的大夜，從威蘭那邊車子一輛接一輛的——威蘭是往南十哩左右一處很好玩的公園，您曉得，整晚啊。」

「你是說通宵營業？」

「正是如此，先生，星期六下午我先大睡一場，我從瓦依那兒找到個小伙子代我料理——我住的地方其實離店裏也才兩百碼距離。晚上8點鐘我回來接手，這老店就一路開到天亮，我幾個小孩也隨時會回來幫忙讓我喘口氣，還有安妮她——」

「史鐵賓先生，我也早聽說了，你們家裏舉案齊眉、父慈子孝可是出了名的。麻煩你告訴我——這裏的人通常都知道你的加油站通宵營業嗎？」

「這個嘛，先生，那邊的海報上就有標識，而且我這麼做已整整十二年了，」史鐵賓笑起來，「我想來加過油那些傢伙全都曉得。」

「嗯，那這星期六晚上你在店裏嗎？」

「哦，那當然，我不才講過，您看，我——」

「凌晨1點鐘時你有到外頭來嗎？」

啤酒肚老板聞言愣了一下，「1點，呃，這嘛……難講吔，昆恩先生，事實上星期六晚上我忙得一塌糊塗，忙得什麼事都不記得了，不知道那些鬼車子忽然通通從哪裏冒出來，只曉得他們好像不約而同汽油全用光了，收了一堆零角子進來……」

「有出來嗎？」

「應該有，而且也一定有，反正整個晚上我應該一再跑進跑出才對，為什麼問這個？」

艾勒里不答反問：「你仔細想想看，你是否留意到有人從對面西班牙岬那頭出來？」

「哦！」史鐵賓機伶的看著他們兩人，「原來如此。呃，先生，我想如果是平常晚上我一定會注意到，我這邊燈光很亮，可清楚照到那兩根大石柱那邊……」他搖著頭，「但星期六我一直忙到凌晨3點鐘左右，我得不斷從裏頭的油槽抽油好供應人家……先生，這期間有可能有人從西班牙岬出來。」

「你很確定，」艾勒里輕聲問：「你並未注意到有誰從西班牙岬出來？」

史鐵賓仍搖著頭，「不敢說吔，也許有人也說不定。」

艾勒里一歎，「太可惜了，我原本多少希望能確定些事，」他伸手到手煞車，又想了下，縮回手，「還有，高佛雷家通常在哪裏加油，史鐵賓？這兒嗎？」

「是的，先生，我這裏也供應最高級的——」

「哦，我只是確認一下，非常感謝你，史鐵賓。」他鬆開手煞車，猛一帶方向盤，車頭正對那兩根石柱穿過了馬路。

「你——」在車子繞過公園滑行於綠蔭之中時，法官開口問道：「問這些問題做什麼？」

艾勒里聳聳肩，「沒什麼天大意義，可惜史鐵賓沒注意到，如果有的話，那他就有機會幫我們逮到一些好東西，我們假設，昨天凶手從西班牙岬往內陸跑，如果他不經由這條路那他能去哪兒？除非他從岩崖上插翅跳下來，否則他絕不可能找到另一條路，而不使用這條路回到主公路那裏，也不可能直接從這兒穿越公園——這麼高的鐵絲網圍牆隔著，除了貓任誰也沒辦法，若史鐵賓能肯定告訴我們沒人從他店鋪對面這道路出來，那我們差不多便可以確信，凶手在殺人之後——逃進了屋子裏了。」

「我不懂你爲什麼還有如此疑問，」老先生說：「你費了這麼多心神、跋涉這一長段路，就爲了『證明』這已經確鑿不移的事實！我們早就有足夠的理解可排除，凶手是從外頭闖入這個假設。」

「除非通過證實，否則你什麼也不能確定。」

「胡說八道，你不可能一輩子什麼事都靠數學，」法官反駁，「絕大多數時候，你不必靠確鑿無誤的證據就能『知道』。」

「我是柯爾律治所說的『無知的懷疑論者』，」艾勒里面無喜色，「我質疑一切，有時我甚至還質疑我自己的思考結果，我的心智活動始終波動不已。」他又歎了口氣。

法官嗤之以鼻，兩人沒再談下去，杜森堡繼續前行，直到高佛雷家豪宅前才停下。

年輕的柯特正閒步晃向天井，一臉悶氣，他身後則是蘿莎躺折疊躺椅上，穿件窄窄泳裝，做日光浴，沒看到其他人。

「嗨，」柯特不抱希望的問：「有進展嗎？」

「沒。」法官回答。

「那就仍在戒嚴時期囉，嗯？」年輕男孩的褐臉刷的陰黯下來，「弄得我都開始焦躁起來了，我有工作在身，你們考慮過這方面嗎？不得離開這該死的地方，這些刑警只會反反覆覆這句話，去他媽的蛋，我敢發誓，其中一個今天早上還硬要跟著我進浴室，我看得出他眼睛裏熱切的神色……昆恩，才幾分鐘前有你一通電話。」

「我電話？」昆恩應聲跳出車子，老法官緊跟他身後一名穿制服的司機立刻跑過來，把車開去停妥。「誰打來的？」

「我想是墨萊探長吧……哦，伯蕾太太！」這時瘦小的老管家正好出現在上頭露台。「剛剛是不是墨萊探長打電話找昆恩先生？」

「是的，先生。昆恩先生，他交待我們向您報告，您一到，就請您回電話給他。」

「立刻就打。」艾勒里大叫，拔腿衝過天井，瞬間消失在摩爾拱廊一頭。法官則緩步踱到鋪石板的天井中，模模糊糊告歉一聲，在蘿莎身旁坐了下來。年輕的柯特背抵著天井的灰泥牆，綳一張倔強到底的臭臉冷眼瞧著。

「如何？」蘿莎低聲問。

「沒什麼，親愛的。」

兩人靜靜坐了會兒，晒著太陽，高大健壯的約瑟夫．慕恩從屋內逛出來，馬上，一名刑警也跟他身後出來。慕恩穿著泳褲，嶙峋的身體整個晒成深褐，法官半闔著眼打量此人臉孔，他想，這人只消花這麼丁點力氣，就能如此完美的控制自己。就在這彈指之間，他忽然想起另一張臉，多年前通過髒髒的窗戶所模糊看過的一張臉，五官倒並非有什麼酷似之處，但神情驚人的類似。這張臉是個窮凶惡極的罪犯所有，一名十幾個州懸賞通緝的強暴犯，殺人犯，銀行搶劫犯，以及諸如此類的其他罪名。在一名犀利的地區檢察官向憤恨不平的陪審團嚴厲控訴此人時，法官不由自主一直盯著這張臉看；後來陪審團做成決定時，他又看著這張臉；在他自己宣判死刑時，他還是看著這張臉，這張臉上的神情從頭到尾沒一刻改變過……約瑟夫・慕恩也具備著同樣泰山崩於前的沉著自若稟賦，甚至你從他眼中都追索不出他的想法，他的眼神凜冽，而且總是半闔著，似乎源自於他這輩子習慣性的直接凝視常人不敢逼視的太陽。

「早安，法官，」慕恩嗓音沉而厚實，十分悅耳，「這眞是句好話，『早安，法官！』呃，忙些什麼呢，先生？」

「沒什麼可忙，」法官低聲回答，「看這光景，慕恩先生，我應該講，凶手有絕佳的機會躲開懲處，逃之夭夭。」

「那太遺憾了，我是不喜歡馬可這人渣，但這不等於說他就活該被謀殺。人不犯我，我不犯人，這是我個人的叢林生存法則，我過往所在那地方，他們是這麼看待人我之間的分際。」

「阿根廷，嗯？」

「還有它周遭國家。法官，那是個了不起的國家，我一直以爲自己不可能再回那兒，從沒這念頭，但現在我搞懂了，這些大城市遊戲沒什麼好玩的，只要能走，我二話不說馬上帶著我老婆回那兒去，但她置身那些牧人群中，」慕恩說著笑起來，「可能會吹氣球般胖起來。」

「你想慕恩太太會喜歡那種生活嗎？」法官直通通的問。

笑聲嘎然而止。「慕恩太太她，」這個高壯男子說：「有機會學著喜歡這種生活，」他點起一根菸，「高佛雷小姐，我得說句話，別把這事看這麼重，沒有什麼男人值得你這樣——對你這麼一個女孩而言……好啦！我想我該下去游個泳了。」

他友善的揮揮肌肉嶙峋的手臂，悠然步向天井出口。陽光照在他古銅的軀幹，法官和蘿莎兩人看著他背影，慕恩還停下來和年輕的柯特說了兩句，柯特仍一臉悲慘直挺挺杵走道那頭，慕恩一聳寬肩，步出了天井，負責盯梢的刑警大步跟上，邊打著呵欠。

「他讓我毛骨悚然。」蘿莎打個冷顫。

艾勒里這時跑回天井來，石板地上鞋跟咔咔作響，他兩眼發光，臉頰也湧上不尋常的血色，法官見狀霍的起身。

「他們發現了——」

「呃？哦，墨萊打電話是想告訴我們，他剛接到有關琵慈的最新一份報告。」

「琵慈，」蘿莎嚷著，「抓到她啦？」

「沒那麼精采，她輕煙一般消失了，這個令堂的貼身女傭看來是箇中好手，高佛雷小姐，但他們找到她開走的車子，北邊十五哩左右，靠馬騰斯火車站。」

「馬可的跑車！」

「是的，扔那兒，車子本身毫無線索可言，但棄置地點給了警方一點事做。」他點根菸，熱切的眼神看著菸頭。

「就這樣？」法官說，坐了回去。

「這樣就很夠了，」艾勒里輕聲說：「夠給我一個最不敢相信的念頭了。神經病一樣所有事情都湊不在一起，而且，」他說著臉黯了下來，「亂七八糟。記住我這話，法官，我們現在係以復仇雪恥之心來涉入此事。」

「涉入哪門子此事？」

「這，」艾勒里，「我們等著瞧吧！」

11 往冥河的船資

艾勒里．昆恩先生曾有此議論：「犯罪，杜卡米爾或哪個鬼這麼說過，是社會之癌。這千眞萬確，但不夠精準，因爲從已知事實來說，癌是某部分有機組織失去控制，並不必然存在著既定的模式。這是今天科學家不得不承認的，儘管仍有不死心的人埋首實驗室中試圖找出可依循的模式，卻一再以失敗告終。然而想弄清甚至解決癌症，我們一定得相信模式必然存在，這部分和探案完全一樣！找出模式，如此你才能掌握最終極的眞相。」

如此的主要難題，在和屋裏其他人置身主餐廳用過提前開飯、氣氛緊繃的午餐後，他回到自己房內點起飯後之菸苦苦思索。他嚴肅的反省到，難題主要在於這必要的模式始終離他遠去。沒錯，他是一而再再而三不經意的瞥見到，但眞要捕捉時總發現它飄然而去，如空中飛舞誘人的一粒微塵。

一定有哪裏不對，哪裏不對他不曉得，但他非常確定，要不就是他自己走了岔路，要不就是某個障眼招數有效的騙過他，總而言之一定有哪個地方弄錯了。約翰．馬可被殺是巧妙無匹的猝然一擊，是愼密計畫下的縝密結果，他愈來愈相信是如此絕對沒錯，每個環節都顯示出冷靜精準的籌劃和——蓄意謀殺。這正是最困擾他之處，計畫愈周詳愈合邏輯，他理應愈容易推斷出來才是，一名記帳員不管面對多錯綜複雜的帳目，總能輕易的算出正確數字來，除非他哪裏弄錯了一個數字才會導致錯誤的計算結果。然而，約翰・馬可這樁謀殺案的構圖卻始終凌亂沒秩序，很明顯的，總有哪個地方對不起來。艾勒里此刻忽然醒悟到，這一回他腦子不尋常的枯調無用，極可能不是源於凶手的預佈陷阱，倒可能來自某種意外的介入造成他推論誤入歧途……

意外！他心思宛如潮水上湧的驚喜發現，這極可能就是問題的眞正答案。過往的經驗告訴他，最周詳的事前計畫並不意味著執行起來必然不走樣，事實上，往往計畫愈周詳一分，執行起來走樣的機率也就增高一分。計畫要成功，關鍵在於計畫的擬訂者必須掌握實際情況的每個點，並在執行時完美的予以統合，對謀殺案的凶手而言，艾勒里曉得，這道理尤其顚撲不破，如果有個現實環節出了事，那整個嚴密計畫極可能當場崩塌。當然，謀殺者可以立刻反應加以補救，但這個他無力控制的現實環節往往愈補破洞愈大……現在此案的狀況便如此，不協調的徵象潛入混雜的邏輯之中，讓整體構圖不平衡起來，也讓查案的人弄得滿頭霧水。

沒錯沒錯，他愈這麼想，便愈發清楚覺得謀殺約翰・馬可的凶手眞被非人力所及的意外給整到了，但這意外之事到底是他媽的哪個鬼？艾勒里再坐不住了，他起身在房內踱起步來。

他倒不敢寄望自己腦袋裏的灰色小細胞能對這個擋住去路的大難題，提供立即且明白的答案，但有這可能的，約翰・馬可的赤身露體……他這讓人從頭困惑到底的赤身露體問題。這裏當然橫著個路障，一個混亂的製造者！它混淆了原有清晰的理路，它很顯然也不是凶手計畫的一環。艾勒里清楚感覺得到，甚或理解，只是——但這是什麼意思？可能會是什麼意思？

他用力踱著步，皺著眉頭，且用力扯著自己下唇。再下來，便是奇德船長弄錯人這事……弄錯！他從頭到尾當是意外，因此腦中再也沒想過這個笨水手的笨事！大衛•庫瑪是誤打誤撞被扯入凶手的殺人計畫之中，也許庫瑪正是解決所有問題的關鍵！——指的不是他大倒楣蛋一個居然會碰上這等鬼事：奇德船長把他當馬可綁。當然，這個人算不如天算一定造成殺人計畫的某種頓挫，但是否逼得凶手得匆促上陣呢？答案眞的僅僅是鑄下大錯後匆匆補救而已嗎？或更要命的：在奇德的犯錯和凶手把他的獵物殺死剝光這兩件事中間，有其他有意義的關聯嗎？

艾勒里再次歎息，大搖其頭，已知的事實太少，或某個東西橫亙其中，因此，儘管所有的經過明白攤在眼前，他卻總是無法清楚看出意義來。他很快的相信，這可能是他探案生涯所不幸遇到最討厭最煩人一個難題，艾勒里決定不想了，他把思維轉別的地方去。

其實還有別的事可想，而他其實也有足夠的聰明才智預想馬上可能發生的事。

時間正正好2點30分。

算起來艾勒里已花了超過一個鐘頭時間，杵在一樓大廳的這小房間裏，房間設了小型電話總機，負責轉接屋裏的每支電話。通常這個任務由一名男僕負責，但艾勒里動了點手脚支開他。總機上有份繪製整齊的圖表，標識出每個房間的使用者姓名。在這兒，除了等待，什麼事也不可能做，艾勒里懷著某個不爲人知的期待之心，幾乎可說是不屈不撓的耐心等著，但一個多小時了，總機的鈴聲硬是不響。

在鈴聲終於極刺耳的響起時，坐總機前的艾勒里劈手就抓過收話器擺耳朵旁，另一手一插主機插座。

「喂？」他說，努力讓自己聲音聽來卑下些，「這是渥特．高佛雷公館，請問找哪位？」

他凝神聽著，他耳中聽到的這聲音有點怪，悶悶的而且低啞，好像講話的人嘴巴含著東西或用布遮著嘴一般；說話的腔調也極不自然，極造作，很顯然也是努力裝出來的。

「我找，」怪聲音說：「茹拉．康斯帖佛太太，請幫我接給她好嗎？」

接給她！艾勒里聞言嘴巴一緊，那是說，此人也知道這是電話總機囉。至此，他肯定這正是他預期中的電話。「麻煩請您等一下。」他以同樣公事公辦的語音回答，按下標識著康斯帖佛太太臥室的小牌子底下的一個小桿，鈴聲立刻響了，但沒人接，艾勒里又連按了兩次，終於，艾勒里聽到她電話的咔喳一響，然後是她的聲音，粗啞，而且含糊不清，好像才從睡眠中被吵醒。「夫人，有您的電話。」艾勒里裝模作樣的說，同時接通了線路。

他人縮在椅子上，仍把收話器放耳邊，專心一意的竊聽起來。

康斯帖佛太太，仍半夢半醒的說：「喂，喂？我是康斯帖佛太太，您哪位？」

悶悶的聲音說：「先別管我是誰，你一個人嗎？講話方不方便？」

胖婦人忽然倒吸一口涼氣，聲音之大險些震壞艾勒里耳膜，才這一瞬間，她聲音裏所有的睡意全消。「是！是的！你是——」

「聽好，你不認得我的，你也沒見過我，我說話時，你別打主意想追蹤這通電話，你也絕對不能報警，我打電話來，只是找你商量一下你我之間的一筆小小交易。」

「交易？」康斯帖佛太太叫起來，「你——你這什麼意思？」

「你曉得我什麼意思，此時此刻，我正看著手中的照片，照片中，你和某一名已故男士同躺床上，地點是亞特蘭大，當然，拍照片時他還活蹦亂跳的。這是晚上用閃光燈拍的，你睡著了，要等很久之後才知道被拍了照，我還有一卷八喱米拍的影片，裏頭有你和同一個男的接吻做愛的親熱鏡頭，影片是當年秋天你同樣不知情下在中央公園拍的！此外，我也拿到一張簽了字的聲明文件，這是去年秋天到冬天你所雇用的一名女傭，親身指證你家人離家期間，在你中央公園西側公寓中她所看到和聽到的眞人實事——也一樣是你和上述那個男的；最後，我還有親筆寫的火熱情書——」

「老天爺，」康斯帖佛太太狼狽的叫道：「你到底是誰？你從哪裏弄來的？是他的東西啊，我沒——」

「好好聽著，」曖昧的聲音說：「不必管我是誰，也不必管我怎麼到手的，重要的是，東西已在我手上，你想拿回去，是吧？」

「是的，是的。」康斯帖佛太太小聲應道。

「呃，沒問題，付點代價就都是你的。」

胖婦人沉默了好一段時間，長得讓艾勒里以爲她出了什麼事，但她終究回話了，聲音哀切、破碎且絕望，艾勒里聽得心頭猛然一抽，忍不住同情。「我沒辦法……我付不出你要的。」

勒索者遲疑了下，彷彿也是一驚，「你什麼意思——你付不出我要的？如果你當我只是唬你，我告訴你康斯帖佛太太，如果你當我手上沒這些照片和信——」

「我知道你有，」胖婦人囁嚅著，「它們不在那裏，一定誰拿走了——」

「你可以打賭，我的確有，也許你怕付了錢之後我不把這些個勞什子給你是嗎？聽著，康斯帖佛太太——」

不怎麼尋常的勒索者！艾勒里莞爾想著，這還是他破天荒第一次聽到勒索者還降尊紆貴和被勒索者爭辯一番，難不成這又是故佈疑陣嗎？

「他已經拿走了我好幾千塊，」康斯帖佛太太喃喃抱怨著，「好幾千塊，我所有的錢，每次他都答應我……但他每次食言，他食言！他騙我，他是個大騙子——是個……」

「可不是我，」悶悶的聲音急切起來，「這種事我可是有格調的，我拿我該拿的，就絕不再上門煩你，我了解你的感受，我可以跟你保證，收到錢東西就還你，你只要乖乖交出我說的五千塊錢，我立刻就把這堆東西寄給你，立刻，下一班郵件。」

「五千塊！」康斯帖佛太太不哭反笑——怪誕的笑聲令艾勒里當場全身一陣涼。「只要五千塊？我連五千分錢都沒有還五千塊，他把我搾乾了，死了活該那個人，我沒錢了，你聽到沒有？一毛錢也沒了！」

「哦，這就是你的答覆，嗯？」勒索者的悶聲音這回從鼻孔噴出來，「可眞窮啊！他拿走你一大堆錢，但你是個富婆啊康斯帖佛太太，你哪這麼容易就被吃乾抹淨，我再說一下！我要五千塊錢，你最好乖乖給我，否則——」

「求求你——」艾勒里聽見女人悲痛的哭起來了。

「——否則，我會讓你後悔莫及！你丈夫那邊怎麼回事？兩年前他才賺了一狗票，你從他那裏會弄不到？」

「不要！」她突然叫起來，「不要！我不要找他要！」她聲音岔了，「求求你，你難道不曉得嗎？我結婚這麼久了，我——我真的是老女人了，我小孩都大了，很乖很好的小孩，他——我丈夫他如果曉得這事他會死掉，他身體很不好，他一直很信任我，我們家庭生活很美滿，我寧可——寧可死掉也不要讓他曉得！」

「康斯帖佛太太，」勒索者的聲音明顯的沮喪起來，「你真的搞不清楚你面臨的狀況，我什麼都做得出來，我告訴你！你再這樣頑固不通會讓你無路可走，如果我跟你丈夫聯絡，你說我是不是同樣收得到錢！」

「你找不到他的，你不知道他人在哪裏，」康斯帖佛太太啞著嗓門說。

「那我找你小孩！」

「這樣也沒用，他們沒什麼錢，每一個手頭都很緊。」

「好吧，你這該死的女人，」即使聲音仍悶，艾勒里還是聽得出此人眞的光火起來，「可別說我沒警告你，我會好好給你個教訓，你還以爲老子這麼好胡弄，照片、影片、外加那份聲明和那些信，會他媽的立刻交到墨萊探長手上──」

「不要，求求你，求求你好心，」康斯帖佛太太哭叫起來，「不要！我跟你講我什麼都沒了，沒錢──」

「那就去弄來！」

「我弄不來，我跟你講眞的，」女人啜泣著，「我沒人可伸手我──哦，你還不曉得嗎？你不能跟其他人要嗎？我做的壞事我已經付出代價了──哦，我付了一千次的代價了──我的眼淚，我的血，還有我全部的錢，你怎麼可以這麼沒良心，這麼──這麼……」

「很可能，」勒索者的嗓門也提高了，「你到時候會後悔自己當初爲什麼不好好付個五千塊錢，想想墨萊探長拿到東西，然後報上一五一十全登出來！你這該死的胖女人，笨母牛！」跟著，是一聲摔上電話的咔喳之聲。

艾勒里立刻手伸向電話總機，在他十萬火急切斷電話並改撥給電信局那一瞬間，還淸楚聽到康斯帖佛太太絕望的飲泣聲音。

「電信局嗎？馬上追那通電話，剛掛斷的，我這裏是警察──在高佛雷家，快！」

然後他等著，邊啃指甲。「又肥又蠢的母牛」，這正是他可思索的「其他事」。依據他對馬可風流韻事的深一層理解，有關這些指證歷歷的照片及文件，顯然不能解釋因爲某種意外才落到某人手中，而是此人本來就涉入此事甚深。艾勒里以爲這非常確定。過往探案的經驗，讓他學到得將自己的懷疑予以具象化，如此，當時機來臨時，他的判斷才有機會驗證是對是錯。

而現在，只要他能加把勁讓進度加快的話……

「很抱歉，先生，」電信局回話了，「這通電話是撥號電話打的，我們不可能追蹤，非常抱歉。」就這樣，以艾勒里耳中的輕脆咔喳一聲收場。

艾勒里坐回去，眉頭愈收愈緊，又點一根菸，就這麼靜坐了好半晌，才掛了通電話到波音塞特墨萊探長辦公室，偏偏墨萊手下告訴他探長出去了，艾勒里交待他要墨萊一回來就回電，便丟開電話總機出門去了。

走到大廳時猛然一個想法襲上他，於是他把香菸往盛著沙的鑄鐵煙灰缸裏一丟，轉身上樓走到康斯帖佛太太房門口，他毫不覺羞恥的把耳朵貼門上偷聽，好像裏頭由抽氣轉爲低泣聲。

他敲門，低泣聲應聲停止，然後，是康斯帖佛太太不自然的嗓音，「誰？」

「我可以跟你談一下嗎，康斯帖佛太太？」艾勒里以最友善的聲音說。

沒回應，良久，「你是那個昆恩先生嗎？」

「是，是那個昆恩沒錯。」

「不要，」她的聲音還是一樣不自然，「不要，我不要跟你講話，昆恩先生，我——我不舒服，請走開，也許，改個時間吧。」

「但我是想跟你講——」

「拜託，昆恩先生，我眞的很不舒服。」

艾勒里對著門乾瞪眼，一聳肩，說：「好吧沒關係，抱歉打擾你了。」只好走開了。

他回自己房間，換了條泳褲，汲了帆布鞋，披上袍子，一路下到海灘。我得至少在大西洋游次泳才行，他和看守出入口的警察頷首示意時，不覺莞爾這樣想著，在這個該死的案子了結之前，他非得游次泳不可。他很確信今天再沒必要守在電話總機旁了，對他來說今天不會再有其他收穫了。是還會有事沒錯……別人的事了，很快的，墨萊探長自會打電話來講他那一頭的進展。

潮水相當漲了，他把東西擺沙灘，噗通鑽入了水裏，使勁的朝著海平線游去。

□

有人輕拍他的肩膀，艾勒里睜眼，墨萊探長俯看著他。探長紅光滿面的臉上神情頗怪異，艾勒里瞬間完全清醒過來，同時一翻身從沙上坐起來，太陽已快觸到海平線了。

「這，」墨萊探長說：「可眞是他媽的睡覺的好時間。」

「幾點了？」艾勒里機伶伶一顫，海風直吹他光裸的胸脯這才覺得眞冷啊。

「7點多了。」

「嗯，我一趟長泳下來，回沙灘後再抗拒不了這片柔軟的白沙了。出什麼事啦，探長？你的神色有異，我在你辦公室留了話，你曉得，請你回我電話，時間是過午沒多久，你兩點半以後一直沒進辦公室嗎？」

墨萊緊抿著嘴，探看什麼似的一轉頭，但陽台那頭此時空無一人，只除了執勤的警員，映著天空的兩邊岩壁峻線上同樣沒人。探長眼睛這才低垂下來，俯看著艾勒里身邊的沙子，伸手到衣袋裏，鼓鼓的那個。

「看一下，」他簡捷的說：「這個。」他手上多了個不起眼的小包裹。

艾勒里手背擦擦鼻子，歎口氣，「這麼快啊？」接過包裹。

「啊？」

「很抱歉，探長，我把思考過程給講出來了。」

包裹是常見的褐色包裝紙，用一條頗髒的廉價白繩子綁著，包裹的其中一面寫著墨萊的姓名和他波音塞特辦公室的住址，水質的藍墨水故意書寫成印刷體，猛一看還以爲是郵局寄來的。艾勒里拆開繩子和包裝紙，取出薄薄一綑信封，一小張照片，還有一小卷很顯然就是影片膠卷，艾勒里打開其中一個信封，掠一眼署名，然後帶著懊惱的眼神審視著那張照片，再拉出呎把長的膠卷，迎著天光看起來……最後，他把所有東西重新包裹好，交還給墨萊。

「怎樣？」墨萊隔了片刻才粗聲說：「你好像不覺驚訝，難不成連引起你興趣都不能？」

「答案一——我不驚奇；答案二——衷心的感興趣。你有香菸嗎？我忘了帶下來了。」墨萊遞火柴給他時，艾勒里點點頭，「探長，我打電話給你，就是要告訴你此事——。」

墨萊急切得口沫橫飛，「你曉得啦？」

艾勒里於是耐心的把他竊聽到康斯帖佛太太和該勒索者的對話，一五一十講出來，墨萊一直若有所思的顰眉聽著。「嗯，」艾勒里告一段落，墨萊才說：「意思是說這隻鳥，先別管他是誰，兌現了他的威脅，把這堆勞什子送我手上，但你告訴我，昆恩先生，」他直視著艾勒里眼睛，「你怎麼知道會有電話進來？」

「我不知道，但怎麼說，其實多少有瞎猫碰死老鼠的意思，有關我做此猜測的思維過程我們先不談，改天我再告訴你，現在，該你跟我講事情經過了。」

墨萊把包裹攤他手掌上，「我出門查有關琵慈這女人一條看來頗有機會的線索，跑馬騰斯那兒去，但沒爆開就熄火了，回辦公室我一名手下跟我講你打了電話，我正拿起電話要打——距你打來一個多小時後——這玩意兒的信差就來啦。」

「信差？」

「沒錯，十九歲左右的男孩，開一輛老福特，他講是去年花二十塊錢弄來的，小鬼頭一個，我們查了他，他絕對沒問題。」

「那他怎麼會拿到這包裹？」

「他住馬騰斯，在該城誰都曉得，和寡婦老媽住，我們馬上掛電話到馬騰斯警局，他母親的說法和他說的完全一致，大約下午3點鐘左右，這小鬼和他媽兩人在家，聽見前門碰一聲，兩人出去看，就看到這包裹，包裹上還黏一張紙條和一張十塊錢紙鈔，紙條的手跡一看就知道是掩飾過的，說得很簡單，要他即刻送到波音塞特這邊給我，於是小鬼就跳上他的老福特專程送來了，十塊錢對他們母子很補。」

「他們也就沒看見誰把東西扔他們大門囉？」

「他們開了門出去，那傢伙早溜了。」

「可惜啊。」艾勒里若有所思抽著菸，注視著紫色的海面。

「最糟的還不止於此，」墨萊聲音低下來，抓起一把海沙，由他的粗手指縫如瀑布般瀉下，「我東西一到手，匆匆看過後就立刻打電話找康斯帖佛太太——」

「啊，什麼？」艾勒里當下如夢初醒，香菸從他指間滑落。

「我還能怎麼做？我又不知道你在電話中聽到的整個經過，我跟她講電話時，就感覺她聲音怪怪的，我告訴她——」

「可別告訴我，」艾勒里呻吟起來，「你跟他講收到這堆信和這些玩意兒了！」

「呃……」探長一臉豆花，「我想，我大概給了她諸如此類的暗示了，當時，我正忙得要命，一直想聯絡上馬騰斯警局那邊，好追查到底誰才是送我這玩意的人，我要她立刻坐車趕到我辦公室來——如果我找我隨便哪個手下負責這事就好了。她——呃，她說她會立刻趕來。我就放心去打一堆電話了，等我忙差不多了一抬頭，才發現快一小時了，這胖女人居然還沒到，照理說她應該接到我電話後就動身才對，這樣就算車開再慢，到波音塞特也不可能用到半小時，於是這回我打電話要我派駐在此的手下接聽，他說康斯帖佛太太沒走，因此——呃，我就來了，」說到這裏，他聲音染了一層沮喪之色，這源自於良心不安，「我來弄清楚，是他媽什麼奇奇怪怪的事讓她講好了沒去。」

艾勒里眼睛仍對著大海，眨動著，山雨欲來，沒多會兒，他抓起袍子和帆布鞋，站起身，

「探長，你眞把這件事搞一塌糊塗，」艾勒里埋怨，邊穿著袍子和鞋，「來吧！」

墨萊探長馴服的也起身，拍拍身上的沙，小綿羊般跟艾勒里身後。

他們在天井見到朱崙正埋頭移植花壇的花。「看到康斯帖佛太太嗎？」艾勒里氣喘吁吁的問，從陽台一路加緊腳步爬上來，搞得他上氣不接下氣。

「胖的那個？」老人搖搖頭，「沒。」然後便埋首回他的工作了。

兩人直撲康斯帖佛太太房間，艾勒里擂著門，沒人應，乾脆他一掌推開來登門而入，房間頗凌亂——床罩掀著皺成一團，睡衣也同樣揉一團棄在地板上，床頭櫃上擺的菸灰缸堆滿了菸屁……兩人一言不發彼此對看，又匆匆出了門。

「她見鬼了跑哪去了？」墨萊咒著，但不敢迎上艾勒里眼睛。

「誰見了鬼跑哪去了？」一個男低音柔聲問。兩人轉身，發現是麥克林法官站走道中央，面對著樓梯方向。

「康斯帖佛太太啊！你看到她了嗎？」艾勒里劈頭就問。

「有啊，出事了嗎？」

「我猜還沒，她人呢？」

老紳士看著兩人，「岬角另一頭，才幾分鐘前，我才剛從那裏回來，你曉得，散散步看看風景，我看到她就坐岩壁邊——兩腳懸空掛著——看著海，北邊那裏，我走過她身後，還對她說了兩句話，可憐的人，她看起來又沮喪又無助，連頭都沒轉過來，好像根本沒聽見我說話一樣，動也不動一直看著海，因此，我也不好打擾她——」

話沒講完，艾勒里已登登登跑過走道下樓去了。

□

他們快步攀登岩壁邊削成的陡峭石階，艾勒里一馬當先，墨萊緊跟其後，再來是老麥克林法官板著一張臉吃力的殿後。西班牙岬的北邊這裏同樣是個平台，只是樹和灌木顯然比南端要稀疏多了，地上長著一整片平順且美好的青草，說明是人工費心照料出來的。在他們爬到石階頂時，麥克林往上一指，三人撒腿就跑，擦過一大叢樹，眼前景觀一敞——他們也停步了。

沒人在此。

「怪了，」法官說：「也許她晃哪裏去——」

「分頭找，」艾勒里急急下令，「我們一定得找到她。」

「但——」

「照我說的做！」

□

天空猶有數條紫色雲彩，正逐步黯淡下去。

三人分頭各自穿過岬角北端中央處，這是樹叢最密的部分，時而，其中誰冒出開敞處，四下掃視，旋即又沒入樹林之中。

□

蘿莎．高佛雷蹣跚的由岬角連接處往海的方向走，高爾夫球桿袋子單肩斜背，她累壞了，頭髮被海風吹得一團亂。

忽然她停下腳步，眼角似乎一閃而逝的瞥見某個白色東西，就在前頭靠崖邊那兒，想都不想她立刻轉身躲到旁邊的樹叢中，她覺得孤立無援，逐步黯去的天空，以及一波波打來的浪潮，讓她生出彷彿附近有人的極不安之感。

□

厄爾．柯特在高爾夫球場第六洞一帶晃著，眼睛四下搜尋。

□

康斯帖佛太太坐在崖邊的草地上，兩條粗腿凌空懸掛著，頭垂得很低，下巴幾乎觸到胸口，綠色的眼睛盯著脚下崖底。

一會兒之後，她肥胖的雙手撐著崖邊，向海的方向用力推，好讓身體往後退，臀部磨過草地底下的碎石，過程中，她差點側身滑倒，然後，她縮回脚來，面對著底下的深淵站了起來。

她眼睛仍看向大海。

她仍面向著洶湧的海，拖鞋的尖端距崖邊約一吋，長袍的衣角被風颳得獵獵作響，但她動也不動，像生了根一樣，只有長袍漫天飛舞著，整個人映著天色如同剪影。

□

艾勒里・昆恩已是第十次從林子裏冒出來了，眼神憂慮且緊張，心臟也逐步的往下墜，彷彿一路沉重得掉到胃裏一般。他再度加快搜尋的脚步。

□

這一刻，康斯帖佛太太仍木雕般站崖邊，凝望大海，下一刻她卻消失了。

很難講清楚到底發生何事，她兩手一舉，某種沙啞且原始的聲音硬生生從她彷彿黏住的喉管擠出，散落在夜空之中，然後她就無影無踪了，好像大地張開口吞噬了她。

在入暮的微光中，這像某種魔法，某種可怕的魔法，就算太陽從地平線底下重又昇起，海洋也瞬間如雪融般消失不見，都不會比這更可怕，她像一陣煙消失了……

□

艾勒里撥開樹叢，但他立刻停止下來。

一名女人俯在緊靠崖邊的草地上，兩手壓在面孔底下，肩膀不停抖動著；一名穿燈籠褲的男子則站距崖邊一呎之處，手垂身體兩側，一個裝滿高爾夫球桿的背袋丟腳邊。

艾勒里背後有跑步聲傳來，他轉身，是墨萊探長從樹叢衝出來。

「你聽到了嗎？」墨萊啞著嗓子叫道：「那聲尖叫？」

「我聽到了。」艾勒里古怪的喟歎一聲。

「是誰——」墨萊這會兒也看到那一男一女了，皺起眉來，瞬間擺出發狂公牛的架勢。「嘿！」他大叫，男的沒轉身，女的也沒仰頭看。

「遲了一步是嗎？」麥克林法官也到了拍一下艾勒里肩膀，顫抖著問：「出什麼事啦？」

「可憐的人。」艾勒里柔聲說，沒回答，逕自朝崖邊走去。

墨萊俯視趴著的女人，是蘿莎・高佛雷，男的一頭蓬鬆金髮，則是厄爾・柯特。

「是誰叫的？」

沒人回答。

「康斯帖佛太太呢？」墨萊這回音量增加了兩倍。

柯特忽然一陣哆嗦，轉過身來，他臉色灰敗而且大汗淋漓，單膝在蘿莎身旁跪下來，輕撫著她黑髮。「沒事，蘿莎，」他喃喃的說，一次又一次，「沒事，蘿莎。」

艾勒里三人走到崖邊，六十呎底下有個白色東西輕柔的飄舞著，他們能看到也只有這部分而已，艾勒里趴倒在地上，匍匐向前，整個頭凌空探出岩崖之外。

康斯帖佛太太四肢伸展開來，躺崖底滿是波浪泡沫的淺水之中，臉孔向上，一方利刃般的岩石揷過她身子指向天空，她的長髮整個披散開來，漾在水上，她的長臂和雙腿亦然，周遭的海水染紅了，整個看來，她就像個肥牡蠣從高處摔到岩石上，扁扁的攤開來。

12 勒索者面臨困局

死亡有個特權，它總會被吹捧被杜撰，尤其是暴烈的死亡方式，更會把個微不足道的小人物自動從他的平凡世界中拉出來，瞬間成爲一個動見觀瞻的焦點，成爲一個舉足輕重的大人物。死去的康斯帖佛太太若地下有知，很容易發現她已變成她生前極力想避免的新聞話題人物了，她殘破的身體是所有記者窺探的焦點，就只是從長著青草的崖頂到漆黑海水中灰色岩石這一趟短暫的飛掠，她便搖身一變爲當前報刊媒體的矚目之人。

男的來，女的也來，攝影機鏡頭咔咔咔對準她那原本就不賞心悅目、如今被尖銳岩石刺穿遂變得更加可怖的身子。鉛筆刷刷刷打鐵趁熱書寫著，電話嘎嘎嘎刺耳的響個不停，骨愣愣的法醫大人也到場了，不帶感情的以他不耐煩的手指粗暴翻弄著康斯帖佛太太肥胖泛藍的軀體，更悲慘的是，她長袍竟然少了一小角，顯然是某個對特權倫理有超越性理解的人給幹走的。

在這一片狂亂之中，墨萊探長獨獨沉默的踱著步，沉一張臉完全看不出他想什麼，他放任這些記者隨便到屍體放置處、到西班牙岬北端，或到染血的岩石一帶。他的一干手下人人忙得無頭蒼蠅一般，被突如其來的這事搞得手忙腳亂。高佛雷家三人、柯特和慕恩夫妻等聚一堆於天井之中，眼花撩亂的讓攝影記者拍照，機器人般喃喃的回答問題。墨萊的一名手下找出了康斯帖佛太太在城裏的住址，並已電話通知了她兒子；至於艾勒里，由於想起死去婦人悲痛欲絕的聲音，極力勸告警方別多事追查她丈夫何在。什麼事都發生了，也什麼事都沒發生，這分明夢魇一場。

記者又圍住了墨萊，「探長，你對此案有何看法？」墨萊只回以無意義的咕噥聲音。「是誰幹的？是那個叫柯特的傢伙嗎？是自殺還他殺，老大？康斯帖佛這女人和馬可到底有什麼牽連？有人講她是他情婦，這眞的嗎，探長？拜託，透露點給我們嘛，你到現在什麼也沒講！」

終於，這場熙熙攘攘告一段落了，最後賴著不走的一名記者也被強力請走之後，探長這才派了名他的手下守西班牙式掛燈的天井門口，憂心忡忡的揉了揉額頭，以最家常談話的口氣開問：「好吧，柯特，怎麼回事？」

年輕人紅著眼眶看了看墨萊，「不是她弄的，不是她。」

「不是誰弄的什麼？」

此時，夜已深了，明亮的西班牙掛燈——極巧妙的幾乎讓人察覺不出有電線——長長的燈光掃石板地上，蘿莎縮坐在椅子裏。

「蘿莎啊，她沒推她，我發誓，探長！」

「推——」墨萊先一愣，繼而捧腹大笑，「誰跟你講康斯帖佛太太是被推下去的，柯特？我要你實話實說，只是想做個記錄，我總得弄個報告上去，你曉得。」

「你是說，」年輕男子囁嚅著，「你認為這不是——謀殺啊？」

「好啦好啦，先別管我認為怎樣，到底怎麼發生的？你和高佛雷小姐是不是一起在——」

「是是！」柯特急切的說：「我們一直在一起，所以我才說——」

「他沒有，」蘿莎厭煩的插嘴，「閉嘴吧，厄爾，你只會把事情弄得更糟，我是單獨一人，在事情——事情發生時。」

「看上帝份上，厄爾，」渥特・高佛雷也吼起來，醜臉上泛著一層煩憂的汗水，「實話實說吧，這關係——關係……」他拭了拭臉，儘管天氣其實頗涼。

柯特嘆了口氣，「只要她——我一直四處找她，你曉得。」

「還找啊？」探長不覺莞爾。

「是，我有點、有點——呃，不安之類的，有人——我想是慕恩先生吧——跟我說，他走過岬角連接處那兒時看到蘿莎，因此我就走那兒去，就在我從那個——出事地點旁邊的樹叢出來時，我就看到蘿莎在那兒。」

「嗯？」

「她整個人探出崖邊，我不曉得出什麼事，我大聲喊她，她沒聽見，然後，她忽然退回來，撲在草地上大哭起來，我趕快也跑崖邊探頭看，發現屍體躺在下頭的岩石堆裏，就這樣。」

「你呢，高佛雷小姐？」墨萊又發出微笑，「這個，我講過，只是做個記錄罷了。」

「就像厄爾說的，」她用手背擦了下嘴唇，眼睛垂著，看看自己潦草的一身，「他發現我時的確是這樣，我有聽到他叫我，但我……嚇呆掉了，」她打個冷顫，又快快接口，「我一個人跑去打了幾洞高爾夫球，悶在這裏太——太死氣沉沉了，打從……後來我打累了，想說走到崖頂上躺一會兒，好好——呃，躺一會兒，我一個人走去那裏，但沒多會兒，在我穿出樹叢那一瞬間，我……我就看到她了。」

「是的，是的，」法官急切的問：「親愛的孩子，然後是最重要的了，她一個人嗎？你當時看到的情形如何？」

「我想她是一個人沒錯，我沒看到有其他——其他誰，只她一個，她背對我站著，向著大海，她非常非常靠近崖邊，我——我害怕起來，我不敢動，不敢叫，什麼都不敢，我很怕我如果忽然發出什麼聲音，她會嚇一跳失去平衡跌下去，所以我就站那裏，看著她，她看起來像——哦，我曉得我從頭到尾很神經很歇斯底里。」

「不，高佛雷小姐，」艾勒里莊重的說：「請講下去，告訴我們你所看到的和所感覺到的一切。」

她扯了下她身上的斜紋軟呢襯衫，「好奇怪好詭異，當時天一直暗下來，她還直挺挺站那兒，映在背景的天空她黑黑的身影看起來好像——呃，」蘿莎說著又哭了，「好像一座石像！然後，我想我一定有點發神經了，因爲當時候我心中想的居然是，她——整個畫面——好像電影裏頭的，好像這一切是……呃，事先計畫好排演的，你曉得，光影反差都設計好的，當然，這純粹是我自己歇斯底里。」

「好，高佛雷小姐，」墨萊採長和藹的說：「你敍述得很好，但康斯帖佛太太到底怎麼啦？到底她出了什麼事？」

蘿莎直挺挺坐著，「然後……她就消失了。她站那兒像座石像，就像我剛說的，接下來，我所知道的是，她兩手往空中一伸，帶一聲所謂的——尖叫，向前朝懸崖方向倒去，消失了，我——我還聽到她摔到……哦，這我一輩子都忘不掉！」她身體在椅子上扭動著，嘴巴邊講，邊摸索著抓住她母親的手；高佛雷太太，她似乎僵住了，只機械化的撫拍著蘿莎的手。

很長一陣子的沉默。還是墨萊先開口，「還有誰看到什麼？或聽說什麼嗎？」

「沒有，」厄爾回答，「我是說，」他聲音小了下來，「我沒有。」

再沒其他人回答，墨萊以脚跟爲軸轉身，向著艾勒里和法官，話從嘴角一聲一聲蹦出來，「走吧，二位。」

□

他們三人一直線往樓上走，每人都想著自己的心事，在康斯帖佛太太臥房外的走道，他們發現已有兩名身穿公共福利部門制服的人等在那裏，一個常見但還是有點怕人的柳條籃子擺他們脚邊，墨萊咕噥兩聲推開房門走進去，艾勒里兩人也跟上。

法醫才剛用床罩重新蓋好屍體，他直起身轉頭掃過來酸溜溜的一眼，床鋪上小山般的隆起，床罩上湮著些血跡。

「如何，布萊基？」墨萊問。

骨愣愣的法醫走到門口，對外頭兩人交待兩句，兩人走進來，把籃子放下，轉身向床鋪，艾勒里和法官趕忙掉頭過去，等他們再轉回臉時，床鋪已經空空如也，籃子裝滿了，兩名穿制服的工作人物一抬眉毛示意，現場沒人說話，默默看他們抬著出去。

「呃，」法醫開口，他看來很怒，死屍般灰敗的臉頰紅點處處。「你他媽把我當什麼啦，魔術師是嗎？很好！她死了，摔死了，脊骨清清楚楚斷成兩截，還有，她的顱骨和腿骨也部分碎裂，就這樣！你們這些鳥人眞令我作嘔。」

「誰咬你啦？」墨萊也怨氣沖天，「沒彈孔，沒刀傷——這些都沒有是嗎？」

「沒！」

「好極了，」墨萊緩緩的說，邊搓著手，「好得不得了，乾乾淨淨，兩位，康斯帖佛太太面臨毀滅——她個人的煉獄，奄奄一息的丈夫，還有她那要死不活的中產階級背景等等，她既無法向她丈夫求援以保住秘密，自己又沒錢，因此，一聽到我說這些信件什麼的已送達我手上——太遺憾了，但眞他媽的狠啊！——這促成了她走上唯一能走的路了。」

「你意思是她自殺？」法官問。

「正是如此，庭上。」

「總算等到這麼一次，」法醫咧牙裂嘴說，並以極誇張的姿勢啪一聲關起他的背包，「你講的像人話，這正是我想的，從肉體證據來看沒其他可能。」

「可能吧，」麥克林法官低聲說：「情緒極不穩定，眼前世界又瞬間碎裂，在加上原來就處於女性最危險的年紀……沒錯沒錯，非常有可能。」

「還有，」墨萊帶著某種滿意的奇怪腔調說：「如果蘿莎這女孩講的是實話——當然，從哪方面來看她都是清白的——這除了自殺，絕無其他可能。」

「哦，是的，可能。」艾勒里慢條斯理說。

「啊？」墨萊傻眼了。

「如果你願意好好爭辯一番的話，探長……而且先說好，是理論性的談論，那我願意覆誦一次我講的：是的，可能。」

「什麼啦，老兄，在她往下跳時，她方圓十五呎內一個鬼也沒有！而且一切清清楚楚，沒彈孔，也沒任何刀傷，因此，看到沒有，兄弟，你儘可大大方方、開開心心把其他可能給幹掉！」話是如此，但他卻滿臉狐疑一直盯艾勒里看。

「大方開心不必然盡在於斯吧。醫生，這女人摔下來時，是背部著地嗎？」

法醫正伸手拿起背包，聞言老大不開心起來，「我非得回答這傢伙嗎？」他怨氣沖天問墨萊，「他會的就是問一堆蠢問題，我從第一眼見他就非常不喜歡他這個人。」

「好啦，布萊基，你就別逗了吧。」探長不怎麼耐煩的頂了回去。

「好吧，大人，」法醫嘲諷的說：「她是背部著地沒錯。」

「我曉得，你對蘇格拉底式的問答殊無好感，」艾勒里咧嘴一笑，但隨即臉色一整，「在她摔下來之前，她是站在崖邊對吧？這想當然耳，而這並不意味著她就一定會失去平衡跌下去是吧？當然不必然。」

「艾勒里，你要講的到底是什麼？」法官問。

「探長，你認爲把康斯帖佛太太的死直接歸諸自殺，再簡便不過了，不是嗎？」

「你這話他媽的什麼意思？」

「冀望能符合原來的思路，嗯？」

「嘿，你聽我說──」

「稍安勿躁，稍安勿躁，」艾勒里安步當車的說：「我不是講她一定不是自殺的，我僅僅希望指出一點，那就是，在當時的狀況下，康斯帖佛太太之死，也可能是被謀害的。」

「怎麼謀害？」墨萊暴怒起來，「怎麼殺的你講！我不相信連這次你都玩得出花樣來！你講給我聽──」

「我是正要講給你聽。哦，當然，這案子用的是最原始的老伎倆，只除了外表上添加些現代式的廉價方法罷了。我的猜測是，理論上很有可能某人躲在附近的灌木叢中，在我們和高佛雷小姐都未能察覺的情況下，簡單的扔個石頭擊中康斯帖佛太太的背部──就目標而言夠巨大了，如果你還記得她的基本生理構造的話。」

眼前登時一片死寂，法醫又苦惱又挫折的看著他，墨萊則啃著指甲。

還是麥克林法官先開口，「當然，蘿莎既沒有看見這個可能的下手之人，也沒聽到任何異響，但她可是一直盯著康斯帖佛太太看，她會看不到石頭擊中康斯帖佛太太嗎？」

「是啊，」墨萊如夢初醒，眉頭也舒開了，「說得對，法官大人！昆恩先生，她會沒看到嗎？」

「我想她是沒看到有石頭擊中康斯帖佛太太。」艾勒里聳聳肩，「到此刻爲止，我這推斷僅止於是一種可能而已，請注意這裏，我不是說事情一定像我所說的，但我得指出結論下得太快的危險。」

「好吧！」墨萊掏出條手帕來擦擦臉，說：「我還是認爲，自殺一說應該沒有任何疑義，你這番話頗動人，但不會有什麼進一步的意義可言，此外，現在我已經把全部事情的來龍去脈給弄清楚了，昆恩先生，這整套推理你不可能撼動分毫。」

「涵蓋所有已知的事實的整套推理？」艾勒里輕聲說著，頗驚訝的樣子，「如果事情眞是如此，探長，那我欠你一聲抱歉，只因爲你已然看出某些我仍困惑不已的東西，」艾勒里話語中沒有任何譏諷的意味，「好，讓我洗耳恭聽吧！」

「你認爲你已經曉得誰殺了馬可是嗎？」法官說：「我誠摯希望你已經知道，說眞格的，這可是我難得的渡假，我還眞樂意今天就能脫開此事離去！」

「當然我曉得是誰，」墨萊探長掏出一根皺巴巴的方頭雪茄塞嘴裏，「康斯帖佛太太。」

□

眾人離開康斯帖佛太太臥房時，艾勒里眼睛一直盯著探長，他們三人陪著法醫下了樓梯，送他上車，然後穿過天井，走到灑著冷冷月華的花園之中。天井沒人。墨萊有個摔角手的強悍下顎，從外表來看並無智識過人之狀，然而，艾勒里有過深切的教訓，知道不能光從外形外貌來論斷人，是否可能墨萊已抓住某些極具意義的事實，艾勒里自反而縮，清楚知道自己在這整樁罪案中一直理不出個像樣的頭緒來，因此，他耐心等著墨萊，等著此刻似乎頗怡然自得的墨萊說出他的整套看法。

探長一直沒開口，直到三人走到一處樹蔭覆頂的靜謐之地，墨萊安然吸著他的方頭雪茄，注視著在晚風中裊裊而逝的煙。

「你們曉得，」好半晌，他終於開口了，以一種你急我不急的緩緩語調，「事情再簡單不過了，而她現在也死在自己手中了。我當然得承認，」他極為謙遜的繼續，「之前我並未太留意她，但探案這事通常就會這樣，你陷身迷霧之中，你等著，然後，啪一聲──某件事情爆開來，一翻兩瞪眼，你需要的便是耐心等待。」

「這，正如塞勒斯所說的，」艾勒里歎口氣，「『粗暴往往只導致狂亂。』說吧，老兄，就從頭到尾說出來吧！」

墨萊吃吃一笑，「馬可和康斯帖佛太太玩他那套老遊戲，勾引她，撤去她的防衛之心，成為她的情夫。她可能極容易上手──這種年紀，有個如此年輕瀟灑的小伙子夢寐般闖入，這簡直是電影裏或白日夢裏才有的。呃，然後她很快清醒過來了，很快的，他情書、照片和整捲影片上手，留個字條在桌上：給錢吧，親愛的傻蛋。她只能乖乖付錢，而且嚇個半死。我想，她必然痛心疾首到極點，但能怎麼樣，她只能照他開口的付，希望能弄回這些物證，好讓整樁事弭於無形，只是，當然這是緣木求魚。」

「到此爲止，」艾勒里輕聲說：「當然，一切很合理，也極可能是事實，繼續。」

「而今天下午，我們從你竊聽到的電話中得知，」墨萊平靜的繼續，「她是被耍了，她付了錢，但東西沒到手，而她一付再付，直到……直到怎樣你們曉得？」他傾身向前，揮舞著手中雪茄，「直到她山窮水盡了，直到她再掏不出錢來塞這隻臭鼬的牙縫了，她還能怎樣？她絕望到極點，她不願也不能向她丈夫求助，也沒任何其他經濟來源，要命的是，馬可根本不信她這套，從馬可要她到這裏來就可看出來，他要真認爲她再搾不出任何油水，那他幹嘛這麼費事還安排她受邀來此，你們說，是不是這樣？」

「是，這完全對，」艾勒里頷首。

「好，至此馬可已佈置好一切要痛撈最後一票，他想如果把他手中所掌握的所有玩物全湊一塊，不是省事多了嗎，他可以畢其功於一役，把所有人席捲一空，然後帶著蘿莎走人——就我所知，他可能真打算和她結婚——從此還能過著更幸福快樂的生活。畢竟，高佛雷如果想要回女兒，那一定得付更多銀子給他們這位了不起的女婿。但事實如何呢？康斯帖佛太太乖乖來了，因爲他下令如此，她不敢不來，他開口要更多錢，她求他高抬貴手，但他逼得更緊，並揚言如果她再這樣拖下去不給錢，那他會把這些甜蜜的物證送到小報上刊登或直接交她丈夫手上。但她講的是眞話沒錯，她已經完全沒退路了，你說她怎麼辦？」

「哦，」艾勒里神色有異的說：「我懂了，」他看來頗失望，「好，那她怎麼做？」

「她設計宰他，」墨萊勝利的說：「其實應該說，她設計讓他被宰，並冀望他把情書這些勞什子帶在身上，好弄回來並予以湮滅。於是，她找上了這個奇德船長，這是她在本地這段期間知道的，雇他把馬可給綁走了結，偏偏奇德錯綁了庫瑪，她很快發現事情出了岔子，於是打了那張紙條，誘騙馬可當天晚上在陽台碰面，然後她下到陽台，選了那尊哥倫布，狠狠給馬可一下子，再用隨身帶來的繩子繞上他脖子——」

「還幫屍體脫光衣服？」艾勒里平靜的問。

墨萊有點狼狽，「那只是個粉紅小把戲！」他聲音大了起來，「用來當迷障用的，沒什麼特殊意義，好吧，就算有，也只是她想弄點刺激性的——呃，你懂得我的意思。」

麥克林法官搖著腦袋，「我親愛的探長，我想我實在無法苟同你的如此看法。」

「說下去吧，」艾勒里說：「法官，探長還沒講完，我希望我聽到最終結局。」

「呃，彼此彼此，」墨萊有點惱，斷然說了下去，「當時，她以為危機已消除，沒線索留下，字條也銷毀了，就算不銷毀，上頭的署名也是蘿莎，下一步，便是找回她的情書和照片了，但沒能找到，事實上，第二天晚上，她又再次出馬尋找——也就是昨晚，你發現她還有慕恩那娘們以及高佛雷不約而同全來了，之後，她就接到那通電話了，打電話來的那人螳螂在後居然眞把那些證物給弄到手，於是，康斯帖佛太太噩夢重現，繞一圈又掉回到她該死的勒索泥淖之中，她自殺了一個人，更慘的是，這回她連誰勒索都不曉得了，至此遊戲宣告結束，她自殺了帳，這就是結局，她的自殺便是負罪的最好自白。」

「就只是這樣子，嗯？」麥克林法官輕聲問。

「就只是這樣。」

老人又搖起腦袋，他柔聲的說：「探長，從你整個推理中一些明顯的前後矛盾之處來說，我相信你也必然看出來，這女人從心理上就不符合如此的罪案吧？從她初到西班牙岬來的第一天，就怕得六神無主，她是典型的布爾喬亞中年婦人——簡單而純粹的家庭婦人，良好乾淨的家族血統，狹隘的道德觀，眼中的世界只有家庭、丈夫及小孩。和馬可的這個出軌事件就如同情感的宣洩一般，瞬間爆發開來。探長，像這樣一個婦人，在被壓逼甚急時，的確很可能一時想不開而自我了結，但不大可能執行一樁得事先冷靜籌畫的乾淨謀殺，她的思緒無法如此清明有條理；還有，我也很懷疑她是否具備如此的聰明才智。」他又搖著老腦袋瓜子，「不，不，探長，這怎麼看也不像事實。」

「如果兩位的彼此詰難業已告一段落，」艾勒里懶洋洋的說：「探長，能否好心容我問幾個小問題？終究，這些問題不由我來問，也會由記者提出來，你曉得的，這些記者可都是直通通殺進殺出的年輕小兒小女，就像他們較粗俗的講法，你總不想使他們問到脫褲子吧。」

「該死。」墨萊低咒一聲，臉上不復見任何勝利或尷尬的神色，若一定得說，那勿寧是某種憂心，他坐了下來，啃著指甲，腦袋擺向一側，彷彿擔憂自己在此瞬間失去了最基本的語言說明能力。

「首先呢，」艾勒里開門見山，邊坐上粗木頭長凳上，「你說，康斯帖佛太太由於無力支付馬可的勒索，決心設計殺掉他，而你也提到，爲執行如此殺人計畫，她雇用了奇德船長來操刀，我不禁要問：她哪來的錢支付奇德呢？」

探長沒作聲，只焦躁的對付著他的指甲，半晌，他才低聲說：「呃，我承認這是個麻煩，但也可能她可承諾他，在殺了人之後再付錢。」

法官浮起笑容，艾勒里則搖著頭，「甘冒不履行承諾而被這個獨眼巨人扭斷脖子的危險是嗎？探長，我以爲不可能；此外，我也不認爲奇德這種無賴會答應先動手再拿錢。你瞧，在你的整套推理中，至少有如此一個漏洞，而且是極基本的漏洞。其次，康斯帖佛太太是從何得知有關馬可—蘿莎之間的牽扯——清清楚楚知道，好讓那張字條有機會發揮功能？」

「這容易，她睜亮眼睛就看得出來。」

「然而蘿莎本人，」艾勒里笑著，「很明顯極力保守此密。你瞧，依我的觀點來看，漏洞二號出現了。」

墨萊沉吟了下，「但這些事——」半天他才又開口。

「第三，」艾勒里抱歉的說：「你並未解釋有關馬可衣服被剝光一事，探長，這整樁謀殺最關鍵之處。」

「去他媽的馬可被剝光！」墨萊氣得大叫，人霍的站起來。

艾勒里跟著起身，聳聳肩，「很不幸，探長，我們無法對這整樁謀殺案如此輕易待之，我願意告訴你，我們不該滿意於我們至此的推理，除非我們能找到一個合理的解釋，有關——」

「唉！」法官以一聲歎息終結。

這瞬間，他們三人全聽到了，一個女人的叫聲，沙啞且微弱，但確實是叫聲，就在花園這附近。

□

他們火速趕往叫聲之處，無聲的跑過濃密的長草地，叫聲就只這麼一響，卻沒完沒了一直黏附在三人耳中，且隨著他們愈靠近愈發響亮，直覺的，他們不約而同認定此事不可造次，得先偷偷觀察。

於是，他們穿過紫杉樹籬，潛到一圈藍針樅聚成的樹叢中。才看一眼，墨萊探長便伸手撥開樹叢想跨過去，艾勒里趕忙拉住他手臂，墨萊遂退了回來。

是約瑟夫．慕恩先生，這個有張撲克臉的美國南部百萬富翁，緊張且憤怒的站一排樹旁，褐色大手掌掩住他老婆嘴巴。

手太大了，幾乎遮住她整張臉，只眼睛露了出來，那雙眼滿是恐懼之色，她正驚駭至極的拚了命想掙開來，聲音便是從她嘴巴裏冒出來的，只因爲覆蓋著那隻大手才顯得如此沙啞微弱。她的雙手往後朝他臉上打，銳利的鞋跟也配合著踹他，但宛如蚊子釘牛角一般，他可一點也不在意這些花拳繡腿。

「課程一，」艾勒里輕聲評論，「如何對付自己老婆，這是眞正富有教育性……」法官一肘子擊中艾勒里肋骨。

「如果你不再這樣雞貓子喊叫，」慕恩粗著嗓子說：「老子就放開你。」她加倍奮戰不休，伊伊唔唔的聲音也尖利起來。他的黑眼睛閃過一抹寒光，一使勁將她提離地面，她的腦袋不由自主往後扳，呼吸停了，理所當然叫聲也中斷了。

他一把將她摜到草地上，雙手撣撣自己外套，彷彿剛剛和她一番角力弄髒了似的；她則摔成一團，開始喘著氣啜泣起來，但幾乎聽不見哭聲。

「現在你給我聽好，」慕恩窒著嗓子說話，聽來模糊不淸，「老老實實回答我的問題，別以爲你那毒蛇吐信般的小舌頭可胡弄得了我。」他冷冷的俯視著她。

「喬，」她呻吟著，「喬，不要，不要殺我，喬——」

「殺你，那太便宜你了，應該把你放到蟻丘上讓螞蟻啃死你，你這淫蕩的廉價小婊子！」

「喬——喬……」

「好啦，少在那裏喬來喬去，閉嘴！立刻閉嘴！」

「什麼……我不曉得——」她嚇得全身抖不停，她仰著頭看他，兩隻光裸的手舉著，好像要抵擋他動手修理一般。

他忽然彎身下去，伸隻手到她腋下，不費力的一舉，砰一聲，她便又被摔坐在長凳上。他跨前一步，舉起手來，連著三記耳光，同一個臉頰，同一個地點，輕脆之聲宛如槍響一般，這三記耳光打得她整個人往後扭，腦袋轉了幾乎一百八十度，金髮整個散開來，但她太害怕了，怕得顧不得哭，也顧不得伸手自衛，她整個人癱在長凳上，雙手捧著臉頰，針一樣的眼神直直看著他，好像從未見過這個人似的。

兩人看不下去的分別在艾勒里兩個耳朵邊一陣低語，但艾勒里斷然說：「不！」並伸手分別抓住兩人手臂。

「現在聽我講，你該死的東西，」慕恩平板的說，往後退了一步，大手插回他寬鬆的外衣口袋之中，「你跟那個爛人渣之事是什麼時候發生的？」

她的牙齒打著顫，好半晌根本講不出話來，良久，她才極勉強的回答，「在——在你到亞利桑那談生意時，就是我們——結婚不久後。」

「你是在哪裏認識他的？」

「宴會上。」

「你和他——到底搞了多久？」他壓著嗓子，且帶著極猥褻極挖苦意味的停了下。

「兩——兩星期，你不在那兩星期。」

他又一記耳光過去，她把紅腫的臉埋雙手裏。「就在我公寓裏？」他們幾乎聽不見這個問話。

「呃——是的。」

他雙手再次插向口袋中，她一直等那雙手隱去，這才敢試著抬起臉來，但仍然嚇個半死。

「你寫過信給他？」

「一封。」這會兒她才又哭起來。

「情書？」

「是……」

「我不在時，你換了佣人是嗎？」

「是的。」在她的啜泣中，有某種極奇怪的聲調，慕恩銳利的看著她，艾勒里則聚精會神得兩眼都瞇起來了。

慕恩退後，開始在樹叢中踱起步來，宛若一頭被綁住的野獸，臉孔一片陰霾，她則急切且惶惑的看著地，沒多會兒，他停了腳步。

「算你走運，」他從牙縫中擠出話來，「我不會把你給宰了，知道嗎？不是因爲我心軟手軟，你要搞清楚，而是因爲這裏到處是條子，如果換是在西部，或在里約，那可就不是這樣修理你兩下就算了，我他媽直接擰斷你這小婊子脖子。」

「哦，喬，我並不是有意做錯事的──」

「少在那邊呼天搶地！我他媽隨時可改變主意。說，馬可這雜碎到底搞了你多少錢？」

她畏縮，「別──別再打我了，喬！大概──是你存到……存到我帳戶中的大部分錢。」

「我出門時留了整整一萬塊給你花用，到底被他弄走多少？」

「八千。」她看著自己雙手。

「我們之所以被邀請到西班牙岬來，也是這個男妓搞的是嗎？」

「是——是的。」

「廢話，當然是這人渣搞的，我他媽可眞是個大蠢蛋，」他陰森的說：「依我看，這死了活該的康斯帖佛女人和高佛雷老婆也一定和你同條船，幹嘛只有這個胖女人自殺？你並沒有把那封信弄回來不是嗎？」

「沒有，喬，我沒拿回來，他騙我，他不肯給，我們來這裏之後，他要我——要我再付錢，他還要五千，我——我沒這麼多錢，他要我跟你拿，要不然他就要把信還有——還有那個女佣的聲明交給你，我告訴他我才不怕，他威脅我說最好我眞的不怕，之後——之後他就被人家宰了。」

「而且宰得乾乾淨淨的，只除了殺法太便宜了他罷了，在美國南方他們做這類事要在行多了，他們只用一把刀就能殺得你拍手叫好。是你宰的嗎？」

「不不，喬，我發誓不是我殺的，我——我想過，但——」

「是啦，我猜也不是你，操，眞正事情發生時，你根本沒那個種眞的幹，我他媽太清楚了。要眞是那樣，你那蓮花利舌也就絕對不會跟我講半句實話了。你找到信了嗎？」

「我找了，但——」她又機伶伶顫抖起來，「信不在他那兒。」

「原來如此，某個人捷足先登了，」慕恩沉一張臉思索著，「這正是康斯帖佛這女人之所以想不開跳崖的原因，再玩不下去了。」

「喬，你——你是怎麼知道的？」金髮女人噙著哭聲問。

「幾個鐘頭前我接到一道電話，聲音頗鬼祟，是這鳥廝跟我說的，要賣我這封信還有前任女佣的自白，開價一萬現大洋，聽起來姿態頗強硬，我告訴他我得考慮考慮——然後我就到這裏來啦，」他伸手緩緩抬起他老婆的臉，「這毛賊顯然太不了解喬・慕恩了，過去現在未來，這類弄錢的手法我可玩得高明太多了。」他的手指極殘忍的幾乎按入她肉裏，「小茜兒，你和我告一段落了。」

「是，喬……」

「只要這椿宰人案子一落幕，我就和你一刀兩斷拜拜了。」

「是，喬……」

「我會拿走你的所有珠寶——那些我給你、你愛個半死的。」

「是，喬……」

「你那輛拉塞爾敞篷車，我決定讓它進墳場；你那件去年冬天買還來不及穿的貂皮大衣，我也決定一把火燒了；此外，連同你用我的錢所買的每一件衣服，我也決定讓它們一律火葬，小茜兒，這聽懂嗎？」

「喬……」

「還有，我會拿走你每一分錢，小茜兒，然後你猜我還會怎麼著？」

「喬……」

「我會一脚把你踹到貧民窟去，在那兒，你可以得其所哉和一堆屎相處，如此終你餘——」他講這些話，聲調完全平靜不帶一絲情感，但某種混雜著美國式和西班牙式的極度猥褻意味，卻讓三人聽得毛骨悚然；而且，在他講話期間，慕恩的那根手指始終掐入他老婆的臉頰中，黑眼珠一圈火般瞪著她老婆眼睛。

然後，他停了嘴，輕柔的把她的臉往後送，脚跟一轉，循著小徑往屋裏走去。她俯著身坐板凳上，彷彿凍壞了一般劇烈的發著抖，臉頰上的腫痕呈烏黑色，在柔和的月光下，他們看到的是烏黑色沒錯，然而怪的是，從她那樣子看來，他們感覺到某種極古怪極不尋常的舒暢之感，好像她自己都不敢相信，自己居然好端端活了下來。

□

「我的錯，」在他們快步但審愼循著慕恩脚跡往屋裏走時，艾勒里皺著眉，「我該預料到有這通電話，但來得這麼快，我根本措手不及不是？這傢伙八成是破釜沉舟做最後一搏了。」

「他還會打來，」墨萊喘著大氣，「慕恩剛才說的，慕恩會回答你去死吧——不會付一毛錢——屆時，我們也許有機會查到這傢伙是從哪裏打的，就目前我們了解，電話應該就是同一間屋子裏打的，那些分機——」

「不，」艾勒里打斷他，「讓慕恩去對付，沒理由期待這通電話會不同於第一通，能讓我們追到，我們可能因此打草驚蛇就划不來了，現在我們還有一張牌可打——如果事情還不太遲的話。」艾勒里加快脚步。

「高佛雷太太是嗎？」麥克林法官輕聲問。

但此刻艾勒里已走入那道摩爾式拱廊了。

13 假債券真立功

他毫不猶豫敲起高佛雷太太起居室房門，讓三人嚇一跳的是，來開門的居然是百萬富翁本人，他挑釁的仰起他那張醜臉，不怎麼和氣生財的樣子。

「怎麼？」

「我們得和高佛雷太太談一下，」艾勒里說：「此事非常非常重要──」

「這裏是我老婆的私人居所，」高佛雷悴然打斷，「我們從書房到後院哪裏都有人監視，現在連這裏你們都不放過，我的耐性已完全用盡了，到現在為止，我所看到你們做的，只是問一堆廢話外加跑前跑後，這個『非常非常重要』的事能等明天早上再談嗎？」

「不，不行。」墨萊探長毫不客氣駁回，儘管他根本不曉得艾勒里想問什麼，但他還是一掌排開這名百萬富翁跨入房內。

史黛拉‧高佛雷從躺椅上緩緩起身，此刻，她身上一襲輕薄但寬鬆的睡衣，光脚趿著拖鞋。她眼睛閃著一絲異采把睡衣裹緊，他們三人完全搞不清怎麼回事──一種很柔和、很夢幻、且幾乎是安詳的表情。

穿著緞子長袍的高佛雷走到她旁邊，站在她稍前一點的位置擺出護衛的架勢，三人交換了驚愕的一眼，似乎，和平終於降臨在高佛雷家中了——一種之前並不存在的和平與諒解。此刻，這個小個子富翁似乎比傳聞中的更奇特不可預期……眼看此情此景，三個人忍不住想起約瑟夫・慕恩剛剛在花園中修理他老婆那張凶狠狂暴的臉來，慕恩可眞是個最獸性、最不開化的人，帶著某種最原始的心性——某種對自己所有物的任意宰制心態，當這所有物不依循他的意思，他可以爲了宣洩自己無名的狂暴之氣，不惜去傷害、去凌辱；而高佛雷，儘管形體衰弱，卻是個文明之人，這麼些年來，他的老婆雖然對他而言等於不存在，甚或還背叛了他，然而，在他終究發現到他老婆背棄了如此的婚姻盟誓之時，他卻也重新找回了她的存在，且決然的原宥了她，更再一次把自己奉獻在她跟前！當然，也很可能是茹拉・康斯帖佛的不幸事故把高佛雷拉回他老婆身邊的，這名肥胖婦人，即使在她默不作聲之時，也是個悲劇人物，而她駭然的結局更像爲這整座宅第罩上一層柩衣一般；或也很可能，是混雜著謀殺的危險和法律懲罰的威脅，讓他們生出某種相濡以沫的情懷使然。總而言之，高佛雷夫妻溫柔的選擇了相聚，而慕恩夫妻卻暴烈的選擇分離，這是再清楚不過的分別。

「康斯帖佛太太她，」史黛拉・高佛雷開口，她眼中的陰霾深邃無比，「她——他們帶走她了嗎？」

「是的，」墨萊溫文的回答，「她是自殺的，至少，你應該慶幸沒發生另一樁謀殺案把事情弄得更麻煩。」

「眞可怕，」高佛雷太太一顫，「她是那麼——那麼孤單。」

「非常抱歉在這種時候來打擾，」艾勒里輕聲說：「暴力會引發暴力，而且你們之所以打心眼裏對我們這些人反感也合情合理。但沒辦法，高佛雷太太，我們職責在身無法旁貸，而且說眞的，我們從你這兒得到愈充分的合作，你也就愈可能早點擺脫我們。」

「你想說的究竟是什麼？」她和緩的問。

「我們相信，現在是大家攤牌把話說清楚的時候了，你的緘默的確帶給我們可想見的困擾，幸運的是，我們有機會通過其他的途徑得知大部分的事實眞相，請你相信我所說的，你已經沒必要再繼續保持沉默下去了。」

黝黑的婦人伸手握住她丈夫的手。「好吧，」她丈夫斷然開口，「這夠公平了，你們到底知道什麼？」

「到此爲止馬可和高佛雷太太之間的事，」艾勒里滿懷歉意的說：「所有一切。」

高佛雷太太另一隻手護著喉嚨，「你們怎麼會——？」

「我們偷聽到你對你先生的告白，對你們殷殷款待一種很痛苦的以怨報德，但我們實在別無選擇。」

她眼瞼垂下，臉色陰了下來，高佛雷冷冷的說：「我們不在這裏討論此等狀況下的倫理學，我只希望這不會被公諸於大衆。」

「我們從未告訴任何記者，」墨萊說：「可以了吧，昆恩先生，你到底想說什麼？」

「自然，」艾勒里說：「這些話必須嚴格限定，只我們在場五人曉得……高佛雷太太。」

「怎樣？」她抬起頭來，也回復剛剛看人的眼神。

「嗯，這樣好多了，」艾勒里一笑，「約翰·馬可勒索你，是吧？」

他認眞的看著眼前這對夫妻，如果高佛雷太太的反應是害怕，而高佛雷先生是驚訝或憤怒，那艾勒里將非常失望，畢竟，在經歷昨晚花園中那場自白之後，理論上，這個女人應該已卸下自己背負的沉沉重擔才是；而某種程度來說，艾勒里其實眞的樂見如此，因爲事情挑明開來，簡單多了。

她的回答是，「是的。」但馬上高佛雷先生粗暴的插了進來，「高佛雷太太已全告訴我了，昆恩，說出你的重點來吧。」

「高佛雷太太，你一共付過他多少次錢？」

「五次，六次吧，我不記得了，第一次在城裏，之後都在這裏。」

「相當一筆錢嗎？」

「是。」衆人幾乎聽不到她聲音。

「說重點！」渥特·高佛雷再次插嘴。

「但你的私人帳戶尚未提光是嗎？」

「我太太名下有相當可觀一筆資金，你到底要不要直接說重點？」高佛雷大吼。

「拜託你，高佛雷先生，我跟你擔保，我之所以問這些問題，絕對不是滿足我個人的惡毒好奇心而已。現在，高佛雷太太，你是否曾告訴過任何人——哦當然，除了你先生之外——有關馬可跟你之間的事，以及你曾經付錢給他這件事？」

她低聲回答，「沒有。」

「等等，昆恩先生，」畢萊探長傾身向前，艾勒里聞言有些不安起來，「高佛雷太太，我要你證實一下，星期六晚上你是否去過馬可臥房？」

「哦，」她虛弱的說：「我——」

「這件事高佛雷太太也告訴過我了，」高佛雷打斷她，「她是去向他求情的，那天稍早，他給她下了道最後通牒，要她在星期一付給他一大筆錢，因此，星期六晚上她才跑去求他別再這樣壓榨不休了。她很怕她再碰錢的話我一定會發現有異。」

「是，」黝黑婦人小聲說：「我——我都快跪下來了，一直求他……他好狠，然後，我也問他有關康斯帖佛太太和慕恩太太，他要我少管閑事，他居然在我家這樣跟我講話！」她臉色灸烈起來，「他還叫我……」

「是是，」艾勒里快快打斷，「這不是完全和我們已知的對號入座，嗯，探長？現在，高佛雷太太，你確定沒其他任何人知道你付了一大堆錢給馬可？」

「沒任何人，哦，我確定絕對沒任何人——」

這時，蘿莎忽然出現在高佛雷太太起居室門口，她說：「抱歉，我不得不聽你們講話……昆恩先生，事實並非如此，媽倒沒說謊，只是她並不曉得她多麼容易被人一眼看穿，每個人都一眼看穿，只除了爸，他一直瞎了似的。」

「哦，蘿莎。」史黛拉・高佛雷一聲呻吟，女孩飛快奔向她，緊緊抓著她手臂，渥特・高佛雷則畏怯的喃喃著，往旁讓開了點。

「這怎麼回事？」墨萊嚷了起來，「我們這可眞叫有眼無珠了！你是說，高佛雷小姐，你完全知道你母親和馬可之間種種？」

蘿莎低聲安慰她母親，「好啦，媽。」然後，她平靜的說：「是，沒人告訴我，但我也是女生，而且我長了眼睛，此外，媽實在是個爛演員，打從那個人面獸心的東西到這兒來之後，她每一分每一秒所承受的煎熬我全看在眼裏，當然我知道，我們全部人都知道，我敢講大衛也清清楚楚看出來，我甚至相信就連厄爾——沒錯，就連厄爾他——也曉得，當然，還包括屋裏所有佣人……哦，媽，媽，你爲什麼不老實跟我講？」

「那——但是——」史黛拉・高佛雷喘著大氣，「那你跟——」

「蘿莎！」一旁百萬富翁也叫起來。

蘿莎低聲說：「我得做點事啊，在不引發他疑心的前題下，任何……這我甚至連大衛都不敢講，其實我跟他無話不談，但——但這件事我感覺我得一個人私下進行，哦，我曉得我很神經，也完全做錯，我應該直接回頭來找媽，找爸，讓所有人都直接面對現實才是，偏偏我像個傻蛋一樣試圖——」

「一個勇氣十足的傻蛋，不管怎麼講。」麥克林法官柔聲說，眼神閃亮。

「好啦！」艾勒里說，緩緩深吸了一口氣，「我敢打賭，對柯特這小伙子而言，這可是天大的好消息……我們繼續吧，因爲我們有的時間可能遠比我們想的要迫切。高佛雷太太，從馬可被殺之後，是否有個不知名的神秘人物跟你聯繫過——這個人宣稱他握有原先馬可手上、有關於你們關係的那些個物證，意圖勒索你，要你付錢？」

「沒有！」她似乎光一想到此事就嚇壞了，緊緊抓著蘿莎的手好像個小孩一般。

「如果這樣的威脅臨頭，你打算怎麼應付？」

「我——」

「反擊！」高佛雷聲如雷鳴，「反擊回去。」他銳利的小眼睛精光暴射，「聽著，昆恩，你早胸有成竹了我知道，我一直留意你，我也很欣賞你的行事作爲，你這是要求我們配合你行事是嗎？」

「沒錯。」

「好，那一言爲定。史黛拉，請鎭靜下來，我們得理解一件事，這些人的確知道得比我們多，而且我也確信他們不會魯莽行事。」

「好極了，」艾勒里眞誠的說：「那現在聽著，某個人已取走了死者所握有的有關高佛雷太太的物證，高佛雷太太，毫無疑問這個人一定會找上你，隨時，要求一大筆錢來換回這些物證。如果你能照我們所講的做，極有可能我們會逮到這名勒索者，並且爲解決這整樁命案打通一個極重要的障礙。」

「非常好，昆恩先生，我會盡力而爲。」

「我們要的正是這樣的鬥志，這好多了，你曉得，高佛雷太太。現在，探長，是否該你貢獻一番你這身經百戰的腦子好——」

□

到第二天早餐10點爲止，這通預期會打給高佛雷太太的電話並未到來，三個大男人在屋裏無所事事，除了愈發的焦躁也愈發的沉默。艾勒里尤其憂心，這勒索者沒理由會疑心有個陷阱正等著他才是，這傢伙是在昨天晚上10點30分時打電話給慕恩的，而慕恩，很顯然並不以爲自己受到監聽，只簡單臭罵兩句，就把電話給掛了。奉墨萊之名鎭守於總機處負責監聽的刑警——墨萊完全不理會艾勒里的諄諄告誡——沒能追蹤到電話來源，但艾勒里也完全確信，該刑警並未犯下什麼錯誤，讓勒索者有機會疑心到電話已有人監聽。

隨著早報的送達，此樁案件的一部分訊息已傳佈開來，本郡的報紙和馬騰斯市銷行居首的小報皆以頭條處理，予以相同的報導：有關塞西莉雅．寶兒．慕恩和死者馬可間的不倫之事。因爲這兩報的老闆是同一人，而且兩報也同樣刊登出物證——情書加照片。

「也該早料到此事才對，」艾勒里低聲說，厭惡的將報紙一扔，「當然啦，蟲不會兩次鑽同一個洞，這回這些物證當然是改寄到報社去，我看我腦子八成鏽壞了。」

「不必心存僥倖，」法官思索著說：「認爲這個秘密也許能秘而不宣，無疑的，對方的想法是，把有關康斯帖佛太太的物證送墨萊那邊，現在又將慕恩部分的物證送報紙媒體去，這不僅是有意懲罰康斯帖佛太太和慕恩夫妻，同時也是有意警告高佛雷太太，我以爲，這通電話應該很快會來。」

「那就快啊，我都等得快瘋了。可憐的墨萊，他會被這些報紙給搞死，羅許告訴我，現在所有記者全盯著他不放。」這兩報在報導中還特別指出，現在「慢半拍」的警方可終於有機會知道謀殺馬可的動機了。此外，康斯帖佛太太自殺身亡一事，亦被繪聲繪影爲另一則理論——女凶手無言的自白。然而官方完全保持緘默，很顯然，探長對此命案有他個人更好的「答案」，在如此慕恩夫婦搖身變爲大衆注目的焦點之後，墨萊完全讓他們兩人和記者隔離開來——女的已幾近崩潰的邊緣，男的則謹愼、沉默且具危險性。

墨萊回屋子裏來，臉上寫滿了憂慮和凶暴的戰鬥之色，三人一言不發縮回總機所在的小房間裏，現在除了等，無事可做，高佛雷夫婦守在高佛雷太太起居室中，坐總機前的一名刑警頭戴耳機，桌上一本攤著的速記用小本子，從電話主機額外拉出三條線來，接上艾勒里三人頭上的耳機。

10點45分，耳機傳來電話鈴響，才聽到第一個字時，艾勒里便急切的點著頭，是那個奇怪且沙啞的聲音沒錯，這個聲音說找高佛雷太太，刑警鎭定的接了線，並拿起鉛筆等著，艾勒里暗中禱告，祈求高佛雷太太千萬別砸鍋。

他大概可放下心中吊桶了，她把個柔弱、不知如何是好的被害人角色演得近乎完美——而且還眞像打心底深處傾洩而出的一般。

「高佛雷太太嗎？」聲音中有一股壓抑不住的急切之感。

「是。」

「你一個人嗎？」

「呃——你哪位？你有何貴幹？」

「你是嗎？」

「你別管我是誰，我長話短說，你看了今天的馬騰斯每日新聞嗎？」

「是啊，是哪一——」

「看啦！是怎——」

「你看了有關塞西莉雅‧慕恩和約翰‧馬可的報導嗎？」

史黛拉‧高佛雷沉默下來，她重新開口時，聲音一變爲嘶啞且憂心，「看了，你問這幹什麼？」

這怪異聲音開始敍述一連串艾勒里等人已知的事實，每說一件便伴以史黛拉‧高佛雷的痛苦呻吟……然後呻吟聲尖利起來，持續下去，到幾近歇斯底里的狀況，詭異得令墨萊探長和麥克林法官兩人狐疑的面面相覷，分不清是眞是假。「你希望我把這些東西送報社去嗎？」

「不要，哦，不要。」

「或交給你丈夫？」

「不要，我什麼都答應，只要你不——」

「這才像話，現在你這樣大家就好商量多了。我要兩萬五千美元，高佛雷太太，你是個很富裕的人，這幾個錢你自己口袋裏都有，沒人會察覺的。」

「但我已經付了——付這麼多次了——」

「這是鐵定最後一次，」怪異聲音急切的說：「我不會騙你的，像馬可那樣，我絕不出爾反爾，你給錢，在下一班郵件你就會收到這些信和照片，我跟你保證，我絕不會耍你——」

「你只要肯還我，我什麼都答應，」高佛雷太太啜泣著，「從這些……哦，我一直跟活在地獄一樣。」

「的確如此，」該聲音說著，這一刻提高了不少，信心勃勃，「我完全理解你的感受，馬可是隻髒狗，他惡有惡報，只是我現在有點麻煩需要錢……你多快能拿到這兩萬五千塊錢呢？」

「今天！」她叫著，「我沒辦法給你現金，但我這裏有個私人保險箱……」

「哦，」聲音又詭異起來，「這不行，高佛雷太太，我要小額的現鈔，我不要冒險——」

「但這跟現金沒兩樣！」高佛雷太太裝得眞滿像的，「這都是可轉讓債券，而且，匆忙中你要我到哪裏弄這麼一堆小額現金？那反而會讓人起疑，我家裏這幾天滿屋子警察，我甚至連出門一趟都沒辦法。」

「這的確是麻煩沒錯，」聲音低吟起來，「但如果你是想藉此坑我的話——」

「可是被警方察覺怎麼辦？你以爲我腦子壞掉了是嗎？我最不希望發生的就是有人會——

會知道這件事，而且可以這樣，你可以先不把這些東西寄回給我，等你順利把這些債券換成現金之後再寄，哦，拜託你——給我個機會嘛！」

聲音靜了下來，很顯然在做風險評估，半晌，這聲音明顯的沮喪起來，「好吧，我們就這麼說定吧，我不要你親自帶東西過來，我也不想去你那兒拿——你那兒一大票警察在，你能郵寄這些債券給我嗎？你能不引起任何人注意寄出來嗎？」

「我確信可以，哦，我曉得一定可以，你要我寄到哪——」

「別寫下來，你不會要誰看到你記下的紙條吧，把地址記腦子裏。」聲音頓了下來，好半天，整個高佛雷家一片死寂如墳場。「馬騰斯市，中央郵局，一般郵寄轉交，J.P.馬求斯收，你覆誦一遍。」高佛雷太太抖著嗓子唸了一遍。「很好，把你的債券寄到這兒，用普通的褐色信封，限時專送，你馬上辦，要是你立刻寄出來，那今晚郵件就能到馬騰斯市中央郵局了。」

「是的，是的！」

「記住，如果你敢搞鬼的話，這些信和照片就會送到馬騰斯每日新聞的編輯手中，到時，你縱使有天大本事，也無法阻止這些東西上報紙頭條。」

「不會的，我絕對不會——」

「我猜你也不敢，如果你好好跟我配合，幾天之內你就可要回這些東西，我一把債券兌現就寄回給你。」

咔嚓一聲，電話到此為止，樓上，高佛雷太太如獲大赦的撲入她先生懷裏，高佛雷先生的神色異樣的溫柔；至於樓下總機室的四人，則取下耳機面面相覷。

「好啦，」墨萊沉靜的說：「昆恩生生，看來一切順利。」

艾勒里很長一段時間沒開口，他皺著眉，手上的夾鼻眼鏡擦著嘴唇，半晌他才低聲說：「我想，我們該找特勒來參予此事。」

「特勒！」

「喔，我以爲這幾乎是不可或缺的，如果事情發展一如我所預料，那很好；就算事情有變，這也會避免造成傷害，你無需告訴他事情的嚴重之處，特勒是那種少見的候鳥一隻，能靠僅有的一絲絲訊息就能找到方向。」

墨萊撫著下巴，「好吧，這宴會是由你召開的，我想你也很淸楚自己在幹什麼。」他直截了當下了令，然後上樓去，監督當前最要緊的債劵郵寄作業。

□

「我只憂心一件事，」當天下午他們坐上黑色警車後座，全速趕往馬騰斯途中，墨萊如此坦承，他看著特勒戴著常禮帽的腦袋瓜，正坐在駕駛旁的前座，立刻壓低嗓子，「這位手握照片、自白書、信件乃至於他媽的管他什麼玩意兒勒索高佛雷太太的傢伙，我們怎麼曉得他不會把哪些鬼東西藏哪個鬼地方去？逮住他也許沒問題，我怕的是這些物證會從我們手中溜走。」

「道義良心問題是嗎？」艾勒里抽著菸，「我不以爲，探長，今天稍早你只摩拳擦掌的希望就此逮到殺馬可的凶手，一種滿合理的推斷是——如果馬可的死因眞是這些個物證——現在手中握著物證的此人便是殺人凶手，可別告訴我你忽然顧忌起我們這位女主人起來了。」

「呃，」墨萊沒好氣的說：「這樣她會被搞得一團糟糕，追根究底來說，她其實是個很不錯的女人，我只是不希望造成她任何不必要的煩惱罷了。」

「錯失這些物證的危險性倒不高，」法官搖著頭說：「對這傢伙而言，這些東西太寶貴了，不太可能不帶身邊；此外，他也必然曉得，就算這是個陷阱——這點我極其懷疑，從他在電話中的反應判斷——反正他再也沒機會再從別處弄到錢。他現在一定非常沮喪，在康斯帖佛太太和慕恩太太身上兩皆落空，不，不，這次對他而言是最後一擊了，只要你逮住他，探長，我相信你也一定能同時找到這些個物證。」

他們避人耳目的出了西班牙岬，墨萊探長堅持且斷然下令，所有執勤警員一律不參予這個任務，只一輛不起眼但馬力十足的車子跟他們後頭，裏頭人員一律便服，另外一輛同樣不起眼也同樣馬力十足的車子則隱在西班牙岬外的主公路處，以防任何緊急狀況所需。馬騰斯方面，他們也立刻聯繫了當地警方，即刻派人監視該市整座中央郵局大樓，連郵局職員都雜入僞裝的警方人員。至於擔任誘餌的郵件，裏頭裝一堆假債券，爲了不引起勒索者任何可能疑心，特意先轉到附近的瓦伊城，就像其他正常的郵件傳送管道一般，再間接送至馬騰斯來，墨萊探長不願冒任何一絲絲風險。

兩輛車的乘員在距馬騰斯中央郵局好幾個街口便下車，第二輛車上的便衣直接步往這幢大理石建築，在短短十分鐘內便完成一圈包圍著郵局的隱秘性防線，墨萊探長則領著他那車人偷偷由後門進入郵局內。特勒，眨著他好奇的小眼睛，人站在一個一般郵件所用大型房間一角，領受這一絲也錯不得的任務交付。

「只要你一看到有任何你熟識的人，」艾勒里交待，「馬上給那名職員信號，接下來的他會處理，或交由我們來負責，那名職員會清查他使用的姓名。」

「是，先生。」特勒小聲問：「您的意思是，家裏有人涉入這個案子是嗎？」

「非常可能，可千萬別搞砸，特勒，奉自己生命尊嚴之名千萬別搞砸，墨萊探長今天下午可是把什麼都押在這裏了，你找個不爲人注意、但可以淸楚看到每個進來人臉孔的地方，我們這一番天羅地網是否奏效眞全看你了。」

「您可以放心交給我。」特勒莊嚴的說完，便舉步走到他選中的位置去，墨萊、法官和艾勒里三人則一起隱到門邊的隔牆後頭，分據三張椅子上，由牆上平日設而不用的小孔監視這一邊的狀況。此時，已有數名便衣進駐室中了，趴桌上奮筆直書，持續塡寫一堆沒意義的領款單之類的，然後，其中某一名會走出去，但旋即會有另一名便衣進來接手，墨萊以挑剔的眼光看著他這些個手下的演出，但找不出哪裏有漏洞，是的，天羅地網已然佈置完成，看起來殊無異狀，剩下的，便只有等待獵物上門了。

他們足足等了一個小時又廿分鐘，隨著牆上大鐘的每一聲咔嚓之聲愈發緊張起來。正常的郵政業務持續進行，人來人往，買郵票，領款，郵件包裹由櫃台窗戶遞出云云，郵政儲蓄的窗口一直沒間斷過，動不動就排長龍，偶然眼看要消化光了，馬上又是長龍一條。

墨萊的方頭雪茄早熄了，在他嘴上動著宛如淺灘上的木樁，沒人講話。

然而，苦苦等待的那一刻來臨，卻險險從他們高度的戒備狀況下溜過。這人僞裝得近乎完美，要不是該名僞裝職員和特勒——機警到事後讓墨萊探長打心底感謝——那這一番事前佈置將完全是浪費時間，而這名僞裝良好的獵物亦將從容逸去。

時間是郵局打烊前十分鐘，當時整個郵局擠滿了匆忙辦事準備回家的人，一名黝黑臉孔的小個子男人從外頭閃了進來，直往一般郵政的窗口走去，此人蓄了黑髭，顴骨之上、左眼之下有顆黑痣，他排在人群之後，老鼠般一直伺機往前擠，若說他有什麼較易引人注目之處，那無非是他的脚步，他走起路來臀部輕微款擺著看起來頗怪異，除此而外，他實在談不上什麼特徵，輕易的便融入人群之中。

排他前頭的人辦完事之後，便輪他到窗口了，他伸出一隻黝黑的手，以嘶啞的嗓子說話，彷佛感冒了一般：「有J.P.馬求斯的郵件嗎？」

牆後窺視的艾勒里三人，看見該職員搔著右耳，臉轉往一側，就在此時，特勒的腦袋忽然從旁冒出來，他小聲的說：「沒錯，化妝過了，先生！但一定是這個沒錯。」

該職員的信號和特勒的低語，令三人霍的起身，觸了電一般，墨萊領先衝往門口，無聲的開了門，高舉右臂，通過郵局的大玻璃窗子向外頭打訊號，在此同時，那名職員已拿了個褐色包裝的小而扁平包裹回來，住址是手寫的，上頭的郵票業已蓋了郵戳，小個黑膚男子以他瘦小的手接過這包裹，從窗口退開來，半轉過身。

他一抬頭，彷彿第六感示警，發現自己正處在一間滿滿是人、而每個人都靜靜瞪視著他的房間裏，數名殺氣騰騰的男子圍牆般圈住他，並步步逼近，他的臉孔瞬間蒼黃起來。

「馬求斯先生，包裹裏是什麼東西？」墨萊探長愉快的問，邊伸手搭上此人肩膀，墨萊的右手仍深插他外衣口袋中。

那方褐色小包無力的從該男子手中滑落，掉到地板上，黑膚男子也跟著抖動起來，癱倒下來，像瞬間解體一般，墨萊迅速彎身下去，伸手到該男子胸前，一抹茫然的滑稽表情浮現臉上。

「怎麼，他昏過去啦！」麥克林法官叫道。

「先生，不是『他』，」特勒柔和的聲音從後頭傳來，「鬍鬚是假的，正確的來說，先生，應該是她才是——我相信，先生，探長剛剛也發現了。」說著，他掩嘴竊笑起來。

「女的？」法官再次驚呼。

「想胡弄我們，門都沒有，」探長勝利的說著，揚起右手，「東西就放她口袋裏，老天垂憐，我們完成任務了。」

「化妝得好，」艾勒里低聲說：「但她走路臀部擺動的樣子卻讓她無所遁形，這位是高佛雷太太的前任女佣是吧，特勒？」

「先生，我是從那顆痣認出來的，」特勒小聲說：「嘖嘖，有些人多麼容易陷身罪惡之中啊！是的，先生，是琵慈沒錯。」

14 志願女佣的不尋常告白

波音塞特的警察總局裏，這幾天來首次有了歡笑的氛圍，各色謠言傳聞充斥其間，一堆記者擠在隔音門外喧鬧；就連警局其他部門的人員也想辦法藉故一探墨萊辦公室——辦公室內，一名警方醫生負責看護被逮的女人。各路電話亦蜂擁而來。墨萊探長極盡職的把這一票記者阻隔在外，艾勒里——他是整個總局大樓內最古井不波的一人——遂能自在不受干擾的四下詢問，然而，其實總局什麼新訊息也沒有，荷里斯・瓦林的小艇始終沒影子，奇德船長和大衛・庫瑪亦不知所終，甚至——艾勒里不禁哂然失笑——就連琵慈的下落其他部門都還不曉得，此外，魯修斯・賓菲德那頭也沒報告進來，儘管大量的警力一直投入做地毯式的搜查。

然後，一道正式的命令下來要求恢復正常作業，負責看護的醫生一抬眉毛，宣佈曾昏厥倒地的女人已無大礙，瞬間，工作的焦點便鎖定在她身上了。

她坐一張大皮椅子上，緊緊抱著自己臂膀，她的膚色呈暗灰色澤，又將一頭鬈曲的黑髮攏成男性式樣，但脫了帽子並弄去假髭鬚之後，她不折不扣是個女人——一個滿臉驚恐的小個子女人，有著一雙深褐眼睛及刀子般的削瘦身軀。她大約三十歲左右，此刻儘管落難，但仍掩不住一種媚人的美麗。

「好啦，琵慈老女孩，」墨萊溫柔的拉開序幕，「你這下可被逮到了，不是嗎？」她沒反應，瞪著地板。「你不否認你是琵慈吧，高佛雷太太的女佣？」一名負責速記的警員專心坐桌前，本子攤著。

「是，」她以在郵局時同樣沙啞的嗓子回答：「我不否認。」

「上道！你曾打了通電話到西班牙岬找茹拉・康斯帖佛太太？又打了兩通給慕恩先生？今天早上又打了通給高佛雷太太是嗎？」

「原來你們監聽了電話，」她笑起來，「完全掌握了我，沒錯，就是我。」

「是你託馬騰斯市那男孩把康斯帖佛太太的那包物證送交我的？」

「是。」

「把慕恩太太那包物證寄給報社的也是你？」

「是。」

「好女孩，我想我們的合作會非常愉快才是。現在，我要你告訴我，有關上星期六晚上到星期天早上的事情，一五一十的。」

第一次，她抬起暗褐色眼睛直視墨萊，「如果我不講呢？」

墨萊臉一拉，「哦，你會講的，你一定會，小女孩，你的處境不怎麼妙，你曉得在本州勒索罪要負什麼刑責嗎？」

「我更擔心的是，」艾勒里柔聲插嘴，「探長，琵慈小姐極可能還得負起謀殺的刑責。」墨萊看向艾勒里，女人舐了舐乾裂的嘴唇，瞟了艾勒里一眼，目光又垂落地板。「昆恩先生，這由我來就行了。」墨萊有些不爽的說。

「很抱歉，」艾勒里輕聲道歉，點起一根菸，「但也許我最好先為琵慈小姐分析清楚狀況，我相信她會了解保持沉默沒什麼好處可言。

「也許我該先指出一點，探長，我之前就了解高佛雷太太那名消失不見的女佣必然就是你所要的勒索者，在乍乍發現此事那一刻，我驚訝的發現，這裏實在存在著太多巧妙的偶合了，你看，琵慈被目擊——目擊者是朱崙——在馬可被殺的推斷時間中，曾和馬可在一起，且正正好稍早於某人潛入馬可房裏，找出那張誘馬可到陽台赴約的贗造字條碎片，並加以拼合；這是巧合嗎？同樣是上星期六晚上，高佛雷太太從馬可那兒回房，按鈴找女佣時，相當長一段時間並沒反應，後來琵慈到了之後，卻表明她身體極不舒服，而且神色似乎頗為激動，這也是巧合嗎？謀殺發生之後，這名女佣便消失不見，她開了馬可的車子跑掉，這同樣是巧合嗎？」女人的眼睛閃爍著。「琵慈的行踪止於馬騰斯，而探長，你那包來歷不明的物證不正好也來自馬騰斯，這仍是巧合嗎？而整個勒索事件，實際來看，正正好發生在琵慈失踪之後，這又是巧合嗎？高佛雷太太前任女佣，在沒有明確的原因情況下忽然去職，約翰·馬可隨即推薦了琵慈，這又是巧合嗎？然而最醒目的莫過於——在康斯帖佛太太、慕恩太太和高佛雷太太三樁事件中，同樣對這三個不幸的女人最致命的證物之一便是……女佣的簽名證詞！」艾勒里憂傷的笑笑，

「巧合是嗎?完全不可能,因此,我完全肯定,琵慈即是勒索者。」

「你認爲自己很聰明,是吧?」女人恨恨的說,薄而利的嘴唇撇著。

「對於我個人的聰明才智,琵慈小姐,」艾勒里微微一鞠躬,「我尚有幾分自許。不止上述所說的,我同時也很確定,我知道琵慈和馬可兩人的關係,探長,你那天曾親口告訴過我,你紐約那名私家偵探好友李納德曾追出,在馬可歷次誘被害人上鈎時,似乎有共犯存在的可能,而在這三樁事件中,居然都有一名窺探私情的女佣願意挺身證言來回報她的雇主——當然啦,每份證詞上的簽名不同,只說明這些名字都是假的罷了——這和馬可這樣的人可能雇用的共犯,在概念上完全一致。所以,要進一步把勒索高佛雷太太的女佣推演成馬可的經常性共犯,這無需什麼特別的想像力。」

「我要找律師。」琵慈忽然開口,並作勢起身。

「坐好。」墨萊沉著臉說。

「琵慈小姐,你當然擁有法律對你的基本權益保障,」艾勒里點點頭,「你可想到哪位律師可代理你嗎?」

她眼中浮現希望之光,「有!紐約的魯修斯・賓菲德律師!」

現場應聲沉靜下來,艾勒里一攤手,「這不又來了嗎?探長,你說你還需要什麼進一步的證據呢?琵慈要的正是代理約翰・馬可那名惡名昭彰的訟棍,再次巧合是嗎?」

女人跌坐回椅上,明顯的慌了,她咬著下唇。「我——」

「親愛的小姐，遊戲已告一段落了，」艾勒里和藹的說：「你頂好把一切從頭到尾講出來吧。」

她仍緊抿著嘴，眼睛閃動，顯然正垂死掙扎的算計著，「我願意和你們交換個條件。」

「什麼，你——」墨萊怒吼起來。

艾勒里伸手把探長拉回來，「說眞的，有何不可呢？我們最好學學商人那樣，至少，聽聽看提議又不會死。」

「這樣，」她急切的說：「我栽了，這我很淸楚，但我還是有能力搞鬼，你們不希望高佛雷家的醜事公諸於世，是吧？」

「所以呢？」墨萊怒道。

「所以說，只要你們以正確的方式對我，我就不說出去，如果我下定決心要講，你們根本沒法子阻止！我只要直接講給記者聽，或通過我的律師，你們擋不住的，給我個機會，我就答應守口如瓶。」

墨萊彆扭的盯著她，忙裏偷閒掃了艾勒里一眼，咬著嘴唇開始踱起方步來，好半天。「好吧，」最後他粗著嗓子開口，「我不打算和高佛雷一家過不去，我也不希望他們受到傷害，但這並非承諾，聽淸楚沒？我會找地方檢察官談談，看看能不能說上點話什麼的。」

「如果，」艾勒里柔聲補充道：「像他們警察常說的，你能充分配合的話。」

「好的，」她輕聲說，瘦削的臉一片陰霾，「我不曉得你們怎麼知道，但沒錯，我是先由馬可安排到康斯帖佛太太身邊，然後再慕恩太太，最終則是高佛雷太太，在亞特蘭大當天晚上拍那胖女人照片的是我，靠著耳朵聽眼睛看，我每回都能弄到所有內情。這回康斯帖佛太太和慕恩太太人一到西班牙岬，就立刻認出我來了，因此他們也就完全清楚高佛雷太太是在什麼一種處境之中，但我猜，馬可要她們絕不可透露有關我的事情，我想她們依然怕他怕得要命，什麼屁也不敢放。好啦，我把事情都講了，看老天爺份上，可以讓我找魯修斯・賓菲德了吧。」

探長目光閃動，但他只尖酸的說：「只是扮演如此道具，嗯？吃裏扒外，星期天大清早經自己老闆房裏弄來這些個證物，然後再用這個倒打一耙來賺一票，是不是這樣？」

女人黝黑的臉上一下子表情洶湧。「爲什麼不？」她叫起來，「當然我這麼做還客氣啊！她們是馬可的獵物也是我的，是，我是負責扮演他的配角沒錯，但我仍有我舉足輕重的地位，這該死的馬可也心知肚明！」她一口氣到此，停下來喘息，馬上，又帶著勝利意味的尖聲說下去，聲音令人毛骨悚然，「道具，嗯？去他媽的我當然是道具沒錯，我是他老婆！」

所有人全傻眼，馬可老婆！馬可此人的惡行登時完全展露在三人面前。他們才剛經歷了蘿莎・高佛雷順利掙出魔掌的作嘔之感，他們才剛剛可以舒舒服服的想，這惡棍已經掛了，所有的危機已告一段落了。

「他老婆，嗯？」在墨萊好容易恢復了講話能力之後，他啞著嗓子說。

「是，他老婆，」她陰森森的說：「當然，現在可能沒什麼看頭了，但我曾經也有青春迷人的少女時期，我們四年前在邁阿密結婚，當時他去那邊勾搭個百萬富翁的寡婦，我則是那兒混大的，我們兩人一拍即合，他喜歡我當時的樣子，正因為他實在太喜歡當時我那調調了，我就要他乾脆大家結婚可盡情消受，我猜，我是他這輩子所遇過唯一擺平他的女人……從那之後，我們就開始玩各種遊戲，女佣這點子是他想出來的，還是最近這段期間才開始運用，我從頭到尾不喜歡這樣，但這也的確替我們弄到不少錢……」他們讓她講下去，此時，她雙手抓著椅把，眼睛看著虛空的某一點。「每完成一次，我們就找個地方渡假享受一番，錢用光了之後再找下一個獵物，一直都是這樣子，因此馬可一死，我當場就陷入窘境，手上一個子兒沒有，又處於極端危險的境地，我總得想法子活下去不是？我想，他要不是貪婪到這種地步，可能到現在也還活得好好的，宰他那人實在做了件替天行道的善事，老天爺曉得，我當然也不是什麼天使人物，但他實在是有史以來最爛最爛的人渣一個，我愈來愈痛恨他，我也痛恨自己所處的卑下位置，天下沒哪個女人樂意看到自己丈夫和其他女人上床，他總說這是生意，但這生意他可是有吃有拿，開心得很，去他媽的該死東西！」

墨萊走向她，站她跟前，她停了下來，仰頭看他，有點驚愕。「因此你就把繩子套他脖子上，」他嚴酷的說：「把他給了結了，好一人獨吃！」

她霍的起身，悲鳴起來，「我沒有！我就知道你會這麼想！這正是我最怕的，我根本不敢寄望你們這些笨警察能聽懂我的話。」她伸手向艾勒里，抓著他衣袖，「聽著，你好像比較有腦筋，跟他講他想錯了！也許我是想——想把馬可給宰了沒錯，但我沒殺，我發誓我沒殺！只是我不能呆呆留這兒等人家發現我，如果我不需要錢的話我還可能眞會殺他，哦，我不曉得我自己講哪裏去了……」

她整個人差不多崩潰了，艾勒里溫柔的拉著她，讓她坐回椅子，她縮在椅子一角，啜泣起來。「我想，」艾勒里以撫慰的腔調說：「我們能向你保證，至少會給你一個公平的機會證明你沒殺人——如果你眞沒殺人的話，馬可太太……」

「哦，我…」

「這不急於現在就證明。我問你，上星期六晚上你爲什麼去他臥房？」

她啞著嗓子，聲音就跟他們在電話中聽的一樣，「我瞧見高佛雷太太進去，也許我是有點吃醋吧，其實那一陣子，我一直找不到機會和——和馬可私下談談，這情形好多天了，我想知道他打算怎麼料理這三個女人，我一直認爲他這回是想吃乾抹淨痛撈一票。」

她停下來，抽著氣。法官低聲對艾勒里說：「很顯然，她還不知道馬可準備拿了錢之後帶蘿莎走人，他是眞的不惜犯重婚罪嗎？這可惡的壞蛋！」

「我不認爲，」艾勒里輕柔的回答，「他不會冒險的，他腦子想的絕不是結婚這兩字……請說下去，馬可太太！」

「總而言之，我看到高佛雷太太快一點鐘時離開他臥房，」她放下掩臉的雙手，坐直起來，呆呆盯著艾勒里，「等他也出門之後，我立刻溜進他房裏，我不敢把他擋下來，也不敢直接找他講話，因爲我怕有人會瞧見，他那樣子看起來好像趕著去哪兒，穿得整整齊齊，我完全不知道這是幹嘛……我潛入他房裏，打算等他回來，然後我便看到火爐裏的碎紙片，我把紙片揀出來，跑浴室裏去，這樣就算有人闖進來也不會發現我在，讀了那張字條之後，我想我是氣瘋了，我一點也不曉得蘿莎這女孩的事，也從未想過馬可會和她有什麼牽扯，但看了字條之後，我想他這回是打算寓歡樂於生意之中了……」她絞著雙手。

「是嗎？」墨萊探長忽然話聲也柔和起來，「我們能了解你當時的感受，你打算當場逮住他背叛你，因此你下到陽台那兒準備興師問罪，是不是這樣？」

「是的，」她低聲說：「高佛雷太太讓我走之後——我跟她講我病了。我要親眼看到事情眞相，當時屋子很靜——時間很晚了……」

「幾點了，當時？」

「在我下到陽台石階那裏時，大概是1點20分左右，我——」她噓了下氣，「他死了，我立刻看出來，他直挺挺坐那裏，背向著我，月光照他脖子，我清楚看到他頭髮底下有一道血痕，」她哆嗦起來，「但可怕的不是這個，不是這個，他——他赤裸裸的，赤裸裸！」她又開始哭了起來。

艾勒里這時急急開口，「你能不能再說清楚點？你看見他的確實時間？快！快講清楚！」

但她像沒聽見催問似的接著說：「我下了陽台石階，我走近桌子，我想我腦子一片昏亂，我隱約記得，他面前桌上好像放了張紙，握著筆的手垂著指地上，但我太害怕了實在沒辦法——沒辦法……忽然我聽到有腳步聲，從石子路那裏傳來，我馬上醒覺出我的處境，已經來不及跑開了，因爲無論如何都會被這個人看到，我得趕緊想法子，月光底下，我以爲我似乎有點機會……我把手杖塞他另一隻手裏，把帽子替他重新戴好，再給他披上披肩，繫脖子上，好擋住——擋住他脖子上的血痕，」她彷彿回到那晚月光底下一般驚魂未定，「這披肩事實上可以讓人看不出他渾身赤裸，我確信如此，我一直等脚步聲夠近了，才開始講話——想到什麼講什麼——試圖裝出馬可想勾搭我，但不怎麼順利一樣，我曉得那人還在偷聽，於是我跑上石階好像逃開馬可一樣……我看到偷聽的人躲石階上段那一帶，掃一眼就知道是誰，那是朱崙，我當然曉得朱崙聽到這些後不會再下陽台去，但我得做最壞打算，於是我直奔屋裏馬可房間，把所有的照片、信件什麼的拿走——他把這些藏衣櫃子裏——回到我自己房裏，馬上打包行李，然後下到車庫，找到馬可的車開了就走，我原來就有一把車鑰匙，爲什麼我不該有，我是……我是他名正言順的老婆，誰說不是？」

「如果你沒殺人，」墨萊扳著臉說：「你難道沒想到，你這樣子跑掉會讓自己處境更危險不是？」

「我非走不可，」她絕望的說：「我很怕被揭露出來，我得立刻動身，因爲萬一朱崙發現他已經死了，驚動起來，那我就完全沒機會離開了，尤其當時還有這些物證藏馬可房裏。」

墨萊抓抓耳朵，眉頭緊皺著，從女人的聲音和所敍述的經過聽來，這些話邏輯前後一致，應該是事實沒錯。當然，他握有絕佳的情況證據可對付她，速記員已一字不漏記下她所說的每一個字了，但……他看向艾勒里，這瘦削的年輕小伙子卻正好轉過臉去，而且一臉驚訝之色。

艾勒里一個旋身，到了女人身旁，抓住她臂膀，女人尖叫出聲，身子往後一縮。「你得再說清楚點！」他急切的說：「你說在你到達陽台第一眼看見馬可時，他是完全赤裸的？」

「是啊。」她顫抖著。

「帽子在哪裏？」

「什麼，在桌上啊，手杖也是。」

「那披肩呢？」

「披肩？」女人因驚愕睜大了雙眼，「我沒講他披肩在桌上啊，我有嗎？我全都亂成一——」

艾勒里緩緩放開她手臂，眼珠裏閃著希望之光。「哦，不在桌上，」他以十分怪異的聲音說：「那在哪兒——陽台的石板地上嗎？當然啦，披肩一定掉石板地上，凶手脫下來時丟的。」他的兩眼這會兒明亮起來，緊緊鎖住她的雙唇。

她完全不知所措，「不是，披肩也不在陽台地上，我的意思是——怎麼搞的亂成一團？我的意思是它哪裏也不在！我的意思是什麼也沒有！我想你是以爲——」她的聲音又逐步昇高成尖叫。

「先別管我想什麼，」艾勒里喘著氣，又抓住她手，猛烈的搖著她，搖得她整個腦袋往後甩。「告訴我，到底在哪裏？你在哪裏拿到的？」

「在我上樓看那張字條時，他房間裏拿的，」她小聲回答，臉色比之前更灰暗，「我不想兩手空空冒險下到陽台，我希望萬一被誰逮住時有個藉口可用，我看到披肩就扔他床上，我猜，他可能急著出門忘了帶了，」這時，艾勒里整張臉熱得如同燒起來似的。「我拿起披肩，帶著下陽台，可以講我是替他送披肩的——萬一誰問起的話。但一路沒人，在看到他全身赤裸時，我——我很慶幸我帶了披肩可替他蓋上……」

此時，艾勒里放開雙手，退了回去，深深吸一大口氣。墨萊、法官和負責速記的警員全都帶著畏懼之色，不解的看向他，艾勒里整個人像一下子灌足了氣一般，膨脹起來。

他直挺挺站著，眼睛從女人頭頂上方死死看向墨萊辦公室的白牆，良久，他的手指緩緩探入口袋中，拿出菸來。

「披肩，」他說著，說得太慢了，反而讓在場所有人幾乎聽不清他說什麼。「沒錯，這個披肩……失落的環節，」他一把揉碎手上的菸，往旁一拋，眼神亮得瘋狂，「老天垂憐，各位，我知道了。」

給讀者的挑戰

「攀登眞理之山，」尼采如是說：「你絕不會空手而歸。」

的確，沒有人能自外於這個美好的說法，妄想只貯留於山脚之下摸摸弄弄，就能不費力的越過這個巨峯。世事艱難，要怎麼收穫先哪麼栽，我個人始終堅信，想從推理小說得著豐沛的樂趣，某種程度而言，讀者必須循著書中偵探足跡亦步亦趨，流汗辛苦愈多，收穫歡呼愈大，讀者愈接近終極眞相一步，其樂趣也愈接近滿溢。

幾年來，我一直向我的讀者下戰書，希望他們對我所描述的罪案，以全面的觀察所得爲材料，藉著邏輯的推演，試著篩出隱藏的眞相，提出個人的破案結論來。這個作法，因爲不斷接到讀者來函的不吝褒獎而愈發堅定，因此，我得跟某些未曾接下這戰書的讀者再說一次，如果您未曾在閱讀同時扮演破案偵探，我懇切的請您試試看，您可能會在推演過程中觸礁於某處，也可能在您絞盡腦汁後仍找不出答案，然而，不管成敗與否，這樣的過程必然是美好的經驗，所有的艱辛頓挫都會得著高度快樂的回報。

理論上來說，當你讀到這裏，已到破案無礙的階段了，有關約翰•馬可謀殺案的所有必要事實已完全鋪在您面前了，你能把它們準確拼合起來，而推理出究竟誰是、或說誰唯一可能是，這名聰明絕頂的凶手呢？

艾勒里•昆恩

15 打斷艾勒里的意外事故

開向西班牙岬途中，車內一片死寂。艾勒里・昆恩屈著身埋後座，緊抿著嘴唇，幾哩路下來始終陷入沉思；麥克林法官沒隔多會兒就轉頭看看他眉頭緊蹙的臉；坐前座的特勒也不能免，總週期性的回頭一探究竟。沒人講話，唯一的聲音是車外愈吹愈烈的海風呼嘯之聲。艾勒里對墨萊探長一堆狂風暴雨般的問題彷若未聞，留下可憐的探長一人伴著自己莫名其妙的激動心緒呆坐辦公室裏。

「還太早了點，」艾勒里只說：「如果我給了你、我對這整樁不尋常的難題有了全盤答案的錯誤印象，那我誠心的致歉。有關琵慈所說的馬可披肩一事……這為我指出路來，極其明確的路，現在我曉得自己錯在哪兒了，也知道凶手的殺人計畫在哪裏打了彎，這樁謀殺案對我而言已接近尾聲，只是我尚未完全想清楚，探長，我需要時間，需要一點點思考的時間。」

就這樣，墨萊便像個中風的暴怒老頭般被扔那兒，手上握著個心力交瘁且不知所措的犯人，馬可太太，別名琵慈，被控以意圖勒索的基本罪名，收押於郡拘留所中。其間還發生了一小段悲傷的插曲，兩名年輕人，眼睛盈滿著淚水，來到郡太平間，正式領回他們母親康斯帖佛太太的遺體。幾名刑警和記者苦纏著艾勒里問東問西，然而，處於這一場旋渦之中，他保持著不言不笑的平和氛圍，且一逮到機會，便溜出波音塞特。

一直要到警車在哈瑞·史鐵賓店前轉離了主公路，拐進公園路直撲西班牙岬時，這凝凍的死寂才被打破。

「暴風雨要來了，」警車駕駛不安的說著，「以前我也見過風這麼颳，你們看看天空。」

公園裏的樹暴烈的搖動著，在逐步增強的風中彷彿隨時連根拔起，他們駛過公園正待穿越石壁夾成的地峽，眼前是黃昏的天空，天色是髒兮兮的鉛灰，地平線那頭則是漫天蓋地的大片烏雲席捲而來。穿梭地峽之中，他們正好頂著風，駕駛得死命握住方向盤，才能讓車子安然行駛在道路之上。

然而，還是沒人接口，沒多會兒，他們便平安無恙的到達西班牙岬的崖壁下背風之處。

艾勒里探身向前，拍了下駕駛肩膀，「麻煩停一下，在你爬坡到高佛雷家之前。」車子應聲吱的煞住。

「怎麼搞的——」法官一抬他的灰眉，不解的叫著。

艾勒里開了車門，下到路旁，他的眉心仍緊緊收著，但眼中卻亮著熾烈的神采。「我很快會自個兒上去。我得花點腦筋讓所有事情正確歸位，就現在光景而言……」他一聳肩，告別似的一笑，便循著小徑往陽台大步走去。

天一下子暗了下來，一束強烈的車燈光線照亮了小徑，他們目送艾勒里走到陽台石階口，開始拾級而下。

麥克林法官一聲輕歎，「我們頂好就回屋子去吧，很快就下雨了，這傢伙到時一定拚了命衝回來。」

車子遂重新啓動，直奔頂上。

□

艾勒里・昆恩緩緩步下石階，在灰石板地上停了會兒，又舉步往馬可被殺的圓桌走去，坐了下來。在兩邊高度超過四十呎崖壁所夾成的縫隙之中，陽台渾然天成是呼嘯暴風成爲強弩之末的一處安歇之地，艾勒里舒暢的歇了下來，姿勢是脊骨攤椅子上這種他最喜歡的方式，從兩座崖壁的夾縫中望向眼前的海灣。就他目力所及，那裏實是空無一物可供他凝視，強烈的海風推著巨浪撲向崖壁脚下，整個海灣氣勢奔騰起來，潮水止不住的一路上湧。

他看向更遠處更虛空的某一點，眼前一切逐漸朦朧起來。

他仍安適的坐著，陽台逐步變暗，一直到跌入無邊的夜裏，艾勒里歎口氣，起身，走到石階口，扭開頭上的燈，海灘傘被海風吹得獵獵作響彷彿要飛去，艾勒里重新坐下來，拿過筆和紙，把筆沾入墨水瓶中，開始寫將起來。

□

一顆巨大雨滴——從製造出的聲響來判定——碰一聲打一具海灘傘上，艾勒里停了筆，扭頭過去，跟著，他目光搜尋著，起身走到石階底層左邊的西班牙巨壺旁四下察看，半晌，他又察看了巨壺後頭一帶，點點頭，再次換到右邊另一個巨壺，重覆同樣的察看動作，最後，他回到圓桌來，坐下，在大風颳著他滿頭亂髮飛舞的情況下繼續書寫。

他寫了相當一段時間，這時，雨大起來，獰猛起來，也開始持續起來，其中一滴還濺入他寫著的紙上，湮掉了一個字，艾勒里加快了書寫的速度。

在演變成正式的驟雨之時，艾勒里告一段落了，把寫好的幾張紙折好擺口袋，他跳起身來，先關了燈，再快步經由石階跑向立於頂上平台的高佛雷家大宅，在安然到達天井遮篷底下時，他的兩肩已濕得滴起水來。

肥胖的僕役長在大廳迎上他，「先生，您的晚餐還熱著，高佛雷太太她下令——」

「謝啦。」艾勒里心不在焉的回答，邊揮著手，他快步走向電話總機所在的小房間，撥了號碼，一臉寧靜的等著。

「找墨萊探長……哦，探長啊，我想我弄清楚了……是，徹底清楚了，如果你馬上趕到西班牙岬來，我想，今天晚上我們就能包君滿意的了結這樁悲劇性的罪案了！」

□

宛如海中孤島的起居室溢滿溫馨的燈光，外頭的天井、頭上的屋頂，驟雨擲地有聲的傾洩而下，暴亂的海風持續撼動窗子，然而，儘管在如此的急雨聲中，他們仍然清楚聽到海浪撲打岬角崖岸的轟轟然巨響，這當然是安然待在家中的晚上，每個人皆不禁心存感激的注視著壁爐裏撫慰人心的紅焰。

「我們到齊了，」艾勒里柔聲開場，「只除了特勒，我非常希望特勒能在場，如果你不介意的話，高佛雷先生？他曾是本案中耀眼無比的一顆星，理應獲得我們的回報。」

渥特·高佛雷一聳肩，這還是見面以來首次他穿得較爲體面，好像和妻子的重修舊好，順帶也喚回了他對社交禮儀的正視。他扯了下鈴索，對僕役長簡單交待幾句，靠回椅子，他身旁坐著高佛雷太太。

全到齊了——高佛雷一家三口，慕恩夫妻倆，還有厄爾·柯特。麥克林法官和墨萊探長壓抑著一腔好奇，坐在稍離衆人的一角，而較具意義的是，儘管座位安排並未事先歷經一番討論，但墨萊的確位於最靠近房門之地。九人之中，看來唯一眞正開心的只有年輕的柯特，尤其他就坐蘿莎·高佛雷身旁，臉上掩不住某種近乎痴呆的滿足神情；而從蘿莎湛藍的雙眼中所迷漫的夢一樣目光，很顯然，約翰·馬可的陰影已徹徹底底從這兩個年輕人之間褪逝了。慕恩抽著根褐色長雪茄，菸嘴一頭被他牙齒咬成稀爛；慕恩太太則死去一般的安祥。至於史黛拉·高佛雷，她既鎭定卻也緊張，雙手絞著條手帕，矮小的百萬富翁丈夫則專注的環視在場諸人。現場的氣氛說眞的有點窒人。

「是您叫我嗎，先生？」特勒出現在門口，有禮的詢問。

「進來進來，特勒，」艾勒里說：「快坐下吧，現在沒工夫來那些人五人六的。」特勒仍恭謹的只坐椅子前緣，從後頭看向高佛雷的臉。但百萬富翁此刻正全神戒備的望著艾勒里。

艾勒里踱到壁爐前，背部往爐邊一靠，他的臉孔正好落入陰影裏，身體也在爐火掩映下成爲黑色剪影。火光鬼祟的跳躍在衆人臉上，艾勒里從口袋裏掏出幾張紙，擺小几一角，確定所站的位置可看到在場每一人，於是，他劃了根火柴點菸，開始了。

「從很多方面來說，」他聲音很低，「這是一宗非常哀傷的案子，今天晚上，我不止一次有如此衝動，想拋開我所知道的所有真相，靜靜走開。畢竟，約翰•馬可是這樣一名人渣、一名凶徒惡棍，很顯然，之於他而言，『人之異於禽獸幾希』這句話甚至都還不成立，毫無疑問，他腦子裏裝滿著罪惡——更可怕的是，他還不存在最微弱的一絲良知可對如此罪惡稍加抑止。純粹就我們已經知道的來說，他業已危害了一名女性的幸福，尙且處心積慮打算染指第二名，又摧毀了第三名的一生，且造成了第四名的死亡，在他這份洋洋灑灑的犯罪清單之中，只要我們稍稍細心觀察，很容易發現，用簡單一句話來說，此人絕對是惡有惡報罪無可逭，正如日前你所講的，高佛雷先生，不管是誰宰了他，都是功德一件。」艾勒里停了下來，心事重重的吐了口氣。

高佛雷不客氣的說：「那你何不眞的就此放手呢？你已然清楚的得出個結論：這人該死，這個世界沒有他會美好些，反倒——」

「只因爲，」艾勒里一聲歎息，「我的工作基本上面對的是符號的推演，高佛雷先生，而不是活生生的人；此外，我對墨萊探長有責任，他如此慷慨的在他職權範圍之內，給予我最大的自由任意而行；然而更重要的是，我相信，在所有的眞相揭露之後，這名謀殺馬可的凶手有絕佳的機會，在審訊中得著同情。沒錯，這是一宗籌謀多時的犯罪事件，然而，這也是一宗——某種意義而言，正如各位心裏想的——非得完成不可的犯罪事件。基於這些理由，我遂選擇了無視人性成分，當它只是個待解的數學難題，而把凶手的命運交付給那些眞正思索人性的人來決定。」

艾勒里終於拿起小几上那幾張紙，現場那一團幾已凝凍成形的靜寂張力似乎才頹然鬆垮下來，艾勒里就著跳動的爐火很快讀了一遍，又將紙張擺下，「我實在無法形諸語言，告訴各位，一直到今天晚上之前，我個人有多困惑多挫折，一個事實眞相的明澈解答就擺在我眼前，我知道它在那兒，也感覺得出它在那兒，偏偏我就是觸摸不到，接下來，我在推論時又嚴重的走上歧路，直到琵慈這女人——你們都已經曉得她就是馬可的妻子——揭露了個最基本的事實爲止。不誇張的說，我始終是陷身於五里迷霧之中，然而，當她講出馬可被發現時身上所披的披肩，是馬可被殺之後由她親手帶下陽台的——換句話說，在整個謀殺過程之中，這披肩並未出現在謀殺現場——我才像回到光天化日中，眼前剎時明晰起來，剩下的，不過是需要一點時間來串組來融通罷了。」

「這見了鬼的披肩到底和整樁案子有什麼必要牽連？」墨萊低聲問。

「牽連可大了，探長，這你很快會曉得。好，言歸正傳，我們現在知道了，馬可被殺那會兒，他並未穿著這披肩，我們回過頭來看，究竟他當時身穿怎樣的衣服，他當時從裏到外一應俱全，配得好好的，於是我們曉得了，是凶手脫了他衣服，而且將衣服全數帶走——或正確的說，幾幾乎全部帶走！外套、長褲、鞋子、襪子、內衣褲、襯衫、領帶，以及口袋中一切雜物云云。至此，我們一定得解決的第一個難題是：凶手幹嘛要剝光死者衣服且帶走？這一定有其道理，有其不得不耳的道理，我知道，這舉動看似瘋狂，但背後必然有原因，而且要偵破這個案子非得先解開這難題不可。

「我反覆思考這個難題，加以抽絲剝繭，最終，我以爲只有五種可能，會發生如此凶手—受害人間的盜竊衣物情況——包括任何一種凶手—受害人組合，就絕大多數的一般概念而言。

「第一種，」艾勒里掃了一眼筆記，繼續講，「凶手本來就是爲了獲取這些衣物中所裝的某物而殺人。這個假設，尤其在我們知道的確存在一些致命性的文件，威脅到和馬可有關的一些人時，顯得份外重要起來。而就我們所知，馬可的確可能隨身攜帶。然而，若說凶手的目標是這包文件，文件的確也收在這些衣服中某個口袋裏，那他爲什麼不取走文件就好，把衣服原封不動留著呢？或者我們這樣說，如果衣服中的確裝著某些凶手要的東西，那他大可掏空死者口袋，或把衣服襯裏撕開，乾乾淨淨把要拿的拿走，根本不必大費周章去剝死者衣服，因此，很明顯的，這不成立。

「第二種是一般很合理的想法。墨萊探長可以告訴各位，往往我們從河裏撈起或在某個樹林子裏發現一具屍體，會發現死者的衣物有意的被毀損或甚至消失不見，這類情形絕大多數原因非常簡單：爲著隱去被害人的身份，因此通過破壞或取走衣物，讓人無以辨識。但在馬可命案中這當然說不通，死者是馬可，沒任何人對於死者是馬可一事有任何疑問，衣服不見了，也不會有人因此就以爲他是另一個誰。也就是說，在這件命案中，屍體的身份辨識不曾也不可能有任何疑問，有衣服沒衣服都一樣。

「第三種可能正好倒過來，它可能是：馬可的衣服之所以被取走，理由是要隱去殺人凶手的身份。我看得出大家對這點聽來一頭霧水，我的意思很簡單，可能馬可衣物中某件——或全部——屬於殺他的凶手所有，在發現此事後，凶手意識到，如果他讓衣服留現場的話，他的安全有致命性的威脅存在。然而同樣的，這種想法也不可能成立，理由是我們這位價值連城的特勒——」特勒雙手交握著，極謙卑的低下頭去，但他的小耳朵卻㹴犬般豎了起來——「他告訴我們，在星期六晚上馬可換裝赴約，所換的衣服係由他取出交給馬可的，而且全屬馬可個人所有；此外，這些衣物也確實是馬可衣櫃中唯一短少的衣物，因此，當天晚上馬可穿的就是這些他個人的衣物，不可能有哪一件屬於凶手所有。」

現場鴉雀無聲，壁爐中木頭油脂爆裂於是宛如槍響一般，至於窗外的滂沱大雨，相較起來，更聲如雷鳴。

「第四，」艾勒里說：「可能是這些衣服染了血了，而因爲某種原因，血漬的存在極可能會危及到凶手本人或其計畫，」此時，某種驚駭的表情躍上墨萊的臉。「不，不，探長，這不像你想的那樣是根本性的答案，如果說『血漬』是屬馬可所有，那樣的話這個假設至少有兩點說不通：凶手所拿走的每一件衣物——包括襪子、內衣、鞋子等——原來沒染上任何的血漬；更重要的，就我們實際所知，這樁謀殺案的被害人根本是不見血的，馬可是後腦狠狠挨了一記，被打昏過去，過程中並未流血；然後又被勒了脖子，仍是乾乾淨淨沒流一滴血。

「但我們可否假設——法官，我猜你會有這樣的疑問——是否凶手自己流了血呢？是否——這我們從屍體現場的狀況來看，似乎不可能——馬可被殺時和凶手發生了一番搏鬥，造成凶手受傷，從而留了血漬在馬可衣服上呢？答案是：同樣的，我們也很容易提出兩點反證，其一——如同前面所說，所有馬可的衣物不可能有血漬染上，所以幹嘛要拿走呢？其次——順此推論，若說凶手真流了血，那他努力不讓這個事實曝光的理由，無非是他不希望警方循線追查一名受了傷的人——然而，最清楚明白的事實是，涉及本案的所有關係人物顯然沒人受傷，只除了蘿莎，但蘿莎的受傷早有一個完美不可撼動的理由，無需如此處心積慮來想辦法掩遮。至此，血漬理論出局。

「換句話說，」在滿長一段靜默後，艾勒里幽幽的說：「只剩一種可能了。」

雨仍呼嘯，室內的爐火仍嗶剝作響，現場望眼過去，全是緊蹙的眉毛和迷惑的眼睛，差不多可以確定，沒有任何一人——包括麥克林法官在內——看出來答案是什麼。艾勒里把香菸彈入了壁爐裏。

他轉過身來，正要開口……

門霍的打開，墨萊應聲跳起來，在場衆人亦同時回頭，是刑警羅許，站門口喘著大氣，渾身滴著雨，在能夠吐出個完整的字來以前，他又狠狠喘了口大氣。

「老大！是——有那個……從陽台那兒一路跑來……他們見到那個奇德船長了！」

好半晌，在場諸人除了驚駭得目瞪口呆而外，什麼反應也沒有。

「啊？」墨萊啞著嗓子發出個疑問的單音。

「在暴風雨中看到的！」羅許嚷著，激動得手舞足蹈，「海岸警衛剛看到瓦林的小艇，基於種種必要理由，奇德想把船靠岸——他的船向著岬角這裏來，看起來是有點痲煩……」

「奇德船長，」艾勒里低聲說：「我不——」

「來！」墨萊大喝出聲，領頭往門外衝，「羅許，要——」他的話語來不及飄進房裏就隨風而逝了，在場諸人仍愣著，好一會兒才踢踢踏踏跟上去。

法官仍留房裏，他看向也還留房裏的艾勒里，「怎麼回事，艾兄？」

「我也搞不清，這完全是始料未及的發展——糟糕！」他忽然哀叫一聲，跟著衝了出去。

□

衆人直撲陽台，這一群沸騰到有點瘋了的人，完全顧不得大雨滂沱——不管是男是女，全成了落湯雞，每張臉的神情都一樣詭異，混雜著希望與激情。一馬當先的當然屬墨萊，儘管泥濘的地面讓他舉步維艱。只有麥克林法官一人保持足夠的理智考慮到屋外的風風雨雨，他不僅走最後面，而且在屋裏找來一頂防雨帽，這才好整以暇出發。

現場已聚了一堆刑警，外衣滴水如瀑布，顫危危的全踩在陽台開放式屋頂的白色橫樑之上，辛苦的操作著那兩具旋轉式大探照燈，朱崙也到場，以一種完全與衆不同、幾乎可說是君臨天下的姿態站一旁。儘管又濕又重，但每人的衣服仍被強風吹得獵獵飄揚。

墨萊在陽台上跳著，和風聲雨聲海浪聲搏鬥般的大嚷著下令，看一堆大男人在頂上又濕又滑的橫樑上手忙脚亂，居然沒人跌下來摔斷脖子眞可謂奇蹟。終於這兩具探照燈開始展現威力了，兩道勁道十足的一呎寬白熱光柱穿透過黑幕，直指向天，光柱所及之處，呈現出肉眼可辨識的蒼灰。

「往前照啊，你們這些蠢蛋，」墨萊吼著，依然手舞足蹈，「從兩邊崖壁之間往前照啊笨蛋！」

光柱慢慢調正方向，於是如同掙開來束縛般衝出陽台，灑落在海灣入口之外，各自照亮約方圓十五呎的滾滾海面。

這下子，所有人全緊張的伸直脖子，眼光追隨著光柱而去，一開始，除了漆黑水面上豪雨所形成的透明水牆之外，什麼也看不到；在探照燈的方向再次微調之後，他們便瞧見遠方海面上有個劇烈顚簸的小點，差不多在此同時，第三道光束也射了出去，但光源來自海岸一帶，那個顚簸的小點仍隨波起伏。

「是海岸警衛的燈，」高佛雷太太畏怯的說：「哦，對準他，對準他！」她拳頭使勁攥著，濕淋淋的髮條黏臉上。

海岸警衛隊一艘馬力十足的警艇此時出現在他們目力可及之處，正逐步逼近瓦林小艇。

小艇顯然是有了麻煩，它在波濤中起伏如枯葉，船尾低得彷彿要吃進水裏頭，在小艇逐步往岸這頭接近時，他們這才勉強能辨識出一個小小的身影，站甲板上搖搖晃晃，還太遠，沒辦法看出是怎麼樣一個人，然而，從動作上不難瞧出他正陷於困境之中。突然間，陽台上所有人全看傻了，屏住呼吸，原來此刻小艇船頭鬼魅的忽然豎起來，在凌空撲來的巨浪之下無力的一陣顫動，瞬間便被吞噬了……再睜眼時，整艘小艇已然消失。

現場尖叫聲幾乎同時響起，光柱也開始前後移動著、搜尋著。

其中一道光柱照到了一個載沉載浮的腦袋。兩側則是此人使勁划動的雙臂，是個人沒錯，此人正奮勇游著，但洶湧的浪頭一直狠狠的擊打他，他想游向海灣這邊於是乎變得艱辛萬狀。海岸警衛隊的警艇已到他附近，但只能小心的保持距離，生怕救助不成反倒把人給壓船底下，一條救生索很快扔入海中，長度卻嫌短了，偏偏警艇和游泳的人這時已太接近崖壁了，警艇冒然靠近的話非常危險。

「他快遊到岸了，」墨萊大叫，「去拿毛毯來，誰啊！快去啊！」

划水的速度一路慢下來，可是人倒也一吋一吋的向著海灣而來，他看來已虛弱得很，只有頭頂勉強還保持在水面之上。

除了旁觀，誰也幫不上忙。就這樣，彷彿歷經了整整一世紀之久，夢魘一路高昇至頂點才嘎然中止。海灣出口處，他像條被沖上岸的死沙丁魚一般，陽台諸人所能看到的是，他四肢捲著，任由海浪猛力的將他撞向右邊的岩壁，再軟棉棉的彈了回來，漂流到海灣的死角處。

操作探照燈的幾名刑警實在無法把光柱焦點鎖準在這個浮沉於水面漂來盪去的目標上，其中三名索性跳了下來，三步兩步跟著墨萊探長衝過沙灘，下水去拖這個已幾近失去意識的落難者。墨萊率先一把揪住他後頸處，使勁的往沙灘拉，總算順利的將他從洶湧的浪濤中扯了出來，幾名手下這時也跟著到達，他們遂全力將他正式抬上岸。

位置在麥克林法官身旁，艾勒里被擋在後頭，無法看到這名被救上岸的人究竟是誰，但可以清楚看到眼前這群人的側面。麥克林法官也不禁瞇起眼來，仔細注視著每個人專注的神色，清一色的驚駭，好像每個人都挨了記晴天霹靂一般。

有人從身旁擠過，帶著油布包裹的毛氈，但此人衝到被救上岸的人身邊一蹲身，艾勒里就看不到了；跟著，高佛雷太太忽然一聲驚呼，沒命的往前擠，所有人也跟著向前，一探究竟。

他們可聽到此人虛弱無力的話語：「感謝……上帝……我——他——把我抓到——海岸邊——囚禁，我——」聲音停下來，他大口喘著氣，胸膛發出劇烈且可怖的呼嚕之聲。「我溜了——昨晚——我們打起來——船失去控制——我宰了——宰了他——用……屍體扔海裏去——暴風雨來——船被打壞……」

此刻，艾勒里已擠到慕恩和高佛雷旁邊，一名刑警用氈子幫這名站不起身來的人裹好。此人甚高，眼睛滿佈血絲，臉上的鬍髭又長又髒，形容憔悴不堪，彷彿跋涉過千山萬水一般。他身上的衣服——依稀可看出曾是一件白色尼龍外衣——又破又濕。

蘿莎和她母親跪在他身旁，抓著他，哭著。

艾勒里臉上浮現出痛苦之色，他彎下身去，俯視著此人疲憊不堪的臉。這是張好看的臉，儘管如此憔悴如此狼狽，仍不改其堅強及果毅之氣。

「你是大衛．庫瑪吧？」艾勒里問話的聲音很奇怪，彷彿難以啓齒。

庫瑪仍喘著氣，「是——是的，你是——」

艾勒里直起身來，把一雙濕淋淋的手揷進黏濕的口袋中。「非常非常抱歉，」他的聲音仍帶著極不忍的沙啞，「這是個絕佳的計畫，也是場絕佳的戰鬥，大衛．庫瑪先生，但我不得不控訴你謀殺了約翰．馬可。」

16 來時之路

「我平生所遭遇最困難的一次。」艾勒里‧昆恩悶悶的說。他垂頭喪氣的握著杜森堡的方向盤，車頭朝東，家的方向。

麥克林法官歎息出聲，「這下你曉得該面對價值判斷了吧，通常都是如此。理論上一樁重大刑案，人們的命運是由客觀公正的陪審團決定，但往往法庭之上……孩子，儘管文明進展至今，公平這問題我們仍未眞正解決。」

「我能怎麼樣？」艾勒里怪叫著，「我常講，人性方程式對我而言，沒任何意義可言，但搞半天我還是躲不開，該死，眞躲不開。」

「可惜他殺得太聰明太有計畫了，」法官悲傷的說：「他宣稱，他完全知道馬可怎麼毀了他妹妹史黛拉，包括各種脅迫恐嚇；跟著，他又看出——或說他以爲自己看出來——他寵愛的蘿莎所發生之事。麻煩在於，處於這種情況之中的人，大多數不會把想法透露給其他人知道。我要說的是，如果說他懷抱如此痛惡馬可之心，並決定非殺了這無賴不可，爲什麼他不直接找支手槍，開火打死他，就這麼直截了當呢？這樣不會有陪審團會判他有罪，尤其他若宣稱這只是情緒失控，只是雙方爭執下的一時衝動，在如此情況下——」

「這就是聰明反被聰明誤，」艾勒里低聲說：「依據一般的經驗，人們總以爲犯案犯得聰明，就愈不容易被偵破，但說眞的，聰明的罪犯通常會把犯罪計畫弄得複雜，於是在實際執行的過程也就愈容易出現失誤。眞正完美的犯罪啊！」他虛弱的搖搖頭，「眞正完美的犯罪，其實是找到個機會，在一條沒目擊者的暗巷裏幹掉個不知名的人，一點神奇花招也沒有，每年，總有這樣的完美犯罪發生——由一些智能在平均數以下的所謂殺人凶手幹的。」

接下來好幾哩路兩人皆不說話，彷彿西班牙岬此地的巨大岩塊有什麼令兩人作噁之處，他們幾乎是夾著尾巴溜走，如同被追獵的犯人一般。唯一較愉快的一段告別話語，還是出自哈瑞•史鐵賓口中，當他們把車開到加油站補充燃料之時。

「我認得大衛•庫瑪，他是個好人，」史鐵賓平靜的說：「如果我所聽到有關馬可這鳥人的事全屬實，這郡裏任何一個陪審團都不可能判他有罪，他現在就應該被放出來才對。」

大衛•庫瑪此刻人在波音塞特的郡監獄中，雖然猶因暴風雨劫後餘生的經歷不自覺的發抖，但笑容十分平靜，高佛雷當然找了東岸所有最好的律師爲他辯護。整個西班牙岬一帶因著驟然降臨的溼冷天氣而顯得生氣缺缺，能算得上好消息的是，蘿莎•高佛雷又回到年輕的柯特身邊，她的母親也重返她父親的懷抱，只有特勒一人依然——謙恭、謹愼且沉著自若。

□

「你還沒告訴我，」車行中，法官直通通的問：「艾勒里，你是怎麼完成這樁心智騙局的豐功偉業？或純粹只是瞎貓碰死耗子矇上的？」法官用挖苦的眼神瞄著艾勒里，在他瞪回來時吃吃笑了起來。

「才不是你說的這樣！」艾勒里憤憤不平的回嘴，但馬上他咧嘴笑起來，回頭羞怯的掃了一眼來時路。「心理學吧！……一切事情其實那麼清楚明白，從昨天晚上開始我就完全了然於胸，腦子裏反反覆覆想的也是這些。我爲什麼那麼倒楣，這樁船難早不來晚不來偏偏這時候發生？」

「有關衣物失蹤這點，你說到只有第五種可能是對的。」

「哦，是啊，」艾勒里兩眼平視道路，「凶手之所以拿走馬可的衣物道理很簡單，因爲他需要這些衣物，」老紳士對如此簡單的結論果然眼睛登時睜大起來。「但爲什麼凶手需要馬可這些衣物呢？因爲他要穿，也就是說，很顯然的，他沒穿衣服。這很詭異，但千眞萬確。那爲什麼凶手在殺了人之後才需要穿衣？也很簡單——因爲他要逃掉，在逃走的過程中他需要有衣服。」

艾勒里搖搖手，頗苦澀的樣子，「我一直忽略這個可能，只因爲我一直看不出來，凶手爲什麼要拿走他全部衣服，獨獨留下披肩在現場。那件披肩按理說，事實也是，是所有衣服中最好掩人耳目的，凶手要拿就應該拿這件最容易掩遮自己的披肩才是——這披肩黑得就跟夜色一般，而且長度可從喉嚨一路蓋到脚踝——如果說他要這些衣服，是爲著穿了跑掉的話。事實來看，在殺人之後，凶手有盡快脫離現場的時間壓力，若實在無法全拿，那他應該放棄那些他所拿走的——包括外套，襯衫，當然還有領帶，以及長褲等等很費事的部分——簡單撿了披肩就走人才是，了不起加上皮鞋，或者再加上內衣褲等等。然而，事實證明，他是在時間壓力下仔仔細細拿走馬可所有衣物不剩，獨獨留一件最方便好用的披肩！我別無他法，只能認定我所條列的第五種可能是錯的，原因另有玄機。因此，很長一段時間以來，我於是一直沒再往這頭想——可惜透頂。始終陷入在五里霧中，一直到昨天下午馬可太太的證言出爐，說明披肩在謀殺期間既沒穿在馬可身上，也不在現場所在的陽台，這才把我拉回我的第五個可能——衣服的用處是穿了好逃離現場——一定正確無誤。凶手不是不拿披肩，而是沒披肩好拿。這就是為什麼我一再強調，這披肩是整樁謀殺案最關鍵的東西，如果不能進一步得到披肩的相關資訊，這樁案件絕對無法解決。」

「這麼說我懂了，」法官思索著說：「但你如何想到大衛‧庫瑪身上去，這我仍百思不得其解。」

艾勒里暴躁的按著汽車喇叭，閃過一輛錯愕不已的銳箭牌汽車，「這留後面再講，我先說，凶手犯案時顯然沒穿衣服，這得找到原因，於是我問自己，真的凶手沒穿衣服是嗎？是的，那何以這樁深思熟慮的謀殺案，凶手為什麼必須赤裸著身子來殺人呢？現在，我們都曉得了，凶手的確在殺人後取走了全部衣服，正常來說，我合理的認定是，凶手一定欠缺他從馬可身上弄來的這一些衣物，否則他根本不必如此費事，事實也是如此，他殺人之時身上沒襯衫，沒領帶，沒外套、長褲、鞋子、襪子甚至內衣，當然，他沒帶走馬可的帽子和手杖，但這並不是說，凶手是如我前面所描述的那樣，身上一絲不掛，卻詭異的戴了帽子、拄著手杖前來，這太可笑了，眞正的理由是，帽子和手杖凶手並不需要，所以沒帶走，如此而已。總而言之，他沒穿馬可所有的這些衣服來，也當然未戴帽子攜手杖。好啦，通過上面的討論，凶手到這海灘邊的陽台來殺人，他還可能穿什麼樣其他的衣服呢？」

「嗯，」法官沉吟著，「其實你可能不該忽略，比方說這種可能，游泳衣什麼的。」

「說得好，但我並未忽略，事實上，他極可能穿泳裝來，穿泳裝加浴袍，或甚至只一件浴袍。」

「那——」

艾勒里虛弱的說：「到目前爲止，我們已得到初步結論，他拿走馬可衣物，是方便於脫逃，但他要是穿著泳裝、泳裝加袍子、或就是一件袍子，這方便他脫逃嗎？答案是當然方便。」

「我不認爲，」法官反駁，「如果說他沒——」

「我曉得你要說什麼，但我老早已仔細分析過各種可能的質疑了。如果該凶手殺了人之後是由陽台逃回屋裏，不管他原先身上穿的是哪種——泳裝、袍子、或兩者皆有——之於他而言都沒什麼不對，因此，他也就不必費事去弄馬可的衣服，畢竟，這樣的服裝絲毫不引起注目，就算被誰撞見，也簡單一句『去游泳』就可打發掉。你也許會接著追問：如果他殺人之後，不是逃向屋子裏，而是反其道而行的往公路那頭跑呢？答案是，不管泳裝、袍子或兩者皆有，凶手穿著這些玩意兒朝公路方向走，同樣沒什麼不對。你一定記得，你的好友哈瑞•史鐵賓上個星期六早上曾說道，就本地的習慣而言，往來於公路和海灘這一帶地方，只穿泳裝是習以爲常的——而我們所說的這一帶包括了離開西班牙岬的出口處。凶手若一身泳裝出現於此處，我們只會當他剛從西班牙岬哪一處公共海水浴場游了泳出來而已。所以說，如果習慣性的認定眞的如此，那不管時間早晚，凶手當然可大喇喇穿他的泳裝離開凶殺現場——確定不會有人起疑從而擋下他來。我再說清楚一點，他大可只穿泳裝，自然的走到公路這裏來，而無需去剝下馬可的衣服。另外一條可能的脫逃路徑——除了逃回屋裏或逃出到公路——則是走向海邊，但理所當然，逃向海他當然不需要這堆衣服，更何況，沙灘上完全沒有足跡，這足夠證明，凶手離開的路線不是向著海灣。」

「如果你的分析是對的，」法官困惑的說：「我看不出——」

「這樣的結論是否是唯一的是嗎？」艾勒里哀嚎起來，「如果說凶手是穿著泳裝、泳裝加袍子、或只一件袍子，那他沒必要帶走馬可的衣服就能逃走。然而，就如同我所說的，他的確需要這些衣服來逃走，因此，我不得不做成如此結論，凶手在執行謀殺之時，他連泳裝或袍子之類的蔽體之物都沒有。」

「那意思不就是——」老紳士有些驚訝的說。

「正確，這意思正是，」艾勒里鎭定的說：「他一絲不掛而來，或換個說法，在凶手偷偷潛到馬可身後，往他後腦勺狠狠一擊那時候，凶手正如他出生那天一樣，身著天衣。」

在杜森堡隆隆有力的引擎聲中，兩人沉默著。

好半晌法官才幽幽的說：「我懂了，從約翰•馬可的全身赤裸，可直接推斷出凶手的全身赤裸，非常聰明，眞的非常聰明，繼續吧，孩子，這可眞是不尋常啊！」

艾勒里卻有氣無力，他看來累壞了，眞他媽好個渡假！他心想。但他還是鼓勇講下去，「跟著來的問題當然是，如果凶手光著身子而來，那他從哪裏來？這是整個推論最簡單明白的部分，他不可能光著身子從屋裏下來，不用說；同理也不可能如此從公路進來，光著身子而來只可能是第三道路徑：海。」

麥克林法官把蹺著的長腿擺好，轉道臉來看著艾勒里，「嗯，」他直截了當的說：「我們似乎已然挖掘出一個智者的人性弱點來了，我簡直不相信自己耳朵，這會兒，你費盡心思證明出凶手來自海上，但才星期天的事，那時我聽到的是，你同樣費盡心思證明出，凶手哪裏都可能，就是不可能來自海上。」

艾勒里臉皮唰的紅了，「沒關係啊，再說啊，再哪壺不開提哪壺啊。你該記得吧，昨晚我曾說過我承認在之前的推理犯了個嚴重的錯誤，沒錯，我是如此『證明』過，此事也將成爲我內心一座永遠豎立的紀念碑，好讓我時時憶起自己那個思慮不周的時刻，這也可讓我自我反省，沒有什麼推論能保證不走上歧途，我們只能期盼……這的確是整樁迷案中我最要命的失手之處，你應當還記得當時我的所謂『證明』立基於兩大理由：第一來自馬可自己，在遭到襲擊之前，他在陽台寫一封非常私密的信函，註明時間是凌晨1點且提到他是單獨一人，這無疑擺明了寫信在前謀殺在後，如果謀殺在後，那也擺明了謀殺是發生於凌晨1點之後，然而，凌晨1點時潮汐已退，沙灘足足露出了寬達十八呎以上的沙地，且一無足跡於其上，因此，我理所當然認定，凶手不可能來自海上，而是來自內陸，走小徑過來，這麼說你清楚我犯錯的必然理由吧？」

「坦白說，不清楚。」

艾勒里又一歎，「這很簡單，只是有陷阱，我一直沒能看出來，直到我最後一次推論時，才猛然醒悟到這前題可能有問題，逼我再從頭仔細檢查一遍。錯誤之因很單純，因爲我直接由馬可的話語來推斷：在凌晨一點時他獨自一人在陽台。他說他獨自一人，然而事實上他這句話——儘管他絕不可能扯謊，也沒任何理由扯謊——並不是眞的，他只是以爲自己獨自一人罷了！兩種不同情況——他以爲自己獨自一人，以及他的確獨自一人——導致同一種結果：他能安心坐下來寫這封見不得人的信，我的愚笨是笨在並未把另一種可能狀況也考慮進去。」

「老天！」

「現在來看，這第一次的『證明』之所以謬誤原因很明白了，如果僅僅只是他誤以爲自己一人在陽台，那極有可能在他寫信那會兒，其實還有某人已藏身於陽台某處，換句話說，馬可並非第一個到陽台來的人，是凶手先來，在陽台某處埋伏起來，馬可並不曉得。」

「但躲哪兒呢？」

「當然是那兩個西班牙大壺其中一個後頭，這是最可能的位置，這兩個油壺比人還高還大。躲後面誰也看不到；還有，你應該記得，用來敲昏馬可的凶器是哥倫布雕像，而放置這雕像的岩壁凹洞就在其中一個西班牙大壺伸手可及之處，凶手很簡單就能拿到，抓手上，躡步——而且是光脚丫子——！潛到正在寫信的馬可身後，往他美好的後腦勺一傢伙下去，跟著他把纏繞在自己脖子上或手腕脚踝隨便哪裏的繩子取下來，套上昏迷的馬可脖子上一絞。以繩索做為凶器——相較於其他較正統的殺人凶器——其實是凶手來自海上的另一個佐證。繩索不會妨礙你游泳，它輕而且不怕弄濕，槍就不然，至於刀子則攜帶起來非常麻煩，在游泳時你可能得咬口中，這會造成換氣的困難。當然啦，我們最後這層推論倒沒那麼重要，重要的是，我們的整個推論讓每個細節、每個已知事實都擺到極舒適的位置上。」

「但沙灘上，」法官尖聲抗議，「很顯然沒有足跡！如何能如你說的那樣凶手來自——」

「你總是太聰明了點，」艾勒里幽幽的說：「答案是，如果凶手先到陽台，那他可能是凌晨一點之前的任何時間來，可能趕在退潮之前來，可能在並沒有露出十八呎寬沙灘之前來！」

「可是那張字條，」老紳士提出頑強的姿態反駁，「他不太可能早於一點多少到達陽台，那張假借蘿莎名義的字條的確安排馬可一點到陽台，那幹嘛凶手會這樣自己提前來吹冷風？他大可把時間約早一點不是嗎？」

艾勒里再一歎，「字條上眞的約1點嗎？」

「當然！」

「好好，別那麼快下定論，如果你認眞回憶一下，那張用打字機打出的字條，在數字1之後事實上是缺了一小塊，不幸的意外，我親愛的法官，正確的數字理應是12，在字條撕碎後這個2很不幸不見了。」

「哦，那你怎麼知道一定是12？」

「非是不可。若數字是10，或11，那馬可絕不可能安安心心打他的橋牌直到11點半才起身，他會早早結束好去赴約，因此，約會時間必然在11點半以後不久——當然是12。」

「我懂了，眞懂了，」法官低聲說：「庫瑪太倒楣。庫瑪在午夜稍前到陽台，想說很快就能等到馬可，我猜，他是一身赤裸游泳前來，俐落一些，他盤算的一定是，身上的披披掛掛少一分，他留下線索被發覺的危險也就少一分，但萬萬沒想到，馬可意外的被高佛雷太太在房裏纏住，讓他足足等了一小時之久，想想，身上沒穿衣服在海邊的深夜站整整一個鐘頭！」

「從庫瑪的角度來看，可想而知痛苦可不只如此而已，」艾勒里說：「很顯然你還沒眞正抓住問題關鍵，這個意料之外的遲到一小時，正是造成他必須取走衣物的主因！如果說馬可準時，那我們將完全找不到一絲有關庫瑪的線索了。」

「別藉題發揮損人了。」法官沒好氣的說。

「你還沒弄懂是吧，」艾勒里解釋道：「凶手是不是一定會考慮到潮汐的問題？如果他在12點之前來，潮水仍很高——最高點，他可一路涉水直接走上石階到陽台，什麼脚印也不可能留下，如果馬可準時，他把馬可宰了後，當然循原路回到海上——仍然鬼個足跡也不留，因爲潮水仍在漲潮狀態——殺個馬可用不了一兩分鐘時間——仍足以讓他安然退去而不會有遺留足跡的危險。但他卻被迫在陽台絕望的守候著，眼睜睜看潮水退去，沙灘愈來愈寬、愈不可逾越，而馬可仍未見踪跡，是的，是的，對庫瑪而言眞的挺難挨，他選擇了等候，並利用等候的時間重新規畫，想新的脫逃方式和路線，我猜，他一定認爲很難再找到同樣的機會能讓馬可入甕，神不知鬼不覺的宰了他，之所以生出穿走馬可衣服這個靈感，一定來自於他曉得自己和馬可的身材相當接近。

「總歸來說，到這階段我確認了，凶手來自海上，時間是午夜之前，且一絲不掛。接下來是，他執行謀殺是由高佛雷家出發的嗎？如果答案是肯定的，幹嘛他選擇游泳的路徑——長而曲折而自找麻煩的路徑——而不是非常方便、由高佛雷家直下陽台的小徑呢？」

老紳士撫著下巴，「這，如果說動身之前他人在高佛雷家，而刻意選了游泳之途來殺人，只可能在於他要別人看起來凶手是外人，不得不很艱難的經歷一番海泳來殺人，換句話說，藉此來掩飾他是內賊的事實。」

「很精采的說法，」艾勒里嘉許的說：「但如果動機確實如此，那他不是應該讓別人一眼就能看出他是經由海泳上岸來的不是？」

「如果他想達到目的的話——那是當然。」

「說的一點沒錯，他應該凸顯這個事實，大喇喇在沙灘上留下脚印，逼我們相信他要我們相信的，然而，事實正正相反，凶手卻是絞盡腦汁想掩飾他來自海上這事！」

「我仍有點亂，你再講淸楚點。」

「好吧，首先，他並未選擇明明白白的脫逃路徑，那就是他的來時路——只除了海水換成沙灘罷了。如果他選的是這道路，那他就會留下清楚的足跡在沙上，這我們只要掃一眼就知道怎麼回事了，不，不，他絕不會在意留下這些足跡的，如果說之前他人在高佛雷家屋裏的話，但我們實際來看凶手怎麼做呢？他竭盡所能不留下足跡！你看他得脫下死者全身衣物，再穿自己身上——花這麼多時間精力都只爲了不從海路脫逃……換句話說，很明顯的，凶手選擇了往內陸走，以避免留了足跡在沙灘上，以掩蓋他是經由海路前來的事實。然而我們剛剛的前題是，若凶手原先人在高佛雷家，他一定不希望自己來自海上這個事實不被留意到，因此很顯然凶手並非在高佛雷家屋裏的人，證明無誤。」

「只有一點，」法官笑了起來，「想打破沙鍋弄清楚，從此結論你導出什麼來呢？」

「呃，」艾勒里憂傷的說：「我弄清楚凶手謀殺之前人不在高佛雷家，其實並非只是兒戲，謀殺當晚每個在屋裏或屋子周遭的人原來都得被看成可能的凶手，包括高佛雷夫妻、康斯帖佛太太、塞西莉雅·慕恩和她的寶貝丈夫、柯特、特勒、琵慈、朱崙——所有所有的相關人士都可剔除於嫌疑名單之外，只除了蘿莎·高佛雷、庫瑪以及奇德。」

「而你又是怎麼提到庫瑪來的？或許你是因何才揀選他爲最可能的凶手？實際來說，你根本沒理由懷疑他沒死，你曉得。」

「心平氣和點，心平氣和點，」艾勒里很三八的彷佛吟誦起來似的，「當然是有憑有據證明出來的。我們來想想凶手具備著什麼樣的清楚特徵——由他卓越的犯案手法來推演？有六點，我仔仔細細的列表下來。

「一、他極了解馬可和馬可的人際關係，舉例來說，他很清楚一般人不曉得的馬可和蘿莎之間的牽扯，從而假借蘿莎之名，以一張贗造的字條，誆了馬可來赴這個死亡約會。

「二、他很清楚高佛雷太太每天一清早下海晨泳的習慣。如果他不知道此事，那他會選擇怎麼來怎麼去——穿過沙灘到海灣，再游泳出海、而留下足跡，因爲第二天早上的下一波漲潮，自動會將他的足跡洗得一乾二淨。事實證明他沒這麼走，明白顯示出他預見了在下一波漲潮好洗去足跡之前，高佛雷太太會看到。他清楚知道她會在何時到沙灘來。

「三、他顯然極清楚這一帶種種，包括海灣的正確漲潮退潮時間。

「四、他是個絕佳的泳者。因爲他選擇了由海上前來，意味著他得由一艘泊在外海的船游起——不能太靠岸，否則可能會有人注意到。而且，如果他從船上一路游來，在殺人之後他還必須游回去。當然，結果鬼使神差的逼他由陸路逃走，如同剛剛我所說的——」

「等——」

「讓我講完。由公路離開他需要穿衣服，因爲他既無泳裝也無長袍。史鐵賓的店正好面向著西班牙岬出口——這是凶手經由陸路逃出西班牙岬的必經之地——該店燈光耀眼且終宵營業，一身赤裸被瞧見的風險太大，因此他只能穿上一身馬可服裝，再由公路某處岔到隨便哪個公共海水浴場，就像我們已知的，這些公共海水浴場距離岬角約一哩左右，再下來怎麼辦？他在海水浴場脫下一身衣服——凌晨1點30分左右四下無人——把衣服連鞋子等綑成一包（他不能冒險把衣服棄在那裏）——帶著這一包衣物至少足足游了一哩回到船上，所以我說，從邏輯來推斷，兇手的確泳技過人。」

「這裏面有漏洞，」在艾勒里歇口氣當兒，法官指出，「你說他若從船上來，必得再回船上去，這並非必要——」

「非常必要，」艾勒里反駁，「首先他是光著身子而來的不是嗎？難道他準備就這樣光著身子走陸路嗎？不，他一定打算再游回船上，若說他已仔細計畫好如此，他脫逃時的接應安排也必然依此而設計，因此毫無彈性只能依計行事。

「五、從身材來看，他得跟馬可差不多，爲什麼呢？因爲只有這樣，馬可的一身衣物他才不至於太不合身，如此萬一史鐵賓瞥見他，或在他走向公共海水浴場路上遇上某人，他才不至於因爲衣服不合身而引起注意，帶來立即且不必要的麻煩，或留下某個印象深刻在目擊者腦海之中。因此，兇手必然身材高大——像馬可那樣個子的人。

「六、兇手之前一定進得了高佛雷家，這是最重要的。」

「你指的是字條嗎？」

「當然，他利用高佛雷的打字機打了那張騙人字條，但打字機從未攜離房子一步，很明白，打這字條的人一定得進到屋子裏，或甚至是家中的一員，才有機會用到這架打字機。」

艾勒里在紅燈前減了速，「好啦，」他喟歎出聲，「我的六點描述就這樣。蘿莎・高佛雷，就算我們懷疑她所說在瓦林小屋被綁了一整夜是假的——她究竟有沒有可能是兇手呢？絕無可能。她不會游泳，不會打字，而且若要穿馬可的衣服偽裝——當然只是理論而言——她一定先考慮帽子，好掩飾她的女性髮型，但事實上馬可的帽子沒被拿走，至少就這三點來看，蘿莎絕不可能成立。

「奇德呢？不可能，理由是，從外形的描述證明，他是人中巨人，身材和常人完全不同，他絕對穿不下馬可的衣服，尤其是鞋子——你記得蘿莎怎麼驚駭的描述此人的巨大脚丫子嗎？不，絕不是奇德。

「當然還有些，」艾勒里疲憊的，或說是跌回記憶的，一笑，「異想天開的可能人選，比方說康斯帖佛——可憐的茹拉•康斯帖佛太太那位身體孱弱的丈夫，但就算我們不考慮到他如何能熟稔西班牙岬現地現物的問題，至少，他並不認識高佛雷家人，不可能知道高佛雷太太的晨泳習慣，他也沒進過高佛雷家房子一步，更不可能打那張署名蘿莎的字條。

「還有瓦林，小木屋和小艇的所有人，爲什麼不會是他？這麼講好了，從蘿莎對他的描述，他個子極瘦小；且依據你自己的證辭，我親愛的梭倫，他也從未進過高佛雷家大門。

「只剩庫瑪了。我無法證實他已然死亡，因此我非把他考慮在內不可，而我十分駭異的發現，他居然完全符合上述六大條件。他和蘿莎極親，是最可能察覺蘿莎和馬可牽扯的人；他當然知道他妹妹史黛拉每天清晨下海游泳的習慣，事實上，高佛雷太太講過，庫瑪還常常跟她一道去！他是個運動家型的人物——喜歡西班牙岬本地，常一人泛舟，可見他必然對此地潮水瞭若指掌，游泳？技術好得不得了，這也是他妹妹講過的；穿馬可的衣物合身嗎？哦，合身得很，據蘿莎所說，他和馬可的身材幾幾乎一樣；最後一項，他不用說很容易借用高佛雷的打字機，因爲他根本就是家裏長住的一員。結論是，庫瑪是唯一符合六大條件之人，尤有甚者，他還是謀殺案發生當晚唯一可能來自海上之人（除了奇德之外），所以說，他必定就是凶手，我的推演就是這麼來的。」

「我想，」在很長一段沉默後，法官說了，「這裏的確沒什麼可挑眼的——你一路辯證，確定庫瑪是唯一可能的凶手人選。」

艾勒里有點負氣的一踩油門，他們從一輛履帶卡車旁呼嘯而過。「當然，事情一清二楚，如果庫瑪眞是凶手，那很明顯的，綁架事件的意外失誤就簡單而好解釋了，它僅僅是個障眼法而已，這障眼法的用意，是庫瑪意圖藉此避開他較敏感的處境，讓人看起來包括動機和人身所在位置都不可能是凶手。非常聰明——太過聰明了。

「很顯然，他一定先私下雇用了這個無賴奇德來綁架他自己——可能他跟這個怪物說的理由是開玩笑什麼的，也可能他實話實說。給奇德一大筆血腥錢，好結結實實封住他的嘴。庫瑪有意讓蘿莎在場，因爲他需要個目擊者捎回訊息——一個可靠的目擊者，可在事後告訴警方，她舅舅曾如何英勇的反抗，以及她舅舅在這大巨人奇德掌中又是多麼無助云云；同時，這一石兩鳥之計可讓蘿莎脫離謀殺的嫌疑，畢竟那張贋名的字條多少可能讓她有麻煩。

「這整樁戲劇張力十足的綁架案，他和奇德之前一定排練過，甚至包括奇德如何給他腹部一拳，好讓他『不省人事』，主要都是得讓目擊者蘿莎堅信不疑。而奇德明顯把庫瑪當馬可綁的錯誤——庫瑪為此還故意在衣著上穿得像馬可！——是聰明無比的設計，讓庫瑪得以完全脫開警方的嫌犯名單，認定馬可之死顯然是外人或屋裏某人所為。聰明如庫瑪，一定預先看出警方絕不可能把奇德當殺害馬可的兇手，因為奇德和馬可之間並無絲毫恩怨瓜葛可言，因此，他要奇德『打電話』給某人——蘿莎聽到此事當然是設計好的，你不必懷疑，這是精心籌畫出來的——好像奇德向他不在場的雇主報告經過一般，好像奇德真有個雇主一般（指的當然不是庫瑪自己），這通電話同時，庫瑪本人仍『不省人事』躺外頭沙灘上，配合得真是天衣無縫。至於這通電話實際上究竟怎樣，我猜，奇德可能真的撥到高佛雷家去，在聽到對方拿起聽筒的咔嚓一聲時，迅速大姆指一按讓電話斷線，再自說自話的把預先備好的台詞開開心心唸一遍，不不，我們全錯看了這個有趣的巨人奇德，遂一步一步跟著庫瑪希望的路走，奇德必定不可能像外表那麼笨，要不然他絕無法這麼精準、這麼一絲不亂的執行出庫瑪的計畫，天殺的好一個扮豬吃老虎的一流演員。」

「但庫瑪何時打那張贋名字條？當時他人不是在屋外——」

「你指的是字條發現的時間，而不是字條製作的時間。他把字條擺特勒衣櫃是晚飯後立刻進行的，之後才邀蘿莎陪他散個步，他很清楚，不到9點30分特勒不會看到這裝字條的信封——順帶一點，這又提供我們對兇手特性的理解，兇手如此清楚特勒的作息——這可讓人錯覺為字條的打字和置放是在奇德打電話給他的『雇主』之後。你一定也還記得，星期天清晨我們在瓦林小屋發現蘿莎女孩時，柯特曾接到一通匿名電話，通知他在哪裏可找到蘿莎，這通電話，理所當然，一定是庫瑪打的，不管他當時藏身在海邊的哪個地方，想想，他得冒著被人撞見的危險，只為了打這通與他自己安全無關的電話，我的看法是，他是寧可自己因此前功盡棄，也不願見到女孩少一根頭髮，他非得讓女孩盡可能提早被放回不可。」

「看起來不像，想想事情經過，他把她名字署於字條之上，讓她蹚到這渾水裏頭。」

艾勒里搖頭，「他知道她有一個強得誰也沒轍的不在場證明：不會打字，而且發現她被綁在瓦林小屋一整夜。他根本不在乎警方一眼就看出字條署名是偽造的，事實上，為了蘿莎，他根本有意讓警方看出是假的。而且你還得記住，如果馬可在毀掉這字條時不是那麼粗心大意，這張字條早被化為灰化為煙化為塵了，如此，蘿莎更不可能有絲毫被看成謀殺嫌犯的機會。」

此時，車子開到個熱鬧市鎮，交通壅塞起來，走走停停，相當一段時間中，艾勒里不得不把注意力擺駕駛上，以免杜森堡出什麼事故，麥克林法官則撫著下巴，陷入沉思。

「在庫瑪自白中，」他忽然開口問：「有哪些部分你相信是實話？」

「啊？我沒聽懂。」

他們轉入一道更繁榮的商業街上。「你曉得，對他昨晚所說的有關奇德怪物這部分，我一直有點好奇，我指的是，他說明他如何在暴風雨中試圖把船冒險靠岸，然後小艇不支沉沒，他跳海游回岸邊撿回一命的戲劇化出場經過後，接著馬上說他一開始所坦承的經過——之前一天晚上，他在船上和奇德打起來，失手殺了奇德一事——整個是假的，他說，事情真正的經過是，星期六晚上，他們開著瓦林的小艇出了西班牙岬視線範圍之外以後——也就是『綁架事件』

之後——他們找了處偏僻海邊靠了岸，他立刻付錢給奇德，讓他避風頭去了，他是想讓我們相信，奇德仍活著，只是跑到外頭某個不爲人知之處而已。但這我怎麼聽怎麼覺得是假的。」

「哦，亂講，」艾勒里直截的反駁，邊按著喇叭，邊緊急一扭車身避開來，然後他臉孔一陣痙攣，以發自肺腑的全身之力對闖禍的一輛計程車大吼：「你他媽怎麼開車的？」吼完，他解嘲的笑笑，坐回車椅。「說眞的，在我認定庫瑪就是殺馬可的凶手之後，我當然如此自問，奇德哪裏去了。很淸楚，他只是個棋子而已，問題在於：他知道事情內幕眞相嗎？或庫瑪把眞相掩藏在『綁架遊戲』之下胡弄他呢？我很快看出有兩個理由，令我不太相信還會有另一樁殺人滅口的罪案發生……你是懷疑庫瑪鳥盡弓藏，順便把奇德也收拾了對嗎？」

「我承認，」法官顰著眉回答，「我是一直有這念頭。」

「不對，」艾勒里說：「我確信他不會。第一、庫瑪沒任何必要告訴奇德他的全盤計畫；第二、庫瑪並非一個『天生的』殺人者。庫瑪是個正常理性之人，和一般人沒兩樣，他守法也相信法律，他也不是那種一不小心就失去理智的衝動之人，他更不是那種爲殺而殺之人或無任何慈悲之念的凶惡之人。奇德這個無賴，當然在此事中快快樂樂賺了一票，而就算他事後在某地讀到謀殺報導，想通了，要回頭再來敲詐庫瑪，他也會同時察覺出自己是謀殺共犯而卻步，這是庫瑪對他雇工的一層安全保障，不不，庫瑪告訴我們的是實話。」

一直到車子出城，眼前又是寬敞大道時，兩人仍不說話，冷冽的空氣的確是有一絲早秋的味道了，老紳士忽然機伶伶打起顫來。

「怎麼啦?」艾勒里關心的問:「冷嗎?」

「分不清,」法官哈哈一笑,「到底是來自謀殺還是來自寒風的反應,但的確是冷。」

沒說話,艾勒里逕自停了車,他開了車門下來,打開車後堆滿東西的夾層,一陣翻翻揀揀後,他滿意的帶回來一團東西,黑色、柔軟、且挺大的。

「什麼東西?」老紳士狐疑的問:「你哪裏弄來的?我記得沒看——」

「披肩膀上,老爹,」艾勒里邊說,邊跳進車裏,把這玩意兒放老紳士膝上,「這是我們這番危險的小小紀念品。」

「這是什麼——」老人神經質把這東西撥開,驚駭的說。

「這是正義的謀殺者,是邏輯之道的岔路,」艾勒里搖頭晃腦起來,邊鬆開手煞車,「我忍不住不去拿它,說眞的,這是今天早上我在墨萊探長眼前神不知鬼不覺幹來的。」

法官拿起來定神一看,這是約翰・馬可那件黑色披肩。

老紳士又忍不住一顫,深吸一口氣,帶著視死如歸的架勢毅然把披肩往肩上一繞,艾勒里咧嘴笑笑,一踩油門,沒多會兒,老紳士雄偉有力的男中音又再次迎風響起。

結語

我記得，那年秋天某個晚上，我、麥克林法官和艾勒里坐城東的一家俄羅斯餐館之中，在巴拉拉卡琴音、以及高玻璃杯所裝的香茗陪伴下天南地北的聊。我們隔桌是個蓄著黑髭的高大俄國佬，用碟子喝他的茶喝得震天價響，這是奉東正教的俄羅斯傳統習慣。正由於此人的巨大體型，很自然把我們的談話引到奇德船長和當時馬可的謀殺案，在此之前，我已多次要艾勒里把他的筆記整理整理，將他在西班牙岬的親身經歷給寫成書，於是，我自然猜想眼前的氛圍是絕佳時機，稍縱即逝。

「哦，好吧，」最後他終於說了，「你實在是全世界最殘酷不人道的奴隸頭子，J. J.，我也認爲這是我近年來所涉入最有意思的案子之一。」那年一整個夏天，他仍陷於那椿提洛爾人案百思不得其解。

「如果你要將此事化爲小說，」麥克林法官直言無隱的說：「孩子，我猜，你會好好塞起那個漏洞吧。」

艾勒里聞言，腦袋當場像一頭雪達獵犬發現飛鳥般抬起來定於某一點。「啊？」他問：「

你胡說什麼？開玩笑的是吧？」

「漏洞？」我說：「我聽過這整個經過了，法官，但沒什麼漏洞啊。」

「哦，就有一個，」老紳士哈哈笑起來，「我一直幫他掩蓋留中不發。你這數學家！只要你一天還繼續這一套嚴謹的系統邏輯，你總不會要你那些崇拜者的信雪片飛來，指出這漏洞，把你有條不紊的生活給弄得一團亂吧。」

「好啦好啦，少拿話激我了。」艾勒里沒好氣的說。

「好吧，」麥克林法官淒迷如夢的說：「你認爲你在分析時鉅細靡遺的涵括了每個人了，是嗎？」

「那當然！」

「但其實你沒有。」

艾勒里堪稱從容的點起一根菸。「哦？」他說：「我沒有嗎？說說看，我遺漏了誰？」

「麥克林法官。」

看到慣常泰山崩前面色不改的艾勒里，臉上出現那種極具喜劇效果的神情，我一口茶嗆得咳了起來，法官跟我眨眨眼，跟著巴拉拉卡琴哼唱起來。

「天爺爺天爺爺，」艾勒里悲哀的說：「我當然沒把你算在內，J.J.，看來你這書有問題了，大漏洞一個……我親愛的梭倫，就像母羊對小羊說的一樣：媽媽不在家時——別拿自己生命開玩笑。」

老紳士停了哼唱，「你言下之意是你眞考慮過我是凶手──?什麼，你這壞胚子，我長期以來對你這麼好這麼照顧你！」

艾勒里咧嘴大笑，「而且以怨報德是嗎?畢竟眞理在前，眞就是美，美就是眞，眞理之前哪還有什麼狗屎交情可言，嗯?我純粹以邏輯推演練習之心，考慮過你的涉案可能，我得招認，我很高興你很快被剔除於謀殺嫌犯名單之外。」

「謝啦，」法官說，有點垂頭喪氣，「但過程裏你提都沒提。」

「這──呃──這類事你不好對自己朋友講。」

「但剔除的理由何在，艾勒里，」我高聲問：「這你也從頭到尾沒告訴過我……」

「可能沒說吧，」艾勒里又笑了，「但可能還是會出現在書裏，梭倫，你還記得那個星期天早晨我們到達時和史鐵賓講過話嗎?」老紳士點頭。「記得我告訴他什麼嗎?」老紳士搖頭。「我告訴他，你根本不會游泳！」

J.J.馬克

國家圖書館出版品預行編目資料

西班牙岬角的秘密／艾勒里・昆恩（Ellery Queen）著；唐諾譯. -- 初版. -- 臺北市：臉譜出版：家庭傳媒城邦分公司發行，2005〔民94〕
面；　公分.- -（艾勒里・昆恩作品系列；23）
譯自：The Spanish cape mystery
ISBN：986-7335-17-1（平裝）

874.57　　93023069